「どうか、俺の妻になってほしい」

ケイン・タリー
アリア商会の会長を務める新進気鋭の商人。
エルゼ
貧民街育ちで、リーシェの元で働く新人侍女。
リーシェ・イルムガルド・ヴェルツナー
20歳で死に、15歳の婚約破棄シーンに巻き戻る人生を送っている。今回で7回目のループを迎えた。

アルノルト・ハイン
軍事国家の皇太子で、冷酷非道の残虐な男として知られている。過去にリーシェを殺したが、今世ではなぜかリーシェを気に入り、突然の求婚。
オリヴァー
アルノルトの従者。怪我により騎士の夢を絶たれたところをアルノルトに拾われる。

リーシェが踏み込んで仕掛けるも、
アルノルトは涼しい顔だった。
当たり前のように回避したあと、
『今度はどうしたい?』と誘うような目で、
笑いながら見下ろしてくる。
——夜会にて。

VOLUME.
1
TOUKO AMEKAWA

# ループ7回目の悪役令嬢は、元敵国で自由気ままな花嫁生活を満喫する

雨川透子

ILLUST. 八美☆わん

THE VILLAINESS OF 7TH TIME LOOP ENJOYS FREE-SPIRITED BRIDE LIFE IN THE FORMER HOSTILE COUNTRY

# CONTENTS

THE VILLAINESS OF 7TH TIME LOOP ENJOYS FREE-SPIRITED BRIDE LIFE
IN THE FORMER HOSTILE COUNTRY

# 第一章

「リーシェ・イルムガルド・ヴェルツナー！　王太子の婚約者にあるまじき陰湿な女め。今日この時をもって、僕は貴様との婚約を破棄する!!」

「はい、分かりました」

「えっ」


夜会のホールに響き渡った宣言を受けて、公爵令嬢リーシェは一礼した。

洗練された優雅な仕草に合わせ、珊瑚《さんご》色をした柔らかな髪が揺れる。美しく堂々としたその姿に、周囲の人々は思わず見惚《みと》れた。その視線は、『婚約破棄をされた哀れな公爵令嬢』に向けられる類のものではない。

リーシェはゆっくりと顔を上げ、淡いエメラルド色の瞳で真《ま》っ直《す》ぐに王太子を見る。すると、彼は思わずといった様子で息を呑《の》んだ。

「……っていや待て、婚約破棄だぞ!?　このあと自分がどうなるのか、気になるはずだろう!?」

「いえ、そんなには」

このあとの処遇なら知っている。

リーシェは色々な濡《ぬ》れ衣《ぎぬ》を着せられ、国外への追放を言い渡されるのだ。家族ともあっさり縁を切られ、ひとりで生きていかなくてはならない。分かり切っているので、すたすた歩き始める。

(だって、もう七回目だものね)

リーシェがこの場面を経験するのは、これが初めてのことではなかった。

(これから忙しくなるわ。急いで屋敷に戻って荷物を回収しないと、家に入れてもらえなくなるのよね。『繰り返し』のうち何回かは間に合わなくて、新しい暮らしの元手が足りなかったから)

「止まれリーシェ、話を聞け！　お前の罪状を読み上げる台詞《せりふ》、一週間かけて考えたんだぞ！」

(ドレスの他に、今回の人生で使えそうなものも持ち出したいわ。次の職業はなんにしようかしら？　一回目の人生は商人で二回目は薬師、他にやってみたかったことは……ああもう！　どうせ時間が巻き戻るなら、もっと準備期間の残された時期にしてくれればいいのに！)

「ままっ、待てえっ、リーシェ!!」

ほとんど半泣きになった王太子に、周りの人々が耐え切れずくすくすと笑い始める。

リーシェはふと思い直し、立ち止まって振り返った。長い睫毛《まつげ》に縁どられた大きな瞳が、『元』婚約者を真っ向から見据える。

「大切なことをお伝えし忘れていました、殿下」

「お、おお、そうだろう！　本当はとても傷ついていて、僕への未練があるんだな!?」

そんな訳はない。むしろ、自由にしてくれて有り難いという気持ちだ。

だからリーシェはにっこりと笑った。

「くれぐれも、マリーさまとお幸せに」

「なっ……!?」

「お互い良い人生を送りましょうね。それでは！」

夜会用のドレスを翻し、リーシェは再び歩き出す。なるべく早足で、早急に。

「何故《なぜ》まだ何も言っていないのに、僕の愛する女性がマリーだと……!?」

後ろでまだ何か喚《わめ》いているが、こちらは本当に忙しいのだ。一度目はそれなりに動揺したし、自分を守るための反論もしたが、あまりにも馬鹿な答えしか返ってこないのは知っている。

（それよりも、未来のことで頭がいっぱいだわ！　今度はどんな人生になるのか、わくわくする）

過去六回の人生を振り返ると同時に、リーシェは未来を思い描いた。

（私の『やり直し』人生も、これで七回目。どの人生も充実してたし、すごく楽しかったけど……

でも、今度こそ。今度こそ私は長生きして、自由気ままな人生を楽しむの！）

そのためには――絶対に、殺されないようにしなくては。

＊＊＊

リーシェの一度目の人生は、婚約破棄をされたあと、着の身着のままであてもなく彷徨《さまよ》った。

そこで運良く出会ったのが、とある行商の一行だ。彼らの馬車に拾われ、着けていたアクセサリーを買い取ってもらったリーシェは、気の良い彼らと一緒に隣国へ向かった。

そのまま彼らに商いを学び、自分で仕入れや帳簿付けも出来るようになると、独り立ちして世界を回るようになる。十五歳まで公爵令嬢だったリーシェは、確かな審美眼を持っていたのだ。

自分がわくわくするものを集めては、それを喜んでくれる人に売る。そんなことを繰り返すうちに、いつしかそれがたくさんの人を巻き込んだ一大事業になっていた。

砂漠の国の王や、雪国の王子とも商売をした。王妃教育のために不自由な日々を過ごしていた頃の反動で、『商いをしながら、世界にあるすべての国を旅する』という夢も出来た。

そして五年が経《た》ち、訪れたことのない国が残りあと一国という段になったとき、リーシェは戦争に巻き込まれて殺された。

そして気が付くと、十五歳の夜会の日、王太子に婚約破棄を告げられた瞬間へと戻っていたのだ。

『リーシェ・イルムガルド・ヴェルツナー！　王太子の婚約者にあるまじき陰湿な女め。今日この時をもって、僕は貴様との婚約を破棄する!!』

もちろん、最初は訳が分からなかった。

周りを見渡しても、すべて五年前のあの日のまま。リーシェは、行商一行に買い取ってもらったはずのドレスやアクセサリーを身に着けて、その場に立っていた。

夢を見ているのかもしれない。

あるいは、いままでの出来事が夢だったのかも。最初はそんな風に混乱したけれど、ぼんやりはしていられなかった。

我に返ったリーシェは、国外追放を言い渡されたその瞬間、自分の屋敷に向かって駆け出した。

（ありがとうございます、神さま……！　おかげで、この夜をもう一度やり直せる！）

王太子の引き留める声など聞こえはしない。商人として生きた最初の人生では、とても充実した日々を過ごしたリーシェだが、この夜のことはずっと後悔していたのだ。

（いまなら……いまならきっとまだ間に合うわ。このまま家に帰って——私の部屋から商売の元手になるものを回収する!!）

一度目の人生において、これこそが唯一の悔いだった。

自分の私財を持ち出せていれば、もっと早くに事業を拡大できていたし、夢の実現が早まっていたはずである。

リーシェがその後悔を口にすると、一番の商談相手だった砂漠の王などは『お前さん、唯一やり直したい点がそこでいいのか……？』と突っ込んできたが、後悔なんてこれしかない。

リーシェは家に着くと、自分の宝石箱や、亡くなった祖母から受け継いだ書物を手あたり次第持ち出した。そして行商一行と出会った森に向かったものの、家に寄り道をしたせいで、彼らと出会うことは出来なかったのだ。

少し考えれば分かることだったのだが、失敗した。

『一度目の人生のやり直し』が出来るなら、反対に『一度目にはなかった失敗も起こる』。それを学んだのはこのときだ。

こうしてこの人生では、商人になる道が閉ざされた。

がんばって商売を始めてもよかったのだが、商いごとには人脈が重要である。知り合いがいない状態では、あまり現実的でない。

仕方なく自分が持ち出した荷物を整理していると、書物の中に混ざっていた薬草図鑑を見つけた。それは、ここから離れた異国のものだ。宝石を売ったリーシェは、そのお金で海の向こうに渡り、薬学の勉強を始めた。

幸いにして、リーシェには一度目の人生で得た知識もある。『ある国で高額な薬草も、この国では安く手に入る』だとか、『この国でこのくらいの時期に病が流行する』だとか、そういった情報はかなりの役に立った。途中で良い師匠にも出会え、さまざまな見識を広げることも出来た。

おかげで二度目の人生も、薬師としてそれなりに充実した人生を送ったのだ。

病弱な王子を救ったり、行商人生の知識を交えて希少な薬の大量生産に成功したりと、やりがいのある日々。

——けれどこのときも、流行《はや》り病の流行地に出向いた際、命を落としてしまった。

そうして次は三度目の婚約破棄に戻り、それに伴う三度目の人生が幕を開けた。ここから四度目以降も似たようなものだ。やり手の侍女としてお嬢さまの幸せな結婚を見届けたり、男装して騎士になったり。どの人生もやりがいがあり、とても楽しかった。——人生自体は。

（だけど、どうしても二十歳で死んじゃうのよね……）

問題はそこなのだ。

それなりに人生を満喫し、六回すべてを楽しんできたけれど、リーシェは一度たりとも長生きをしていない。それに、どの人生もあまりに忙しすぎた。

（どれも楽しかったとはいえ、一回くらいはのんびりだらだら人生を満喫したいわ。それからもちろん死にたくない！　今回こそ長生きしてまったり生きるためにも、まずは五年でお金を稼ぐ。それから二十歳で死なないよう気を付けて、そこから悠々自適の生活を……！）

そう決意して、リーシェは城内を駆けていった。

とにかくいまは時間との勝負だ。少しでも早く家に着き、城からの早馬より先に屋敷へ飛び込んで、自室から色んな荷物を持ち出さなくてはならない。両親に騒動が知られる前に、なんとか屋敷へ辿《たど》り着かなくては。

走りながら、珊瑚色の髪を結い上げていた髪飾りを外す。緩いウェーブの掛かった髪が、それに伴ってふわりと広がった。この髪飾りも元手のひとつなので、動き回って傷つけるわけにはいかない。

ここでふと、いままでの人生にはなかった妙案をひらめいた。

（もしかして、お城のバルコニーから木を伝って庭に下りた方が早いんじゃない？）

リーシェが騎士として戦場に出ていたのは、今回のひとつ前、六回目の人生だ。訓練や戦場での過酷さを経験した身からすれば、バルコニーから木に飛び移るなど造作もない。

急いで方向を変えるものの、バルコニーに向かう角を曲がった瞬間、何かにぶつかってしまう。

「ぶべっ」

令嬢にあるまじき悲鳴を上げ、数歩後ろによろめいて、リーシェは目の前にあるものを見上げた。

「――わ……」

とんでもない美形がそこに立っている。

通った鼻筋や、冷酷そうな薄いくちびる。細身だけれど引き締まり、服の上からでも筋肉の均整が取れていることが分かるその体格。

漆黒に近い黒髪は、耳やうなじに少し掛かる長さであり、毛先が跳ねていて柔らかそうだ。

どこもかしこも整った外見だが、何より印象的なのは、彼の持つその青い瞳である。

切れ長で涼しげな彼の目は、刃のように鋭い光を帯びていた。透き通っていて綺麗《きれい》なのに、とても冷たい色合いだ。その瞳に影を落とす長い睫毛が、彼の持つ容姿の完璧さを際立たせている。

まるで一種の芸術品だ。

眩暈《めまい》がするほどにその美しい男が、冷めた目でこちらを見下ろしている。

（……あっ）

リーシェがあることに気付くのと同時に、男がふんと鼻を鳴らした。

「随分な勢いで突っ込んできたな。猪《いのしし》でも出たかと思った」

初対面の人間に失礼な物言いだが、リーシェにとってはそれどころではない。そもそもリーシェとしては、これが彼との初対面でもなかった。

「こんな所で何をしている。ホールでは夜会の……」

「ああああ――――――っ!!」

「!?」

男が咄嗟《とっさ》に身を引いた。反射的に体が動いたらしく、彼の右手は剣の柄《つか》に触れている。

「……なんだお前は。ただの令嬢にしか見えない割に、妙な殺気を……」

「皇帝アルノルト・ハイン!!」

「！」

リーシェの叫んだ言葉に、黒髪の男アルノルトは目を瞠《みは》る。

妙な殺気も出るというものだ。だってリーシェはつい最近、この男と剣を交えた。

そして他ならぬ彼に殺され、六度目の人生を終えたのだ。

（この人も、今夜の夜会に呼ばれていたのね……）

考えてみれば、納得のいく話だ。

アルノルトは、ここエルミティ国からそう遠くない軍事国家の皇族である。両国はかつて戦争をしていたが、いまは表面上の和平を結んでおり、時折交流しているのだ。

今夜の夜会では、王太子ディートリヒが新たな婚約を結ぶ。ディートリヒは恋人のマリーをお披露目するべく、周辺諸国の要人を招待していたはずだ。

そのひとりであろうアルノルトは、興味深そうにリーシェを眺めた。

「俺を、知っているのか。この国に来たのはこれが初めてだが」

（まずいわね……）

笑顔を浮かべつつも、内心で慌てる。何しろ目の前にいるのは、極力関わりたくない人物だ。

いまから五年後の未来において、アルノルト・ハインは侵略者となる。

皇帝として戦場に立ったアルノルトは、彼自身の並々ならぬ剣技と強力な軍隊を駆使し、他国を侵略して回るのだ。二度目や三度目の人生も、四度目や五度目もそうだった。六度目はリーシェもその戦地に立ち、騎士として彼に殺されたのである。

(──けれどもあれは、私たちが勝てるはずのない戦争だった)

アルノルトの恐ろしいところは、剣術だけでなく軍略にも秀でているところだ。かの国と敵対することを選んだ国々は、あっという間に敗北し、呑み込まれていった。

(私にとってはよく知る敵でも、この人生では初対面だわ。なにか言い訳をしなくちゃ……)

リーシェはすっと右足を後ろに引き、ドレスをつまんで、ゆっくり腰を落とす礼をした。

「わたくし、リーシェ・イルムガルド・ヴェルツナーと申します。お目に掛かるのは初めてですが、あなたさまのお噂《うわさ》はかねがね」

すると、アルノルトは何かを楽しむように口の端を上げる。

「まるで、一流の剣士のような足さばきだな。体の軸にまったくブレがない」

「とんでもない。国賓である殿下に失礼がないよう、精いっぱいご挨拶させていただきました」

「先ほど、俺のことを『皇帝』と呼んだだが」

その言葉に、リーシェは失態を悟った。

「父は存命であり、俺はまだ皇太子の身の上だ。──なぜ、そんな勘違いをした？」

「えー……っ、と……」

まずい。

大変にまずい失敗だが、アルノルトの視線は非常に鋭く、下手に嘘《うそ》をついても見透かされそうだった。戦場で剣を交えたときも、刃越しに目が合っただけで気圧《けお》されそうになったのを思い出す。

だが、リーシェは気が付いた。

(……誤魔化す必要なんて、ないんじゃないかしら？)

別に、今後二度と会うことはないであろう相手からどう思われたっていいではないか。

殺されたことに対して思うところはあるが、いまここにいるアルノルトに文句を言っても仕方がない。皇帝呼ばわりしたのは無礼でも、リーシェは今夜中に国外追放される。この失言が国交に影響することはないだろう。

そう考えてしまえば、いまやるべきことはひとつだ。

リーシェは深呼吸のあと、改めてアルノルトに頭を下げた。貴族の令嬢の礼ではなく、主人に詫《わ》びるときの侍女のお辞儀で。

「申し訳ありません、皇太子殿下。慌てていたとはいえ、大変失礼な言い間違いをいたしました」

そして顔を上げる。

「ですがわたくし、元婚約者に婚約破棄されて大忙しですので。申し訳ありませんが、これにて！」

「……婚約破棄？」

リーシェはドレスの裾を翻して、そこから再び走り出した。

思わぬところで時間を食ってしまったが、急がなくては。リーシェはバルコニーのドアを押し開き、ドレスの裾をまくった。

脱いだ靴を手に、そのまま近くの木に移ろうとしたものの、ここから地上は案外近い。

（いけるわ！　木に飛び移ろうと思ったけれど……この二階の高さなら、庭に飛び降りられる!!）

そう判断したのと、体が動いたのはほとんど同時だ。手すりを越えた瞬間、ずっと黙ってこちらを眺めていたアルノルトが目を見開く。

「っ、おい……」

リーシェは、月色のドレスをふわりとなびかせて、バルコニーから飛び降りた。

飛び降りた先が柔らかな芝生とはいえ、普通に飛んだのでは足への負担が大きすぎる。頭の中で、取るべき動きをすかさず思い描いた。

（足裏で着地、地面を転がって、そのまま脛《すね》から太ももを接地！　続けて腰、背中……）

受け身を取りながら動き、ドレス姿で地面を転がったあと、むくりと起き上がる。

（さあ、急がなきゃ！）

珊瑚色の髪にたくさんの葉っぱをつけたまま、リーシェは立ち上がる。靴の踵《かかと》を邪魔に感じ、近くにある大きな石へ駆け寄ると、テコの原理で思いっ切りヒールを折った。

これでいくぶん走りやすい。満足して靴を履くと、急いで家に駆け出すのだった。

＊＊＊

バルコニーでは、ガルクハイン国の皇太子アルノルトが、その一部始終を眺めていた。

アルノルトの視線は、珊瑚色の髪をした少女の後ろ姿に注がれている。一見すると単なる貴族令嬢だが、アルノルトのことを『皇帝』と呼んだ彼女の身のこなしは、腕の立つ剣士のものだった。

バルコニーから飛び降りたあとの、完全な受け身を取った着地。ドレスを汚して顔色ひとつ変えないどころか、靴の踵を折ってから走り出す規格外な行動。

「ふ……」

それらを思い出したアルノルトは、柄にもなく笑ってしまう。

「ふ、くく。くっく……」

ひとりで肩を震わせていると、後ろから従者が近づいてきた。

「殿下、このようなところにいらしたのですか？　早くホールへとお戻りください。当分ご結婚の意思がないことは承知しておりますが、お相手を探すのはいまからでも――……殿下？」

従者は驚いたように目を丸くする。普段は顰《しか》めっ面《つら》が多く、つまらなさそうな目をしている主君が、いたって上機嫌に笑っているのだ。

「何かあったのですか？」

「オリヴァー、馬車を出せ。……いや、それは煩わしいな。馬を一頭用意しろ」

「承知しました。ですが、いったい何をなさるおつもりで……」

アルノルトは問いに答えず、獲物を見つけた狼《おおかみ》のように、好戦的な笑みを浮かべたのだった。

＊＊＊

王城の前に待たせていた馬車へと駆け込み、家に急がせていたリーシェは、あと数百メートルで屋敷が見えるというところで馬車を止めた。そして、御者に別れを告げる。

「ここで降りるわ！　ダニエル、いままでありがとう！」

家の前は今朝の雨でぬかるんでおり、このまま行くと馬車が立ち往生してしまうのだ。二度目のときは、それで大きく時間を損失したため、以来ここからは走るようにしている。

「はあっ、は……」

騎士として鍛えた人生と違い、いまのこの体には持久力がない。今世でもある程度は体を鍛えようと決意しつつ、リーシェは屋敷に辿り着く。

そして、がっかりした。

「ああー……」

正門の前に人だかりが見える。その中央には、王家の旗を掲げた馬車が停《と》まっていた。

（引き返そうかしら……）

リーシェが足を止めた瞬間、近隣住民による人だかりを牽制《けんせい》していた騎士が声を上げる。

「王太子殿下！　リーシェさまがお見えです！」

「どいていろ！　おい、僕を通せ!!」

人々に怒鳴る声がした。その主については、改めて確かめるまでもない。

「遅かったなあ、リーシェ！」

勝ち誇った顔を見せたのは、リーシェの元婚約者である王太子ディートリヒだった。

「これ以上、愛する僕の口から断罪の言葉を聞きたくない気持ちはよく分かる。しかしそうはいかないぞ！　悪女に対する正義の鉄槌《てっつい》を下すのも、次期国王たる僕の役目なのだからな!!」

「間に合わなかったのね……しかも、いままで経験した中で最悪のタイミングだわ。いっそ一度目のときくらい遅く辿り着けば、殿下の顔は見ずに済んだのに……」

「……？　何をぶつぶつ言っているんだ」

ディートリヒはリーシェの顔を覗《のぞ》き込み、にやりと笑った。

「やっぱりな。先ほどは平気そうに振る舞っていたが、内心では相当悲しんでいたとみえる」

「──はい？」

「僕に婚約破棄されたことが、悲しくて悲しくて仕方ないんだろう」

何がどうなってその結論に至るのだろう。疑問だったが、当のディートリヒは自信満々だ。

「傷心のまま彷徨い歩いたことくらい、僕ともなれば一目で分かるさ！　ドレスは泥だらけ、靴も壊れて満身創痍《まんしんそうい》ではないか。僕に婚約破棄された悲しみで、このような有り様に……」

「馬鹿じゃないですか？」

「なっ」

斜め上の解釈に呆《あき》れ、リーシェはじとりと半目になる。

「悲しみでドレスは汚れませんし、靴も壊れません。それからご存知ないかもしれませんが、私はあなたから婚約破棄されても悲しくありません」

「な、な、なにいい!?」

リーシェの言い放った一言に、周囲の人々がくすくす笑った。

「なあ、あれが王太子さまなんだろう？　リーシェお嬢さまにフラれちまったのかね」

「いやあ。よく分からんが、リーシェさまの方が婚約破棄されたと話してないか？」

「その割にお嬢さまは全然平気そうだし、王子さまの方が傷ついているように見えるけどねえ」

「き……貴様ら!!　平民風情が、僕に対して不敬だぞ!!」

喚いているディートリヒだが、顔立ち自体はかなり整った男だ。絵にかいたような金髪碧眼《へきがん》の外見で、挙げ句に王太子という地位もあってか、彼に群がる女性は絶えなかった。

子供の頃から蝶《ちょう》よ花よと育まれ、自信に満ち溢《あふ》れた彼は、いつも尊大な態度で周囲に接している。

リーシェが何度諫《いさ》めようとも、その態度が改まることはなかった。

(本当、この人と結婚する人生を送らなくてよかったわ)

一度目の人生、彼との婚約破棄で呆然《ぼうぜん》とした自分に対して『心配は無用だ』と伝えてあげたい。

だが、ここにいる人々や騎士たちのために、一応は注意しておく。

「殿下。国民はあなたが護《まも》り、慈しむべき存在です。そのようなお言葉はなりません」

「態度を改めるべきはお前の方だ。僕に追いすがり、許してくださいと詫びる気はないのか？」

「いえまったく。どちらかというと、婚約を破棄していただいた感謝でいっぱいで……」

「なにい!?」

リーシェたちのやりとりを聞いて、騎士たちまで笑い始めた。彼らの場合、周囲の人々と違って大っぴらに笑うことは出来ないので、肩を震わせながらも懸命に口元を押さえている。

それを見て、ディートリヒが顔を真っ赤に染めた。

「ぼ、僕を笑いものにするな！」

「そうです！　ひどいですわ、リーシェさま……！」

続いて聞こえてきた甘い声に、リーシェは溜《た》め息《いき》をついた。

人だかりの向こうから歩み出たのは、華奢《きゃしゃ》で小柄な愛らしい少女だ。

大きな目を涙に潤ませた彼女は、ディートリヒを庇《かば》うように前へ出た。

「ディートリヒ殿下にそのようなお言葉……っ！　わたくしの大切な方を、どうかこれ以上傷つけないでください！」

「マリーさま。いらしていたのですか」

少女マリーは、涙に潤む目でリーシェを睨《にら》んだ。ディートリヒは彼女の後ろで喚き続けている。

「リーシェ、お前はまた僕の可愛《かわい》いマリーを泣かせたな!?　マリーからすべて聞いているぞ。学園で彼女をいじめ、馬鹿にして笑い、時には夜の教室に閉じ込めたと！　お前のような性根のねじ曲がった女が、王妃になどなれると思ったのか!?」

（まあ、そんなこと実際はしていないのだけれど……）

ちらりとマリーを見れば、いささか気まずそうに視線を逸《そ》らす。

「そんなことより殿下。私の両親に、婚約破棄のことはもう話してしまいましたか？」

「そんなことより!?　――ああ、話したさ！　公爵夫妻はたいそう怒って、お前を勘当すると誓いを立てたぞ！」

「ああ……。やっぱり手遅れだったのね……」

何よりも世間体を重視する両親だ。こうなると、自室から金品を持ち出せる見込みはない。

「なんだその反応は！　お前、さっきからいつもと雰囲気が違いすぎるんじゃないか!?　やはり婚約破棄がショックで……」

「いいですか、ディートリヒさま」

もはや王太子と呼ぶのも疲れてしまい、リーシェはげんなりして口を開いた。

「婚約破棄の命、しかと承ります。金輪際あなたさまの前に、わたくしが姿を現すことはございません。どうかご安心くださいますよう」

「え!?　な、なんだと……？」

「子供の頃からずっと、『王太子の婚約者』という立場だけが私の価値であり、生きている意味だと思っていました。けれどもそれは間違いで、価値なんか自分で見つけられる。それが分かったから、もういいのです」

ディートリヒの目を見て、リーシェははっきりと告げる。

「私の人生に、あなたの存在は必要ない」

「な――……」

数歩よろめいたディートリヒが、どさりと地面に尻餅をつく。

それを見て、ついに耐え切れなくなった騎士たちが、周囲の民と一緒に笑い始めた。

「ぼ、僕を笑うな！　臣下のくせに、お前ら全員不敬だぞ!!」

「ディートリヒさま、しっかり！　ひどいですリーシェさま……！」

「ちょうどよかったです、マリーさま。あなたとも、いつかはお話をしたいと思っていました」

マリーに向き直ると、細い肩がびくっと跳ねる。心配しなくとも、取って食うつもりはない。

「マリーさまはとても強いお方です。わたくしはあなたのことを、心から尊敬しておりました」

「ど……どういう、ことですか？」

「あなたは心労の多い環境で育ちながら、温かな笑顔を絶やさない素敵な方。他人に対して壁を作らず、周りの人が心地よくいられるよう、常に配慮をなさっている。いまも、こうして殿下を後ろに守り、私の前に立ちはだかっていらっしゃいます」

マリーの瞳が戸惑いに揺れる。リーシェは、彼女の罪悪感が少しでも減るよう言葉を選んだ。

「殿下との結婚が必要だったのは、ご家族のためなのでしょう？」

「なぜ、それを……」

リーシェがその事実を耳にしたのは、何度目の人生だっただろうか。

貧しい家庭に生まれ育ったマリーには、護るべき大切な弟たちがいた。彼らにおなかいっぱいご飯を食べさせるため、死に物狂いで勉強して学院に入ったマリーには、どうしてもそこで結婚相手を見つける必要があったというのだ。

「ですが、覚えていてください。あなたの人生を左右するべきは、他人でなくあなた自身なのです。幼い頃からの婚約者を切り捨てるような男が、あなたを生涯守り続けると信じられますか？」

マリーはハッとした顔になり、ディートリヒを振り返った。少女の後ろに守られている男は、相変わらず地面に座り込んだままだ。

実はいまから一年後、ディートリヒは王太子の地位を失って幽閉される。

臣下たちに唆されて、王への無謀なクーデターを企《たくら》むのだ。その計画は、初期段階であっさり露見してしまい、国中の笑い話にされるというお粗末な結末を迎える。

リーシェがマリーの境遇を知ったのも、そんな噂と一緒に耳にしたからだ。

「未来を掴《つか》み取るのであれば、他の誰でもなく、あなた自身が望むものでなくてはなりません」

「私の、望み？」

リーシェが頷《うなず》くと、マリーは異国の言葉を聞いたかのような顔をして、深い戸惑いに瞳を揺らす。

「でも……私は、あの子たちのお姉ちゃんなんです」

紡がれたのは、怯《おび》えたような言葉だ。

「私が我慢しないと。私が全部引き受けてあげないと。あの子たちを、幸せに出来ない……」

「その幸せは、マリーさまのご自身の不幸と引き換えにしか、得られないものですか？」

「……っ！」

告げた言葉に、マリーがその目を丸くした。

「大切な誰かを守るために、自分の未来を捨てる必要などありません。あなたがどんな道を選ぶとしても、そのことだけは忘れないで」

「私の、未来……」

マリーの喉が震え、いまにも泣き出しそうな吐息が漏れた。

「ご家族も、マリーさまご自身も笑っていられる、そんな人生を歩んでください」

「――……」

立ち尽くしたマリーの瞳は、宝石のように美しい。

可愛い人ね、とリーシェは思う。彼女に幸せになってほしいのは、本心からの気持ちだ。

だけど、こちらも自分自身の人生のために、そろそろ歩き始めなくては。

「――さて！」

急ににっこり笑ったリーシェに、ディートリヒが身構えた。

「それでは、邪魔者は消えますので」

自分の部屋に未練はあるものの、両親が絶対に家に入れてくれないことは分かっている。これからどうしようかと思いながら、リーシェは彼らに背中を向けた。

「ま……待ってください、リーシェさま……！」

「そ、そうだ、待てリーシェ！　許さないぞ。僕に未練があるくせに、その態度！」

「あーもう、面倒ね！　私に話すことはもうありません、以上！　おしまい！」

「おい騎士ども、リーシェを捕らえろ！」

足早に歩き去ろうとしたリーシェを、騎士たちが渋々追いかけてくる。彼らに同情しつつも角を曲がろうとしたリーシェだが、嫌な気配を察知した。立ち止まったリーシェに、騎士が追いつく。

「申し訳ありませんリーシェさま。あと少しだけお時間を……うわっ!?」

リーシェは手を伸ばすと、騎士の提げた剣を掴む。鞘《さや》から抜き、振り返りざまに頭上へと構えた。

きぃんっと金属音が響く。

何者かによって振り下ろされた剣の一撃を、リーシェの剣が受け止めたのだ。暗闇から現れたその人物を、リーシェは真っ向から睨みつける。

（アルノルト・ハイン……！）

「へえ」

交えた剣の向こうで笑ったのは、かつてリーシェを殺した男だった。

「やはり相当な使い手のようだな」

しゃん、と刃同士の擦《こす》れる音が響く。アルノルトが剣を鞘に収めたので、こちらも剣先を下げた。

ただし、お互いに視線は外さない。

「待て貴様、何者だ!?」

「騎士の皆さまはお下がりください。あなた方に出てこられると、事態がややこしくなるので」

リーシェの言葉に、騎士たちは戸惑ったようだ。しかし、友好国の皇太子を相手に、この国の騎士を対峙《たいじ》させるわけにはいかない。

（それにきっと、この場にいる全員が束になってかかっても、この人には勝てない）

恐ろしいくらいに的確な剣筋だ。それを剣で受け止めたリーシェの手は、あの一撃ですっかり痺《しび》れている。しかも、五年後はこれよりさらに強くなっているのだ。

アルノルトの青い目が、リーシェのことを無遠慮に眺めた。

「リーシェといったな。その剣術、いったいどこで身につけた？」

「秘密です。それに、あなたに褒めていただくほどではありません。さっきの一撃だって、明らかに手を抜いていたくせに」

「ははっ。バレたか」

やっぱり楽しそうなアルノルトを見て、リーシェは戸惑った。

（笑っている……あの、アルノルト・ハインが……）

別の人生で見た彼は、悪鬼のように恐ろしい表情か、ひどく冷酷な顔ばかり浮かべていたものだ。それなのにいまの彼は、纏《まと》っている雰囲気が幾分柔らかい。

（私の知る皇帝アルノルト・ハインが二十四歳だから、いまの彼は十九歳？　……なんだか変な感じだわ。顔つきにまだ少年っぽさが残っているというか、笑い方が悪戯《いたずら》っ子みたいというか……）

先ほどの一閃《いっせん》も、攻撃というよりは遊びに誘うような類のものだった。

わずかに殺気が混じっていたのも、本気ではなく、リーシェに応じさせるためだったのだろう。もっとも、遊びで殺気を発せられる時点でとんでもないのだが。

そんな風にアルノルトを観察していると、後ろで呆然としていたマリーとディートリヒが、揃《そろ》って我に返ったようだ。

「あのっ！　ど、ど、どなたかは存じませんが、リーシェさまから離れてください！」

「そうだそうだ！　大体、貴様は誰なんだ!?」

（まさかディートリヒ殿下、自分が招いた国賓の顔も知らないの!?）

ディートリヒは外交に一切興味がないので、夜会の前に挨拶すらしていなかったのかもしれない。

一方のマリーは、アルノルトの只者《ただもの》でない空気を感じ取っているようだ。声が震えているものの、リーシェのために勇気を出してくれているらしい。つくづく彼女と友達になれなかったのが残念だ。

「それがお前の元婚約者か。想像以上の間抜け面だな」

アルノルトの言葉に、ディートリヒが顔を赤くして憤慨する。

「な、なんだとお!? 貴様も処刑されたいか!?」

「ディートリヒさま、お願いだから黙っていてください。……アルノルト殿下も、彼がこの国の王太子だと知っていて挑発なさっているでしょう？」

「なんのことだか。王太子殿が相手とあっては、俺も口を慎まなければならないな」

白々しい否定だ。一方、この男が誰なのかを知ったディートリヒは顔面蒼白《そうはく》になった。

「あ、アルノルト!? この男、もしやガルクハイン国の皇太子か!?」

「ひ……っ!!」

騎士たちが後ろに下がりかけ、それを恥じるように踏み止《とど》まった。騒動の見物に集まっていた街の人々も、震え上がってアルノルトを見ている。

「あれが、たったひとりで敵の騎士団を壊滅させたっていう化け物皇太子……？」

「馬鹿、やめな！ そんな口を利いたら、あんたも殺されちまうよ！」

いまは和平を結んでいるとはいえ、相手は元敵国の恐ろしき皇子だ。五年後の世界ほどではないにしろ、アルノルトはここでも、血生臭い噂と共に畏怖されている。

人々は、アルノルトに背中を見せて逃げるのも恐ろしいようで、騎士の後ろに固まっていた。

（なんだか厄介なことになったわね……）

リーシェは溜め息に近い深呼吸をすると、アルノルトを見上げる。

「アルノルト殿下。ご用向きをお伺いしても？　殿下ともあろうお方が、ただの戯れで剣を抜かれたわけではないですよね」

「……ああ」

リーシェの言葉に、アルノルトは納得したようだ。

「確かにさっさと本題を伝えるべきだな。いや、無礼を働いた謝罪が先か」

（え。この人、十九歳の時点ではちゃんと他人に謝れるのね）

びっくりした。皇帝となった彼は、『無茶な侵略を諫めようとした臣下の首を、残らず刎《は》ねた』と聞いたのに。

しかし、次に彼が取った行動にはもっと驚く。

「え……」

なんと、アルノルトがリーシェの前に跪《ひざまず》いたのだ。

（嘘でしょう!?）

五年後には精鋭軍を率い、諸外国を侵略して回る皇帝が。

気位が高くて傲慢だと言われていたアルノルトが、リーシェの目の前に跪いている。

さらに彼はこうべを垂れ、まるで、主君に忠誠を誓う騎士のような姿勢を取るのだ。

そうしているのがアルノルトでなければ、ひどく絵になる光景だと感じていただろう。事実、先ほどまで彼を恐れていた人々も、ほうっと見惚れたような溜め息をついている。

だが、当のリーシェにはそれどころではない。

「何をなさっているのです!?　皇太子殿下がこんなところで跪くなんて！」

「貴殿への突然の無礼を詫びよう。そして、願わくはどうか――」

アルノルトは顔を上げると、リーシェの手を取った。

少し強引に引き寄せられ、前のめりになってしまう。するとアルノルトは、リーシェの顔を間近から覗き込んできた。

（う……っ）

何度見ても綺麗な顔立ちだ。

長い睫毛、形の良い眉、通った鼻筋。鋭い光を帯びた青色の瞳は、かつての人生で船から眺めた北国の流氷を思い出させる。

脈絡のないことを考えてしまったのは、一種の現実逃避だったろうか。そんなリーシェに対し、アルノルトが告げる。

「どうか、俺の妻になってほしい」

「…………は？」

いま、なんと言ったのだろうか。

周りを見ると、みんな唖然《あぜん》としてこちらを見ている。リーシェはもう一度前を向き、跪いたアルノルトを見下ろした。

「……つま？」

「ああ、そうだ」

「私が、あなたの？」

「ああ」

「…………」

はっきりとした肯定が、この状況を現実なのだと知らしめる。今の状況を理解した瞬間、さすがのリーシェもひゅっと喉を鳴らした。

（待って。なにこれ、どういうこと？）

動揺のあまり、目の前がちかちかする。

結婚しろということだ。リーシェに、アルノルトと。

別の人生で、自分を殺した男と。

（全然状況が分からない。意味も目的も分からない。だけど、これだけは早く答えなくちゃ……）

周囲の人々が固唾を呑んで見守る中、リーシェはきっぱりと告げた。

「お断りします」

「…………」

当たり前だ。こんなもの断るに決まっている。リーシェは今度こそ生き延びて、平穏で呑気《のんき》な生活を送ると誓ったのだ。

――なのに、どうして。

「っ、はは！」

（……どうしてそんなに楽しそうに笑うのよ!!）

アルノルトの浮かべた笑みは、リーシェにとって嫌な予感しかしないものだった。

＊＊＊

いまよりひとつ前の、六度目の人生。

男装したリーシェが騎士になったのは、旅をしながら辿り着いた島国だった。

赤い煉瓦《れんが》で作られた、愛らしくも歴史ある王国だ。その国で出会った騎士団は、旅のために男装したリーシェが女だと気付かず、騎士団への入団を薦めてくれた。

訓練は、文字通りに血反吐《ちへど》を吐くほどのものだった。

もともと公爵令嬢時代、護身術の一環として剣術を習っていたことはある。基礎は出来ていたものの、男として騎士たちに課せられる訓練は、令嬢がたしなみ程度に習うものとは全く違った。

眠る暇もなく体を鍛え、昼夜を問わずに剣術を叩《たた》き込まれて、やっと一人前になれた頃だ。

皇帝アルノルトの率いるガルクハイン国軍が、あの城に攻め込んできたのは。

（一体なぜこんなことに……）

リーシェはぐったりしながらも、静かに椅子へ座っていた。

向かいの椅子にはアルノルトが座っている。足を組み、肘掛けに頬杖《ほおづえ》をついて、尊大な態度だ。

「どうした。機嫌が悪そうだな」

「……それはそうでしょう」

指摘の通り、むすっとした声で返事をする。とはいえ、『ここではない人生であなたに殺されたからです』なんて言うわけにもいかない。最初に巻き戻りを経験して以来、リーシェはこの事実を誰にも秘密にすると決めていた。

「国外追放されたあとに何をするか、私だって色々と計画を立てていたのに。あなたのおかげで家から両親が出てくる上、国王陛下のお耳に届いてしまって……」

アルノルトに求婚され、それをリーシェが断ったあと、最初に叫んだのはディートリヒだった。

『ガ、ガルクハインの皇太子がっ、リーシェに求婚だとおおおっ!?』

絶叫にも近いその叫びは、屋敷内で聞き耳を立てていた両親に届いた。

飛び出してきた両親に捕まり、リーシェが「結婚するつもりはない、ディートリヒに命じられた通り国を出ていく」と話したのに、ふたりとも聞いてくれない。顔面蒼白で、ただ狼狽《うろた》えていた。

そうこうしているうち、道向こうから煌《きら》びやかな馬車が到着する。ぬかるみに嵌《は》まった馬車から転がり出たのは、この国の王だ。

泥だらけの国王は、息子の襟首を鷲掴《わしづか》みにすると、地面へ叩きつける勢いで頭を下げさせた。そして、まずはアルノルトに叫んだのだ。

『アルノルト殿下、馬鹿息子がとんだご無礼を……!! ガルクハインからお越しいただいたにもかかわらず、ご挨拶すらしていなかったとは!!』

『ち、父上、痛いいい！ 石が、石が額に食い込んで……!!』

『そしてリーシェ嬢……！ 婚約破棄の件は本当にすまなかった!! 勝手な願いだとは分かっている、国王として、父親として心から詫びる！ だからどうか、我が国のために、皇太子殿下のお話を前向きに考えていただけないだろうか……！』

地に頭を擦り付ける勢いの国王に、両親が慌ててそれにならう。町民たちの前であることも構わずひれ伏す彼らを前に、リーシェはくらくらと眩暈がした。

その状況をやはり楽しそうに眺めていたアルノルトだが、不意に意地の悪い笑みを消し、王の前に歩み出て言う。

『……どうか顔を上げていただきたい。国王陛下』

無表情になると、アルノルトの顔は途端に冷たく見えた。低い声のせいもあってか、国王は頑《かたく》なに頭を下げたままだ。その国王に向けて、アルノルトは続ける。

『これしきのことで、両国の友好に軋轢《あつれき》が生じるようなことはありません。ただ、かなうのであれば、彼女と話す時間をとりなしていただきたい』

リーシェはあとで知ったのだが、国王を脅したのはアルノルトの従者らしい。『夜会に馳《は》せ参じたにもかかわらず、この国からは歓迎の意思表明すらない。このことを国に持ち帰れば、皇太子を軽んじられたと考えた皇国はどう出るか』――そんなことを、国王側の従者に伝えたそうだ。

『た、頼む、リーシェ嬢……！』

小太りの王から泣きそうな瞳で見つめられ、リーシェは言葉に詰まった。

本来なら、ここで彼らの頼みを聞く義理もない。なんの未練もないこの国を出ていくだけなのだが、どうしたものか。そう思っていると、アルノルトがそっと傍《そば》で囁いた。

『――これを断るなら、また次の手を使うまでだぞ』

『……』

こうして不本意にも、この男と「お話だけでも」する場を設けられたのだ。夜会の客人たちを全員帰し、リーシェとアルノルトだけになった王城の応接間で、ふたりは向かい合っている。

「いったい何を企んでらっしゃるのです？」

「企むとは？」

「求婚のことです。突然あんなことをおっしゃるなんて、何か思惑がおありなのでしょう」

なにせ五年後、世界中を敵に回すような侵略戦争を始める男である。警戒しながら尋ねたのに、アルノルトはにやりと口の端を上げた。

「思惑も何もない。ただ、お前に惚《ほ》れ込んだだけだ」

「惚れ……」

似合わなさすぎてびっくりした。もはや突っ込むのも面倒だが、どう考えても嘘に決まっている。

いずれ『氷の血が流れている』や、『人間でない』とまで言われるようになる冷酷な男が、どの口でそんなことを吐くのだろうか。

「お前の方は何故断る？　婚約破棄され、国外追放が決まり、なんの後ろ盾もないのだろう。このまま野垂れ死ぬしかないお前にとって、渡りに船のはずだ」

「確かに昔の私なら、そのお話に飛びついていたでしょうね」

たとえばこれが、一度目の人生で起きたことであれば。

しかしリーシェは知っている。これからの人生には無限の選択肢があり、いくらでも未来を選べるということを。六度の人生で、ちゃんと体感したのだから。

（彼と結婚しなくたって、私は私の人生を生きていける。……でも）

人生とは、少しの変化によって大きく道筋を変える。この先に何度別の人生を経験するか分からないが、アルノルトとの結婚は、きっとこの人生でしか選べない道だろう。

（……戦火の矢を放った男。悪逆非道の皇帝。侵略者……）

世界に戦争を仕掛けたアルノルト・ハインについて、噂や推測は数多く耳にしたものの、彼の真意は分からないままだ。

アルノルトはどうしてあんなことをしたのだろう。そんな疑問は、彼と話したこともない一度目の人生から、ずっと考え続けていた。

商人として、『戦争が始まった』と聞いたときも。薬師として、『死人が多く出ているらしい』と耳にしたときも。侍女として、震えるお嬢さまを『大丈夫ですよ』と慰めたときもずっと。

騎士としてアルノルトに対峙し、その剣に、心臓を貫かれたときさえも。

（傍にいれば、その理由が分かる？）

知りたい気もする。同じくらい、どうでもいいような気もする。

（だけど、そういえば……）

思い出したのは、かつての自分が抱いていた『夢』のことだ。あるいは、憧れと言ってもいい。

ふうっと息を吐き出して、リーシェは顔を上げた。

「……私に惚れていると言ってくださいましたね」

「ああ。だから結婚を申し込んだ」

こんな嘘を、よくも真顔でつけたものだ。

「では、なんでもわがままを聞いてくださいますか？」

「俺が叶《かな》えてやれる限り、あらゆるすべてを叶えると誓おう」

「……条件があります」

アルノルトは、沈黙で続きを促す。

「婚姻の儀に必要なものは、私の指定する商会から仕入れていただくこと」

「分かった。お前の自由にするといい」

「それから、婚姻の儀が終わったあと、各国の賓客と交流する場を設けてください」

「そちらはむしろ、皇太子妃として最初に求められる仕事になるだろう。他には？」

「私、ご両親とは別居がいいです」

いたって真剣にそう言うと、アルノルトはおかしそうに笑った。

「お前が嫁姑《よめしゅうとめ》問題を気にするようには見えないが」

「そんなことありません。ご家族とのお付き合いは、結婚でもっとも苦労する点だと言いますし。古くて汚い家でもいいので、別宅を構えていただけますか？」

もちろん、本当に同居が嫌でこんなことを言っているわけではない。

アルノルトは戦争を起こす前、最初に父を殺すのだ。ディートリヒのように生半可なものでなく、本当の父殺しによるクーデターを起こす。

そうして自身が皇帝になり、この国の実権を握って、軍を自在に動かし始めるのだった。

（ちょっとでもご両親と引き離した方が、殺せるチャンスは減るわよね。まあ、あまり意味がないかもしれないけど）

「他にはどうしたい？　お前と結婚するためなら、なんだってしてやる」

「いますぐ何を企んでいるのか教えてください……と言いたいところですけど。最後に大事なことをひとつだけ」

不躾《ぶしつけ》であることは承知しつつも、リーシェはアルノルトにびしっと指を突き付けた。

「――私、絶対にお城ではゴロゴロしますから！　ぐうたらして、怠けて、働きません！」

「…………」

これによって、『そんな皇太子妃は願い下げだ』と取り下げてもらえないだろうか。

しかしアルノルトは、いよいよ楽しそうに笑い始め、求婚を撤回してくれないのだった。

# 第二章

『私ね。商人になってから、生まれて初めて「将来の夢」が出来たの』

かつてのリーシェは、その国で出来た友人に対してそう伝えた。

『いままでずっと、「王太子の婚約者」や「公爵家のひとり娘」である自分しか存在していなかったわ。私が将来目指すものは、その肩書きにふさわしい人間なんだって。……だけど旅をして、知らない国の景色を見て、初めて「叶《かな》えたい」って思ったことがあるのよ』

『へえ。そいつはなんだ?』

砂漠の国の王は、人好きのする笑顔を浮かべて聞いてくれた。だからリーシェも笑顔で答える。

『世界中にある、すべての国に行ってみたい。自分の足で街を回って、市場を見て、そこで生きてる人の笑っている顔を見てみたいわ!』

そんな出来事も、いまは遥《はる》か昔のことのようだ。

＊＊＊

「――!」

眠っていたリーシェは、異変を感じてぱちっと目を開けた。

抱え込んでいた剣を半分抜き、気配がある方に刃を向ける。ここは馬車の中であり、向かい側に座っているのは、かつての人生で敵対したアルノルトだ。

アルノルトの手は、リーシェに触れる寸前で止まっていた。

「……なんですか、その手は」

彼の国へ向かう馬車に乗る際、リーシェは「指一本触らないでくださいね」と念押ししていた。皇太子が妃《きさき》に触れられないなど大問題だが、アルノルトは『なんでもリーシェの言うことを聞く』という約束の通り、それを承諾してくれたのだ。

なのに、こうもあっさり破られようとは。

じとりと見たリーシェに対し、アルノルトは余裕のある表情だ。

「そう軽蔑した目をするな。ただ、お前に取られたものを取り返そうとしただけだ」

「……？」

言われて剣に目を遣《や》ると、それはリーシェの剣ではない。

黒塗りの鞘《さや》に、シンプルな金の装飾。柄《つか》にガルクハインの紋章が刻まれた、この剣は――。

「ぎゃあ！」

思わず大声を上げ、アルノルトにそれを突き返した。

「た、大変失礼いたしました!!」

「ふっ、くく……何事かと思ったぞ。眠そうに船を漕《こ》いでいたと思ったら、いきなり俺の剣を引っ掴《つか》んでくるとは。それを支えに丸まるだけで、よくあんなにぐっすり眠れるものだな」

アルノルトは剣を受け取り、自分の傍《そば》に立て掛けた。リーシェはばくばくと鳴る心臓をドレスの上から押さえ、深呼吸をする。

(やってしまったわ……過去の人生で、自分の心臓を刺した剣を枕代わりにしていたなんて……)

剣が手元にあると少し安心できるのは、騎士人生のせいだろう。とはいえ、無意識に引き寄せたのがアルノルトの剣なのは最悪だった。

「あまりによく寝ているものだから、剣は取り上げて横にならせようと考えたのだが。まさか、触れもしないのに勘付かれるとは」

アルノルトは興味深そうに笑いながら、馬車の窓枠に右腕で頬杖《ほおづえ》をついた。

「それほどの域に達するには、よほど戦いの訓練を重ねたのだろう。令嬢らしい生活など、送る暇もなかったんじゃないか?」

「そ、そうですね」

実際は、令嬢らしいどころか男として暮らしていたなんて言えるはずもない。

「――とはいえ、剣術に身を捧《ささ》げるばかりでなく、花を愛《め》でる心もあるらしい」

アルノルトの視線を辿《たど》り、座席の傍らに置いた荷物を見た。

リーシェがハンカチの上に並べているのは、小さくて愛らしい花々だ。

ガルクハイン国に向かう旅は、今日で五日目となる。これはその道中、馬たちを湖で休憩させる際など、水辺に咲いているのを摘み集めてきたのだった。

今日採集した花はまだ瑞々《みずみず》しいが、五日前に干し始めたものは、そろそろ良い頃合いだ。

「これは、愛でるために摘んだものではないのです」

リーシェはほくほくしながら、手に取った花に顔を寄せた。

少し甘い香りがして、心が満たされる。春の野草が持つ、柔らかくて優しい匂いだ。そのまま窓の外に目をやると、ガルクハイン国に向かう森の中は、この辺りにしか自生しない花々がたくさん咲いていた。

馬車を降りてあれも摘みたいが、そのために旅程を遅らせるわけにもいかない。しかし名残惜しく、さびしい目で外を見てしまう。それを黙って眺めていたアルノルトが言った。

「そういえば、従者に手配させて早馬を出したぞ。お前の指定した商会あてに、婚姻の儀のための商談をしに来いと伝令をした」

「ありがとうございます。わがままを聞いていただいて、嬉《うれ》しいですわ」

「アリア商会……この頃評判を聞くようになった、新興の商会だな。元々贔屓《ひいき》にしていたのか？」

「いいえ。ただ、とても良い品を仕入れてくださるとお友達に聞いていたので」

アルノルトが約束を守ってくれそうなので、リーシェはほっとする。

一般的な王家には、お抱えの商人がいるものだ。それを外して他の商会を使ってもらうというのは、案外難しい頼みでもあった。

（とはいえ、この人生でも早めに『あの人たち』との接点は作っておきたいわ）

リーシェが指定したのは、一度目の人生で出会い、リーシェを商人に育ててくれた商会だった。

いまから二年前、商会長のタリーが新たに作ったもので、いまはまだ成長途中の一団だ。しかし、彼らはここからほんの数年で世界最大規模の商会となる。

薬師人生で作り上げた新薬を流通させる際も、彼に助けられた。あのときは、薬師としてのリーシェが信用を勝ち取るのに苦労したが、今回はもっと話が早いだろう。

（この婚姻が上手《うま》くいくとは思えないし、何かあったらいつでも逃げ出せるようにしておかなきゃ。そのためには私の知りうるすべての情報と、皇太子妃の立場を利用する）

アルノルトが何を考えているかは分からなくても、利用されるだけで終わるつもりはない。どうせいつか離されるとしても、有意義な日々にしなくては。

すべては五年後も生き延びて、のんびりごろごろ生活を送るため。

そんな決意を込めて彼を見る。

「どうした？」

（う……っ）

完璧に整った顔で見つめ返され、リーシェは思わず顔をしかめた。

とんでもない美形というのは、比喩でなく破壊力が高いものだ。過去、この美しい顔を持つ男に殺された身としては、なおさらだった。

「いえ、なんでもありませ――」

そう言いかけたとき、高い馬の嘶《いなな》きが響き渡る。

「止まれ！　おい、馬車を止めろ！」

従者たちを乗せている前方の馬車から、怒鳴り声が聞こえてきた。馬車の隊列に随行していた大勢の騎士が、前方に駆け出す。

「貴様ら、何者だ――ぐあああっ！」

非常事態だ。飛び出そうとしたリーシェより早く、剣を手にしたアルノルトが馬車を降りた。

「あ！」

「お前はここで、大人しくしていろ」

アルノルトは外から扉を施錠すると、騒ぎの方に向かってしまう。

(騎士がいるのに、皇太子がわざわざ自分から危険に近付くの!?)

同じく飛び出そうとしていた自分のことを棚に上げ、リーシェは驚愕《きょうがく》した。

馬車は恐らく、盗賊の類《たぐい》に襲われているのだろう。この馬車には扉の内外に別々の鍵がついているのだが、アルノルトは外の鍵を掛けた。つまりはリーシェを外に出さないためだ。

(大人しく、なんて言われたけど)

五台の馬車でここまで来たが、アルノルトとリーシェの乗る馬車は最も目立つ。たとえ素直に閉じこもっていても、窓硝子《まどガラス》を割って引きずり出されればそれで終わりだ。

かといって、外から施錠されていては馬車から出ることも出来ない。御者たちが森の奥に逃げるのを横目で見つつ、何か使えるものはないかと探して、髪飾りのピンに目を付ける。

(……懐かしいわね)

髪飾りを外し、扉の隙間でピンをねじ曲げながら、リーシェはふっと遠い目をした。

（侍女だったとき、お嬢さまが勉強を嫌がってすぐお部屋に鍵を掛けるから、よくこうやって無理やり解錠したものだわ……）

出来上がったピンにより、簡易的な馬車の鍵はすぐに開いた。

馬車の扉を開けると、辺りに賊の気配はない。辺りに注意を払いつつ、騒ぎの中心地である前方に向かう。

そしてリーシェは、アルノルトの元に辿り着いた。

（……これは……）

地面に転がるのは、賊とおぼしき十数人の男たちだ。

その中央に立つアルノルトは、賊のひとりを足で転がした。剣の切っ先を喉元へ突きつけ、つまらなさそうに眉を顰《ひそ》める。

「これで終わりか」

「ぐあ……っ！」

「せっかく俺ひとりで相手をしてやったというのに。退屈しのぎにもならないな」

賊の腹をぐっと踏みつけて、アルノルトは酷薄なまなざしを向けた。

その表情はひどく冷たい。自分たちを襲撃した存在への怒気ではなく、自分の期待にそぐわなかった失望の目だ。

アルノルトの放つその空気に、部下であるはずの騎士たちが怯《おび》えた表情をする。血の滴る剣を手にしたアルノルトは、それを軽く振って血を払った。

賊の衣服で剣を拭い、鞘に納める。周りに転がっている賊は、全員気を失っているだけのようだ。

（敵を誰ひとり殺してない……！　あのアルノルト・ハインが？　ここがまだ他国領だから？）

さすがに、そんな下手を踏まないくらいの理性はあるということか。

あるいは、この時点でのアルノルトはまだ、無暗《むやみ》に人を殺すような振る舞いはしないのだろうか。

観察していると、視線に気付いたらしいアルノルトがこちらを見る。そして、驚いたような顔をした。殺気立っていたこれまでとは違う、素直な表情だ。

「お前、どうやって馬車を出た？」

「秘密です。種明かしをすると対策されてしまうので」

「は。本当に、底が知れないな」

先ほどまであんなに冷たい表情をしていたくせに、急に年相応の楽しそうな顔をしないでほしい。

辟易《へきえき》していると、馬車の中からひとりの男性が降りてきた。

「殿下！　あなたはまた、無茶をなさって！」

怒りながら出てきたのは、アルノルトに負けず劣らず長身の人物だ。眉を吊《つ》り上げた銀髪の彼は、アルノルトの従者でオリヴァーというらしい。

「なんのために騎士がついているとお思いですか。仕方なく賊と交戦するならまだしも、騎士を下がらせてご自身のみが戦うなど！」

（せ、正論だわ……）

このオリヴァーは、アルノルトに対してまったく臆さないようだ。リーシェは五日前に彼の紹介を受けたのだが、『うちの殿下をよろしくお願いします』と身内のような挨拶をされた。

アルノルトの方も、オリヴァーに対しては恐ろしい皇太子の顔ではなく、いささか面倒くさそうな表情でこう説明する。

「盗賊たちに逼迫《ひっぱく》した殺気を感じた。こういう手合いは厄介だ。戦場でもない場所で騎士に戦わせて損害を出すよりも、俺がひとりで出た方が国益を守れる。……事実、初動で交戦した連中に負傷者が出ているだろう」

彼の言う通り、数人の騎士が木に凭《もた》れ掛かってぐったりとしていた。アルノルトは、無事だった騎士たちに指示を出す。

「第一部隊は怪我人《けがにん》の手当てを。第二部隊は盗賊どもを捕縛しろ」

「はっ」

だが、オリヴァーはやはり困った顔だ。

「まったく……殿下のそれは結果論ですよ。何事もなかったからよかったものの、リーシェさままで連れ出して。女性には馬車の中で、隠れていていただかなくてどうするのです」

「俺が馬車から降ろしたんじゃない」

そう言われ、リーシェはさっと視線をそらした。そんなことより、気になるのは騎士たちの様子だ。怪我自体はそれほど深いものではなさそうなのに、彼らはみんな脱力している。

「あの。私、何かお手伝いしましょうか」

介抱役の騎士に話しかけると、彼はぎょっとしたような顔でリーシェを見上げた。

「滅相もない！　どうか馬車に戻って、休んでいらしてください」

騎士の言葉は、それだけ聞けば特に不自然なところはないはずだ。でも、彼らがリーシェを見るまなざしは、大切な仲間に近付かせたくないといった雰囲気だった。

（歓迎されていないどころか、警戒されているわね）

「う……」

騎士のひとりが、仲間に抱き起こされて呻《うめ》き声《ごえ》を上げる。

「おい、どうした。大丈夫か？」

「か、体が痺《しび》れて……」

「何だって？　……これは……」

騎士は、足元に落ちていた剣を慌てて拾い上げると、その刃を確かめて青褪《あおざ》める。

「殿下！　ご覧ください。盗賊たちは、武器に毒薬の類を仕込んでいたようです」

報告を受けたアルノルトは、舌打ちをすると、騎士たちへの指示を追加した。

「至急、負傷者の傷口がどこなのか探せ。心臓に近い箇所を縛り、傷口から毒を吸い出すように」

その指示はおおむね的確だ。リーシェは辺りを見回し、縛り上げられている盗賊に寄ってみる。

短剣を鞘から抜くと、その刃には騎士の言っていた通り、てらてらした液体が塗られていた。

（たっぷりと、惜しげもなく塗られている。きっと安価かつ、大量に入手できる毒ね）

手で扇《あお》いで匂いを確かめてみると、刺激臭は感じられない。今度は直接鼻を近付けて、さらに詳しく分析する。

（熟れすぎた林檎《りんご》みたいな甘い香り。シアー草と、青石茸《だけ》を混ぜたもので間違いないわ。騎士たちの症状とも、おおむね一致している）

リーシェはそっと立ち上がると、自分が乗っていた馬車の方に向かった。

「殿下。リーシェさまが馬車にお戻りですが」

「構わない。好きにさせておけ」

「まあ……剣の訓練を受けているというお話でしたが、戦場の経験があるわけではないでしょうからね。このように恐ろしい光景は、うら若きご令嬢には残酷でしょう」

（あったわ。これとこれと、それから……）

アルノルトたちの会話を聞き流しながら、リーシェは目当てのものを探す。

「仕込まれた毒は、恐らく痺れ薬だろうな。この辺りの狩人《かりゅうど》が、大型の獲物を弱らせる際に使うものがあると聞く。刃に塗られた程度の量では、致死量には満たないはずだが」

「とはいえ困りましたね。ガルクハイン国までは、最短で見積もってもあと二日。動けない騎士を介抱しながらとなると、それ以上の旅程になります」

「狩人たちのいる集落を探すしかないだろう。解毒剤を手に入れれば――……」

「あの」

ふたりの元に戻ったリーシェは、すっと手を挙げた。

「私、用意できます。解毒剤」

「――は？」

その場の視線が、一斉にリーシェへと集まった。

＊＊＊

アルノルトの見解は、リーシェの立てた推測と一致していた。

この甘い香りがする毒は、大陸のあちこちで狩りに使用されているものだ。春に採れる材料から作られ、炎による加熱で毒素が消えるため、重宝されている。

リーシェ自身も、過去にこの毒を見る機会は何度かあった。薬師人生において、この毒に触れてしまった患者を治療したこともある。

「成人男性の致死量としては、ワイングラスに一杯分です。騎士たちの体内に入ったのは、その百分の一にも満たないでしょう」

負傷した騎士たちを横向きに寝かせてもらいつつ、リーシェはアルノルトに説明した。その一方で、作業をする手は止めない。

「ただ、舌などの動きも悪くなることがあるので、仰向《あおむ》けには寝かさない方がいいのです。舌の根が喉の方に落ちて、気道を塞いでしまいますから」

「なるほどな。……説明の内容は理解したが、それで？」

アルノルトは、リーシェの手元を見下ろして尋ねる。

「お前はいったい、何をしているんだ」

「なにって、見ての通り解毒剤作りですけど」

器で薬草たちを捏《こ》ねながら、リーシェは大真面目にそう言った。

スープ用の白い器には、今朝摘んだばかりの花々が入っている。スプーンの背で潰し、別の草花を追加してまた押し混ぜた。本当はすり鉢の方が効率もいいのだが、贅沢《ぜいたく》は言えない。

「この毒が重宝される理由は、安くてすぐ手に入って、解毒剤の確保が容易だからなのです」

発見のきっかけは、毒のある茸《きのこ》を食べた鹿が食後も普通にしていたことらしい。狩人たちは、その鹿が一緒に食べている薬草を調べ、自らを実験台に解毒剤を編み出したのだ。

先人たちに敬意を払いつつ、潰した薬草に少量の水を加え、それを布で濾《こ》す。

「本当は、煮詰めた方が効果は出るのですが。取り急ぎこちらを使いましょう」

リーシェは立ち上がり、緑色の薬が入った器を示した。

そして、周囲が呆然《ぼうぜん》と自分を見ていることに気が付く。

「……？」

視線の理由が分からず、困ってしまって振り返った。オリヴァーがぽかんとしている横で、アルノルトは何か考えるように口を閉ざしている。

治療をするなら、一刻も早い方がいいのだが。

そこまで悩んだところで、リーシェは思い至る。

（ひょっとして、疑われているのかしら）

考えてみれば、当然のことだ。

（私だって、赤の他人が調合した薬をいきなり使いたくないものね。でも、解毒剤を摂取するまでの時間が長ければ長いほど、痺れは取れにくくなるし……）

せめて、彼らの不安は晴らしてあげたい。リーシェはそう思い、アルノルトに歩み寄る。

自身のドレスの袖をまくると、次に、彼が帯びている剣を鞘から半分引き抜いた。

「お借りしますね、殿下」

「な——」

そう告げてから、腕の内側の柔らかい皮膚を剣に押し当てる。淡い痛みが走り、じわりと血が滲《にじ》むものの、騎士人生の傷に比べればなんともない。

だが、アルノルトの反応は違った。

「何をしている！」

腕を掴まれそうになり、即座に体を後ろへ引く。

どうしてそんなに驚いているのだろう。だが、理由を尋ねている場合ではない。中身がこぼれそうになった器を抱え直しつつ、リーシェは騎士たちを振り返る。

「ご安心ください。この液体は、毒などではありません」

そう言って薬をスプーンですくい、たったいまアルノルトの剣で作った傷口に垂らす。少々しみるのは、薬草の成分が抽出できている証拠だ。

「リコリー草とルクアの花、それにカリーリエの実をすり潰して混ぜたものです。これでもまだ信じがたければ、私が一口飲みましょう」

飲むのは苦いので、なるべく避けたいのだが。本心を隠しつつ、近くにいた騎士を見下ろした。

「あなた方の受けた毒は、その痺れが数日は続くものです。なので、選んでください」

「えら、ぶ……？」

「この薬を使うか。または不快な痺れを抱えたまま、ガルクハインに着くのをじっと待つか。はたまた殿下にお願いして、狩人の集落を探し、彼らの使う解毒剤を手に入れていただくか――」

リーシェはそう告げて、にっこりと微笑《ほほえ》む。

「あなた方のお好きな手段をお選びください。ね、殿下」

「……」

こうして、リーシェの解毒剤は採用されることになった。

痺れが取れるまでは時間が掛かる。そのあいだ草原の中で休めることになったリーシェは、先ほど馬車の中から見つめていた薬草を摘むことが出来て大満足だ。

炎症を抑える薬草や、胃薬になる花。頭痛薬、眠り茸などを採集して、ハンカチに包んでいく。

そのあいだもアルノルトは、この国の辺境伯に伝令を出し、捕縛した盗賊に関する手配をしていたようだ。オリヴァーと共に調整をしていたが、しばらくしてリーシェの傍にやってくる。

「花を摘む趣味は、観賞用でなく実用だったか」

池のほとりに薬草を並べたリーシェを見て、アルノルトは機嫌が良さそうだった。

傍に腰を下ろすので、リーシェは警戒する。だが、特に何かしてくる様子でもなかったので、作業を再開した。

茎が有用な薬草からは、不要な葉をどんどんむしっていく。この葉には薬効がない代わり、スープに入れると風味が出て美味《おい》しいのだった。眠り茸は胞子の扱いが厄介で、しっかり日干しで乾燥させなければならない。

（馬車の屋根に括《くく》りつけて、茸を乾燥させたら怒るかしら。皇太子の乗る馬車としては、見栄えが悪すぎるものね。でも、頼むだけ頼んでみてもいいかも）

真剣に悩みながら作業をしていると、アルノルトの視線に気が付いた。

リーシェの手元を観察しているようだ。あぐらをかいた膝の上に頬杖をつき、ぼんやりと、それでいて無心に眺めている。

（……蟻《あり》の行列を見ている子供……？）

何がそんなに楽しいのだろうか。不思議に思っていると、アルノルトと目が合った。

「視線が気になったか」

「いいえ。殿下こそ、何か気になることでもおありですか？」

「他意はない。ただ、お前の底が知れないと思っているだけだ」

アルノルトはにやりと笑う。

「次はどんな手段で俺を楽しませてくれるのか、楽しみで仕方がない」

（人を珍獣か何かのように……）

失礼な話だった。リーシェは人生を七回分生きているだけで、あとは普通の人間なのだ。

「先ほどの調合は、殿下の娯楽のためにやったことではありません」

「分かっている」

　アルノルトは挑発するような笑みを消して、ひとつ呼吸を置いた。

「――お前が脅迫まがいの選択を突きつけた騎士は、元は貧民街の出の者だ」

「きょ、脅迫だなんて心外です。なんのことだか」

「ガルクハイン国は実力主義を謳《うた》っているが、出自によって正当に評価されないことは多い。あいつはそれでも外圧に屈さず、努力して騎士となった」

　花の種子を取る手を止め、リーシェはアルノルトを見上げる。

「最も痺れが重度だった騎士は、騎士団に配属されてから日が浅く、今回の任務を成功させようと昼夜訓練に励んでいた。お前に頭を下げて感謝していた年嵩《としかさ》の騎士は、その新入りを庇《かば》おうとして一緒に負傷した、面倒見のいい男だ」

「騎士たちのことを、よくご存知なのですね」

「俺が選んだ、俺の臣下だからな」

　アルノルトはそこで言葉を切ると、姿勢を正し、リーシェに深く頭を下げる。

「救ってくれたこと、礼を言う」

「……」

　何がなんだか、分からなくなってしまった。

　これは、悪逆非道の皇帝アルノルト・ハインの、偽りの顔なのだろうか。

　それとも、本当の顔なのだろうか。

盗賊に剣を向けていたときは、飽きた玩具《おもちゃ》を煩わしそうに見ていたのに。

「特別なことはしていません。ただ、自分が持っている知識を使っただけです」

「は。たまたま必要な薬学の知識がある令嬢というのも、そうはいないだろうがな」

「そんなことより！　さきほど私が腕を切ったとき、手首を掴もうとなさいましたよね。今度こそ『触らない』という約束を破るおつもりだったでしょう」

「あれは不可抗力だろう」

こんな調子でしばらく言い合ったのだが、こんなやりとりを彼とするのも不思議な気持ちだ。

「そういえば。騎士のみなさんが、私に対して警戒なさっているのは何故《なぜ》です？」

「警戒？　……ああ。お前が婚約破棄されたという話は、護衛として王城に滞在していた騎士が全員耳にしたからな。どんな悪女が嫁いでくるのかと、いらない想像を掻《か》き立てたんだろう」

「なるほど」

確かに、そんな人間がいきなり薬を作っても、みんな効果を鵜呑《うの》みにはしないだろう。

「ひとつ言っておく。ガルクハイン国では、お前に対して無礼を働く者が出るかもしれない。そうならないよう最大限の手を打つが、万が一のことがあったらすぐに言え」

「何か、その警告が必要な事情がおありなのですね？」

「妃選びは俺に一任されているが、その相手が他国の王族であることは決定事項だった。お前の公爵家も、王族に連なる家系だろう」

アルノルトの言う通りだ。広い意味で見れば、王族の一員と言えないこともない。

「父帝が俺に、自国の貴族令嬢でなく、他国から妃を取るよう命じた理由は――」

「人質ですね」

ガルクハイン国は、戦争で大きく領土を広げた国だ。

いまは周辺諸国と和平条約を結んでいるものの、その関係は危ういものである。ガルクハインに姫を差し出せと言われたら、断り切れる国はない。

他国の姫君を王家に取り込めば、ガルクハインはその国に対して優位に立てる。極端なことを言えば、『歯向かえば、娘の安全は保障しない』と脅すことも可能だ。

「父帝には、『妃は王族に連なる公爵家の人間で、王太子の婚約者でもあった令嬢だ』と伝令を出してある。『俺が気に入って王太子から略奪したが、かの国では最重要人物のひとりであり、王太子は最後まで抵抗した』とな」

「りゃくだつ……」

確かに、ディートリヒはいつまでも文句を言って騒ぎ立てていた。彼にリーシェの結婚をどうこう言う権利はないのだが。

「お前は父帝に認められたが、それは人質としての価値があると判断されたからだ。国では、お前を侮る者も出てくるだろう」

「殿下。それは」

「だが、そういう輩《やから》は黙らせる。お前は皇太子妃として、堂々と……」

「人質《それ》はとっても素晴らしいことです！」

思わず前のめりになったリーシェに、アルノルトが顔を顰《しか》める。

「……なに？」

「『実際は人質』という扱いであれば、皇太子妃としての公務に駆り出されることはありませんよね!?　必要なときだけ出てくればいいという扱いで、公務や国交に対する発言権もなく！」

「……まあ、そうなるが……」

「やった……！　これでちゃんとごろごろ出来そう……!!」

喜びを噛《か》みしめてリーシェは震える。実のところ、その点をかなり心配していたのだ。

皇太子妃なんて、大変な激務である。そのための教育を受けてきたリーシェは、妃が睡眠もほとんど取れないようなスケジュールで働かされるということを知っていた。

けれども人質の扱いであれば、さほど重要な仕事をさせられることもないはずだ。

「肩の荷が下りました。約束を守ってくださってありがとうございます、殿下」

「……いや……」

「ご安心ください。婚姻の儀が終わるまで忙しいことくらいは、私も承知していますから」

リーシェはほっと安堵《あんど》しながら、薬草の下処理に戻ったのだった。

＊＊＊

解毒剤の一件以降、これまで何処《どこ》かリーシェを遠巻きにしていた騎士たちの警戒心が、少し和らいできた気がする。

当初は傷ついた仲間を任せたがらなかった彼らだが、残りの道中では怪我人の状況を報告し、リーシェに処置を相談した。そしてそのお礼と言わんばかりに、休憩中は森の中で薬草を集めておいてくれる。

治療のお礼なんかいらないのだが、その気遣いは正直嬉しい。薬師人生を経験して以降、隙あらば薬の原料を採集しているリーシェだが、これらは色んな場面で役に立つのだ。

そして盗賊の襲撃があった日から数日後。馬車はいよいよ、ガルクハイン国の皇都に到着した。

「ここが……」

馬車門をくぐったあと、リーシェは思わず声を漏らす。

白い壁の建物が立ち並ぶ、整然とした街並みだ。一階には様々な商店が並んでおり、見上げる二階の窓辺には花が飾られている。整備された煉瓦《れんが》道を行き交う人々は笑っていて、美しい街の向こう側には、荘厳な城が聳《そび》え立っていた。

「この国の皇都だ。交易拠点のひとつにもなっている」

アルノルトの説明を聞きながらも、リーシェは内心そわそわしていた。

街に入ってきた豪奢《ごうしゃ》な馬車を見物するため、あっという間に人々が集まってくる。彼らは両腕に買い物袋を抱え、あるいは子供たちと手を繋《つな》ぎ、何か素晴らしいものを迎えるような表情で手を振ってくれた。

街の様子は賑《にぎ》やかで、この国の豊かさを窺《うかが》わせる。きらきらした表情で見つめてくる少女が可愛《かわい》くて、リーシェは思わず微笑んだ。幼い頬が薔薇《ばら》色に染まり、嬉しそうにぴょんと跳ね回る。

馬車はそのまま街並みを進み、城の正門をくぐって城内に入った。道の左右には騎士たちが整列し、皇太子とその婚約者を出迎える。

先に馬車を降りたアルノルトが、リーシェに手を差し伸べた。ごく自然な動作だったため、思わずその手を取って降り立つと、騎士たちが少し動揺したようだ。

（……？）

「長旅お疲れ様でした。殿下、リーシェさま」

先頭の馬車に乗っていた従者のオリヴァーが、出迎えの騎士に交じって頭を下げる。そのあとで、物珍しそうにアルノルトを見た。

「殿下が女性に手を貸すなど、珍しいこともあるものですね」

（……はっ!!）

その指摘を聞いて、アルノルトに出した『指一本触らない』という条件を自ら破ってしまったと気が付いた。先に手を差し伸べたのは彼だったが、それを借りたのはこちらの方だ。

「くっ、くく……」

策略の成功したアルノルトが笑い始めたので、素直に悔しく思う。オリヴァーは不思議そうにしたあと、アルノルトに何か耳打ちした。

その報告を受けたアルノルトが、面倒くさそうに溜《た》め息《いき》をつく。

「どうかなさいましたか？」

「……皇城内の離宮を手配させていたが、手違いで準備が遅れているらしい。悪いがお前には数日ほど、城内の賓客室で過ごしてもらうことになりそうだ」

「まあ。お気遣いいただかなくとも、私は今日からそちらの離宮で結構です」

「離宮は長らく使っていない。埃《ほこり》だらけでひどい有様だぞ」

「言ったでしょう？　古くても汚くても構いませんと。もちろんアルノルト殿下は準備が整うまで、いままで通りに暮らしてくださいませ」

侍女として生きていたリーシェにとって、埃だらけの場所を綺麗《きれい》にすることは造作もない。

「それに私、人質ですから！」

「……なぜそれで誇らしそうなんだ……」

リーシェは胸を張り、にこりと笑った。

＊＊＊

案内されたのは、広大な皇城敷地内の片隅にある離宮だった。

四階建ての小規模な城だ。長年使用されていなかったというそこは、確かに埃だらけである。

（でも、そんなにひどい状態じゃないわ）

もっと物置然としたところを想像していたが、城内はむしろ物がなく、整頓されている印象だ。

埃がものすごいだけで、放置されていたゆえの劣化などもない。

『お前が離宮にいたいと言うなら、好きにすればいい。俺はこれから数日立て込むだろうが、賓客室はいつでも使えるようにしておく』

アルノルトはそう言い残して消えた。オリヴァーいわく、ここしばらく城を空けていたことにより、数日徹夜しても終わるか分からない公務が残っているのだという。

(皇帝アルノルト・ハイン……いまはまだ皇太子殿下。彼が何を考えているかは気になるけれど、取り急ぎは自分の寝床作りね)

持ってきた中で一番簡素なドレスに着替え、腕まくりをした。護衛の騎士たちに見守られながら、まずはあらゆる場所の窓を開け放つ。

幸い今日はいい天気で、この城の日当たりは良好だ。カーテンも絨毯《じゅうたん》もないため、がらんどうのさびしい城に見えるものの、調度品が揃《そろ》えば立派な空間になるだろう。

換気手段を確保したリーシェは、次に地下への階段を探す。重たい木戸を押し開けると、足元をネズミが走り抜けた。同行していた騎士の悲鳴が響くものの、リーシェは平気な顔で地下室に入る。

「リ、リーシェさま。このようなところで何を？」

「侍女の道具は、大抵こういった地下に保管されているのです。ほら」

ハタキと箒《ほうき》とチリトリ、新品の雑巾を騎士たちに見せると、彼らは驚きの表情を浮かべる。見つけた桶《おけ》に水を汲《く》んできて、リーシェは城の大掃除を始めた。

ハンカチを巻いて口元を覆い、高い場所の埃をハタキで落とす。それが終わったら、床に落ちた埃の掃き掃除だ。

（これだけ埃だらけだと、やりがいがあるわね！）

雪のように積もっている綿埃が舞わないよう、最初は箒を押し付けるようにして動かした。こんもりした埃を一カ所に集め、それを捨てたら掃き掃除に移行する。終わったら次は雑巾がけだ。

「リーシェさま。なにかお手伝いできることは？」

声を掛けてくれた騎士に感謝しつつ、リーシェは首を横に振る。

「護衛として傍にいてくださる騎士の皆さんに、掃除をお願いするわけにはいきませんから」

「しかし、離宮といえどこの城は広大です。いまからでも主城の賓客室へ移られては……」

「ご心配には及びません。私、この離宮がとっても気に入りましたので」

リーシェが固辞するのには、ひとつの理由があった。

賓客室の支度というのは、本当に大変なのだ。そこにたった一泊お客さまが入るというだけで、侍女たちは朝から晩まで休憩なしの準備に追われる。

髪の毛一本や埃はもちろん、シーツの皺《しわ》すら許されない。労働の過酷さに加え、緊張感でくたくたになってしまうことを、侍女だった人生でよく知っていた。

リーシェがたった数日過ごす部屋のために、そんな苦労を負わせたくない。この城の侍女たちは数が少ないそうで、主城の仕事を回すだけでも大変だろう。

「それに、ほら」

雑巾がけの終わった辺りを振り返る。騎士たちは、すっかり綺麗になり、明るい日差しの差し込む部屋を見て目を丸くした。

「自分でこんな風に綺麗にしたと思ったら、これからの暮らしももっと楽しくなるでしょう？」

そう言って笑うと、騎士たちもなんだかおかしそうに笑い、なるほどと同意してくれたのだった。

掃除をどんどん進め、まずは自分の寝泊りする部屋を確保する。騎士たちが寝台を運び込んでくれるというので、そこは素直に甘えることにした。

彼らが肉体労働を負ってくれているあいだ、別室の掃除に移る。雑巾がけのための水が足りなくなってしまったので、騎士たちの目を盗んでそっと井戸に出掛けた。

護衛の騎士たちは青褪めるかもしれないが、ここはそもそも城内だ。その中を歩き回るのに、普通は護衛なんか必要ない。

（護衛というのは名目上ね。アルノルト・ハインの真意はきっと、私を監視したいんだわ）

桶を手に、花の咲き乱れる中庭を歩きながら思案する。色鮮やかな蝶《ちょう》が、少し低い場所をひらひらと遊ぶように飛び交っていた。

（それに、私を現皇帝《ちちおや》に会わせる気がないみたい。もっとも、実質は人質というだけの花嫁なら、わざわざ皇帝にお目通りをさせるまでもないのかもしれないけれど）

出来ることならば、現皇帝にも一度会っておきたい。未来のアルノルトが行う暴挙は、父殺しをして皇帝となったことが始まりだ。

（他の人生の私が死んだあと、アルノルト・ハインがどんな運命を辿ったかは分からない。侵略戦争の勝者として君臨したか、どこかの国に制圧されたか……いずれにせよ）

リーシェはぐっと前を向いた。

（そんなことになったらゴロゴロできない……！　世界に戦争を仕掛けた皇帝の妻なんて、絶対に大変だわ!!　だから！　断固！　戦争反対！）

せめて離縁してくれればいいのだが、戦乱の中で放り出されたら最後、『二十歳で殺されてやり直し』の運命からは逃れられない気がする。戦争回避は絶対に必要だ。

（……あら？　ちょっと待って、そもそも……）

振り返ってみれば、過去六回のリーシェが命を落とした理由はすべて、元を辿ればアルノルトの起こした戦争に起因するのではないだろうか。

（戦火に巻き込まれて死んだり、負傷者を受け入れていた村で流行《はや》った疫病の治療に行って死んだり、ガルクハイン国軍に攻め込まれたり……）

他の人生についても、大方似たようなものだ。リーシェは思わず蹲《うずくま》り、頭を抱えた。

（いまからでも離縁を願い出た方がいいのかも……）

しかし、すぐに思い直す。

（……いいえ！　選んだことを後悔するのは性に合わないわ。いままでアルノルト・ハインと離れた環境で生きてきても、殺されるのは回避できなかったのだから。無関係に生きていて駄目なら、今度は傍にいて動向を知る機会じゃない！）

どうしてリーシェの人生が繰り返しているのかは分からないが、今世こそ巻き戻りは終わりかもしれないのだ。これが最後の人生だとしたら、全力で足掻《あが》いて楽しんで、生きなくてはならない。

考えることは必要だが、悔やんでいる場合ではなかった。

（とにかくいまは掃除だわ。寝台が届いたらお風呂を借りて、旅の疲れと掃除の汚れを落とす。そして、思う存分ごろごろする……！）

固く決意をして立ち上がり、井戸に向かった。すると、くすくすと笑う声が聞こえてくる。

「ねえ見て、素人が頑張っちゃって」

「そんなに張り切っても無駄。皇太子妃殿下の侍女に選ばれるのは、私たちなのにねえ」

どうやら、この先にある井戸の辺りで、複数人の女の子たちが話しているようだ。

「ねえ、聞いてる？　一生懸命やったって、無駄なのよ！」

「あ……！」

か細い悲鳴のあと、何かが倒れるような音がした。リーシェは驚いて、井戸の方に駆け出す。

そこには、地面に倒れ込んだひとりの少女と、それを囲んだ四人の少女たちがいた。

「大丈夫ですか!?」

リーシェは駆け寄り、倒れていた金髪の少女を助け起こす。全身を泥だらけにした彼女は、侍女のお仕着せを纏《まと》っていた。

周りを取り囲む少女たちも、同じお仕着せを身に着けている。動きやすい簡素な紺のドレスに、白いエプロンを組み合わせたものだ。

「なに？　あんたも新入り？」

少女のひとりが、リーシェを見てそう言い放った。

いまのリーシェが着ているのは、装飾のない簡素なドレスだ。珊瑚《さんご》色の髪も、邪魔にならないよう馬の尻尾《ポニーテール》に束ねているし、薄汚れた姿で桶を抱えている。

（ここで本当のことを言ったら、騒ぎが大きくなりそうだわ）

そう考えて言葉に迷うと、余計に少女たちの癇《かん》に障ったようだ。

「皇太子妃殿下のための侍女が必要になるからって、素人が掻き集められているのに交じってるんでしょ？　あんた、雑巾がけや水仕事なんかしたことなさそうな綺麗な手をしてるものね」

「あはは、だけど残念でした！　離宮の侍女になってアルノルトさまのお傍で働くのは、このお城で三年も働いてきた私たちなんだから」

「立てますか？　……よかった、怪我はなさそうですね」

「――ちょっと、聞きなさいよ！」

転んだ少女を介抱していたリーシェに対し、赤髪の侍女が声を上げる。

「さっきから生意気じゃない？　侍女になるつもりなら、先輩を立てることを覚えた方がいいわよ。まあ、あんたたちにこのお城の侍女が務まるとは思えないけど？」

そんなことより、リーシェには気になることがあった。

赤髪の侍女は、その手に大きなカーテンを抱えているのだ。薄く汚れがついているので、洗ったあとのものとは思えない。じっと彼女の手元を見つめると、赤髪の侍女は何故かたじろぐ。

「な、なによ……」

「そのカーテン、いまからは洗濯しない方がいいですよ」

リーシェの言葉を受け、侍女がこちらを睨《にら》みつけてきた。

「はあ？　お昼過ぎに洗っても乾かないって言いたいの？　やっぱり素人ね！　春は日が長いし、今日は暑いくらいの天気だもの。だから十分――」

「このあと、きっと少しだけ雨が降ります」

そう言うと、少女たちは顔を見合わせた。

「なんでそう言い切れるのよ？」

「そういう雲ですし、蝶や蜂が低い場所を飛んでいましたから。大物を洗ってしまうと、却《かえ》って手間が掛かるかと」

「な……っ」

その話を聞いた別の侍女が、小さな声で呟《つぶや》く。

「『大物を率先して洗っておけば、評価されて皇太子妃殿下つきになれる』ってディアナが……」

「わ、私が悪いっていうの!?」

ディアナと呼ばれた赤毛の少女は、顔を真っ赤にして憤慨した。

「こんな素人女の言うことが当たるわけないのよ、今日はずっといいお天気に決まっているわ！　ほら、さっさと洗濯場に行くわよ!!」

憤慨して去っていくディアナに合わせ、他の侍女たちも一緒にいなくなる。リーシェは溜め息をついて、助け起こした金髪の少女を振り返った。

「大丈夫でしたか？　どこか痛むところは？」

「……はい、ありません。ありがとう、ございます……」

少女は言葉を探すように視線を彷徨《さまよ》わせたあと、ぺこりと頭を下げた。

「エルゼ、といいます。助けていただいて……嬉しかったです」

そういって顔を上げた少女エルゼは、ほとんど無表情に近い。けれども一生懸命に言葉を選ぶ様子から、彼女の本心が伝わってきた。

「どうかお気になさらず。それより、汚れてしまいましたね」

「あ……」

エルゼが俯《うつむ》く。やはり無表情であるものの、とても悲しげだ。

「せっかく、支給していただいたのに」

「すぐに洗えば大丈夫ですよ。雨が降るとはいえ、このドレスの布は乾きやすいですし。石鹸《せっけん》を多めに使って、手で揉《も》み洗いをするのではなく、ブラシで泥をこそぐように洗ってみてください」

「ブラシ、ですか？」

「泥汚れが落ちにくいのは、糸の奥に土が入るせいなので。取り除くには、ブラシが最適です」

侍女人生、やんちゃな子息たちが庭を転がりまわって遊ぶので、リーシェは色々と研究したのだ。彼らが数日隠していた泥だらけの靴下だって、根気よくブラシで落とせばなんとかなる。

「あなたは……」

エルゼは瞬《まばた》きをしたあと、リーシェをじっと見つめた。

「もしかして、本当はもう、皇太子妃殿下の侍女に決まっている方なのではないでしょうか」

答えに迷ったリーシェは、そっとエルゼから目を逸《そ》らしたのだった。

＊＊＊

エルゼと別れてから離宮に戻ったリーシェは、汲んできた水を使い、掃除の続きに戻った。

しばらくすると、騎士たちが寝台を運んできてくれる。大きくてふかふかな寝台に清潔なシーツを掛けると、見るからに寝心地が良さそうだ。

雑巾がけを終えたリーシェは、この辺りで一休みすることにした。寝台を運んでもらった最上階の一室に向かうと、バルコニーに出てみる。

そこから見下ろす皇都は、夕暮れの光で金色に染まり始めていた。

先ほど少し雨が降ったため、空気が透き通っていて遠くまで見通せる。掃除で汗ばんだ肌に、春の風が心地よかった。バルコニーの手すりに腕を掛けると、その上に頬を乗せて目を瞑《つむ》る。

このまま眠ることが出来れば素晴らしいのだが、お風呂に入らなくてはならない。とはいえ、ここから見下ろす景色と春風からは離れがたい。

そう思いながらぼんやりしていると、不意に母の声が脳裏に過《よ》ぎる。

『――リーシェ。あなた自身の想《おも》いなど、あなたの人生には必要がないのです』

かつて言われてきた言葉を思い出し、眉をひそめた。

『忘れてはいけませんよ。王家に尽くし、忠義を貫く生き方こそが、我が公爵家の使命』

『どれだけお前が優秀でも、女に生まれてはすべて無意味なのだ。お前は王太子殿下をお助けするため、それだけのためにに生きていればいい』

『勉学？　社交の場を取り繕える程度の知識があればそれで十分です。そんなことより花嫁修行を。もっと愛想よく笑うことを覚えるのですよ』

我ながら、よくもここまで仔細《しさい》に覚えているものだ。リーシェはふうっと息を吐き出した。

（そうだったわ。十五歳の私は、子供の頃に言われたことを、こうして何度も思い返していた……）

父や母は、子供だったリーシェにいつも繰り返し説いてきた。

『女の幸せとは、世間に認められる相手と結婚し、跡取りとなる子を産むことだけなのです』

『……ですが、おかあさま……』

リーシェに反論は許されなかった。他ならぬ両親こそが、女に生まれて跡継ぎになれないリーシェの価値を、『いずれ王妃となる娘』という一点でのみしか感じていなかったから。

価値なんて、他人に決められるものでもなければ、肩書きによって与えられるものでもないのに。

「……」

ぴくりと無意識に指先が動いて、リーシェは目を開けた。そして、そのままの姿勢で問い掛ける。

「……よろしいのですか？　公務を途中で抜け出して」

「まったく、お前には毎度驚かされるな」

楽しむような声がしたのを聞き、体を起こして振り返る。

そこには予想した通り、アルノルトが立っていた。バルコニーの入り口に凭れかかっていた彼は、笑いながら言う。

「気配を消していたつもりだが。これだけ距離があっても気取られるとは」

「人が悪いですね。気配の濃さをじわじわと調整して、私がいつ勘付くかを測っていらしたくせに」

「は。やはり分かるか」

アルノルトがこちらに歩いてきて、リーシェの隣に並ぶ。少々警戒したが、彼は不思議そうに城下を見下ろしただけだった。

「何を見ていた」

「……街を」

そんな風に嘘《うそ》をついたものの、ここから見る景色は実に見事だ。なのでリーシェは尋ねてみる。

「あそこにあるのはなんでしょう？」

「図書館だろう。国が出資し、各国から集めた書物が保管されている」

「まあ！　あんなに大きな建物が？」

是非ともいつか行ってみたいと、リーシェは目を輝かせる。それから、他にも気になっていたものを指差した。

「あちらの尖塔《せんとう》は？　とても美しい建物ですけれど」

「教会だ。時計塔の役割も兼ねていて、定刻を告げる鐘を鳴らす」

「わあ、素敵……！　そういえばあの辺りには、大きな市場があるようですね」

「皇都で最も大きな商店通りだ。早朝には屋台も並び、その日に仕入れたばかりの物を扱っている」

「素晴らしいです！　では殿下、あちらの綺麗な山は――……」

アルノルトに説明してもらうたび、リーシェはわくわくして仕方がなかった。

頭の中に想像が膨らみ、実際に確かめてみたくなる。広大な図書館も、刻を告げる美しい教会も、瑞々しい果物などを売り買いする朝の市場も。

そんなリーシェを、アルノルトは興味深そうに眺めてきた。

「な、なにか？」

「何がそれほど楽しいのかと思ってな。――不本意な状況で嫁がされてきた国に、それほど興味が湧くものなのか」

「ええと……」

尋ねられて、どんな風に答えるべきか迷ってしまった。

(どうしようかしら。こういうのって、普通に答えても大丈夫なものなの？)

隠すことでもないのだが、かつての人生で敵対していたアルノルトに話すのは妙に気恥ずかしい。

変に意識してしまった結果、リーシェは少し顔を赤らめ、口ごもりながら答える羽目になった。

「……憧れ、だったのです」

その顔を見て、アルノルトは意外そうな顔をする。

「憧れ？」

「はい。私はずっと、ずうっと昔から、いつかこの国に来てみたかった」

貿易商人だった最初の人生で、リーシェはひとつの夢を持っていたのだ。

この世界にある、すべての国に行ってみること。

けれどその夢は、最後の一カ国を残したところで終わってしまった。その最後の国こそが、皇国ガルクハインだったのだ。

商人だった人生だけではない。どの人生でも、リーシェは最初に自分が生きていく手段を得なくてはならなかった。しかしその見通しが立つ頃には、世界の情勢は乱れ、ガルクハイン国には気軽に出入りできないような情勢に変わっている。

今回の結婚は、リーシェにとってガルクハイン国を訪れる初めての機会だったのだ。

「殿下との結婚を決意した理由の、最後の一押しは、その憧れがあったからかもしれません」

アルノルトは、城下を見下ろして口を開く。

「……この国に、お前が憧れるようなものは何もないぞ」

「いいえ、そんなことはないです！　先ほど教えていただいただけでも、魅力的な場所がたくさんありました。街の人たちの顔はきらきらしていましたし、騎士の皆さんもやさしくて、それに……」

対象がなんであれ、素晴らしいもののことを考えるのは楽しいことだ。リーシェがにこにこしながら指折り数えていると、アルノルトはいつのまにか、再びリーシェを見つめている。

その表情が妙にやさしい気がして、理由が分からずに戸惑った。

「私、何か変なことを言っていますか？」

「自覚がないなら大したものだな」

（し、失礼な……）

「お前のような人間は見たことがない。発言の内容も、知識も身体能力も。単なる令嬢には、そもそも必要がないものだろう」

アルノルトの言葉に、リーシェはむっとする。

『リーシェ。あなた自身の想いなど、あなたの人生には必要がないのです』

過日の母の言ったことが過ぎり、思わず口を開いていた。

「他者から見て必要がなかろうと、すべてが私の宝物。絶対に失《な》くすことのない財産であり、大切な人生の一部なのです。……たとえ、誰かが無意味だと断じても」

アルノルトに正面から向き直り、彼を見上げた。

「私の人生にとって価値があるものが何かは、私自身が決めること」

かつて両親に注がれた呪いを、リーシェは絶対に受け入れない。

女に生まれたってなんでも出来るし、妃になるためだけに生きて、自分の得たい学びを諦めるようなことは二度としない。

その炎を宿したまま、アルノルトを見つめる。

すると彼は、驚くほどやさしいまなざしでこう言った。

「――分かっている」

そして、大きな手でリーシェの頬に触れた。

その親指は、肌の表面を柔らかく拭う。リーシェは瞬きをしたあとで、自分の顔が掃除によって汚れていたのだと思い当たった。

「お前はこの国で、望むことを自由にやればいい。俺はその望みを支え、力になり続けると誓おう」

「え……」

思わぬ許容を向けられて、リーシェは驚く。

こんなことを言ってみたものの、アルノルトはリーシェに『妃らしく』を求める権利があるのだ。

だってこれは、双方の国に力の差がある政略結婚であり、リーシェの本質は人質なのだから。

なのに、アルノルトはリーシェの自由を許すどころか、それを支えるとまで言うのか。

「どうして、そんなことを？」

「言っただろう。俺はお前に惚《ほ》れ込んだと」

アルノルトが、相変わらずの嘘を繰り返す。

「それと、お前は他者からの言葉など望んでいないかもしれないが。――俺はお前の底知れない能力を、無意味どころか、心から好ましく感じている」

「……っ」

「それくらいは、伝わっていると思ったが」

そう言ってリーシェから手を離し、背中を向けて歩き始めた。

入り口のところで足を止めると、呆然としていたリーシェを振り返って言い残す。

「欲しいものでも考えておけ。『指一本触れない』という契約を、今度こそ破ってしまったからな」

「……」

アルノルトがいなくなったあと、リーシェは力が抜けてしまい、バルコニーに座り込んだ。

（……ぜんっぜん読めないわ！　アルノルト・ハインが、いったい何を企《たくら》んでいるのか……）

ガルクハインの皇都に、静かな夜が訪れようとしている。

＊＊＊

「んん……」

窓から差し込む陽《ひ》だまりの中、ゆっくりと意識が浮かび上がった。

心地よい眩《まぶ》しさに寝返りを打つと、想像していたところに壁がない。自分がいつもより広い寝台に眠っていたのだと気が付いて、リーシェは思いっきり手足を伸ばした。

ここは、公爵家にある自分の部屋だろうか。それとも商人人生で泊まり込んだ砂漠の王の王宮か、侍女人生の藁《わら》のベッドか。寝起きの記憶は混濁していて、自分がどこにいるのだか分からなくなる。

ゆったりとした伸びのあと、リーシェは目を開けた。

「……？」

寝台には天蓋がついており、水色の薄布に守られている。陽射《ひざ》しを透かし、向こう側が淡く透けて見える布をめくると、そこは家具や絨毯のない殺風景な部屋だった。

（……そうだったわ……）

朝の訓練も、薬草庭の手入れも、朝食の支度も昨夜仕掛けた調合瓶の様子見も必要ない。

それを理解して、リーシェはぽすんと枕に顔を埋《うず》める。

「……ふわふわ……」

寝台の中で、思わず独り言を漏らしてしまった。

日の高さからして、いまは朝の六時くらいだろう。そして昨晩寝台に入ったのは、日付の変わる零時近くだったはずだ。

（ということは……もしかして、六時間も寝てしまったの……？）

その事実が、リーシェには信じられない。

いままでの人生では、おおよそ四時間睡眠が当たり前だったのだ。騎士だったときや薬師の人生では、下手をすれば三時間にも満たなかった。

（しかも、今日はこのあと掃除くらいしか予定がないわ。そもそも私、人質だものね。ということは、もしかして……もう少し、眠れてしまうのでは……？）

そんな風に考えてどきどきしていると、部屋にノックの音が響いた。

「リーシェさま。お目覚めでしょうか。アルノルト殿下付きのオリヴァーです」

「は、はい!!」

慌てて飛び起きると、扉向こうから声が続く。

「早くに申し訳ありません。お渡ししたいものがございまして」

「少しお待ちください。すぐに参ります」

リーシェは寝台から下りると、手早く着替えて身支度を調える。寝台についている天蓋を閉ざし、駆け寄った扉をそっと開ければ、従者のオリヴァーが廊下で微笑んでいた。

「早朝に失礼いたしました、このタイミングでしか殿下の執務室を出られそうになかったもので。すでに朝のお支度もお済みだったようで、安心いたしましたよ」

「え、ええ、この通り……オリヴァーさまは、あまり休まれていないのですか？」

「これはお見苦しいところを。書類仕事が溜まっておりまして――ですが、自分などはまだ良い方です。殿下は昨日から、仮眠すら取っていらっしゃいません」

昨日の出来事を思い出す。アルノルトはこの部屋のバルコニーまでやってきたが、そんな時間があったら寝ておくべきではなかったのか。

「お忙しいのですね。しかも殿下は、帰りの馬車でもお仕事をされていたのでは？」

「出立前に出来た書類仕事については、行き帰りの旅程中にすべて完了されているのですが。殿下が現在処理されているのは、エルミティ国への訪問中に溜まった仕事です」

「ああ……」

納得と同情が入り交じり、リーシェは眉を下げる。たとえ自分を殺した相手でも、公務に追われて忙殺されそうなのはさすがに哀れだ。

「申し訳ありませんでした。お仕事を止めてまで出席いただいたのが、あんな夜会だったなんて」

「滅相もございません。『当分結婚する気はない』と仰《おつしや》っていた殿下が、こうして奥方さまを見つけられたのですから」

オリヴァーはにこりと微笑んだ。

誠実そうな人好きのする笑みだ。しかしリーシェはある点が気になり、そっと両手を広げてみた。

「どうぞ。遠慮なさらず、いくらでもご覧になってください」

「……はい？」

「それとなくですが、先ほどから私を観察なさっているでしょう？　何か気になる点がおありでしたら、お気の済むまで」

「これはこれは」

オリヴァーは目を丸くしたあと、観念したように口を開いた。

「殿下の仰っていた通り、剣士として一流の才覚をお持ちなのですね。自分が未熟なせいもあるでしょうが、これほど些細《ささい》な気配でもお気付きになるとは……」

（……いまのは剣士の勘というより、商人だった頃の直感だけれど）

先ほどのオリヴァーのような目を、リーシェは幾度も見たことがある。

あれは、自分に差し出された品物が偽物ではないか見定める貴族の目。あるいは、玉石混交の中から有益なものを選び取ろうとしている商人の目だ。

つまりは、分かりやすい値踏みなのだった。

「主君の妃となられる方に対して、大変失礼なことをいたしました。なにとぞお許しください」

オリヴァーが深々とお辞儀をしたので、リーシェはそれを止めた。

「とんでもない。どうか顔を上げてください」

警戒を怠らないのは、従者として当然の習慣だ。それよりも聞きたいことがある。

「オリヴァーさまは、アルノルト殿下のお傍にずっといらっしゃるのですか？」

「自分は元々、この国の騎士候補生でした。大きな怪我をしてしまい、お役御免になったところを殿下に拾っていただきまして。以来十年ほど、従者としてお仕えしております」

「……それほど尽くしていらっしゃる方であれば、アルノルト殿下が何故私と結婚なさるおつもりなのか、ご存知なのでは？」

「それは」

オリヴァーは戸惑い、顔をしかめたあとで口を開いた。

「正直なところ、実は自分も驚いていまして。殿下はこれまでずっと、『当面は結婚をするつもりはない』と言い続けておられました。にもかかわらず、エルミティ国でリーシェさまとお会いしてから突然お考えが変わったようなのです」

従者にも真意を打ち明けていないとあれば、ますますアルノルトの真意が分からない。

「ですが、リーシェさま。ひとつだけ断言いたしましょう」

リーシェが不安がっているとでも勘違いしたのか、オリヴァーが慌てて口を開く。

「長年お傍で見ておりますが、あんなに楽しそうな殿下は初めてですよ。リーシェさまの前では、とても素直に笑っていらっしゃる」

「……」

それは、面白がられているだけではないのだろうか。

「お気に召しませんでしたか？　殿下はあの顔立ちなので、女性には非常に人気があるのですが」

「物凄《ものすご》くおモテになるだろうというのは認めますけど、嬉しいかと言われると……。私に対するあ

の振る舞いは、玩具扱いされているだけのように感じられますし」

「ははは」

オリヴァーは笑うだけで、否定はしてくれなかった。彼から見ても同じような感想らしい。

「我が主君のことを理解いただいているようで、嬉しく思いますよ。――つい話し込んでしまいましたが、こちらをお受け取りください」

オリヴァーが差し出したものは、三枚の書類だった。

「殿下より、婚姻の儀に招く賓客の一覧をお渡しするようにと」

「ありがとうございます。ちょうどお願いしようと思っていたところでした」

要望しなくても手配されている辺り、話が早くて助かった。そこに記載されている国賓の名前を、リーシェはひとつずつ確かめる。

（ザハド陛下。カイル王子殿下に、ハリエット王女殿下……。ドマナ王国はやっぱり国王陛下ではなく、ジョーナル公が代理でのご出席ね）

そうそうたる面々の名前に考え込んだ。

これはある意味、アルノルトが敵に回す各国の主要人物リストなのだ。

アルノルトが数年後に父帝を殺し、侵略戦争を始める前に、各国の情勢が変わる契機がある。ここに載っている彼らは、その関係者ともいえるのだった。

（ザハド陛下。商人人生のときみたいに、今回も仲良くしてくれると嬉しいけれど。カイル王子殿下は、お体が弱いのにまた無茶をなさるのかしら……公務に関する責任感の強いお方だから、長旅

だろうと参列なさるでしょうね）

　これまでの人生で関わったことがある彼らを思い出して、懐かしい気持ちになった。

（いずれ、ガルクハインの『敵国』になる人たち。それでもいまから手を打てば、味方まではいかなくとも、関係悪化を防げるかもしれない）

　そうすることが、戦争回避の一助になると信じたい。そんなリーシェの心情を知らないオリヴァーは、話を先に進めていく。

「婚姻の儀は三カ月後ですので、それに間に合うように準備を進めて参ります。さしあたってご相談したいのは、現在の懸案事項である、明日の夜会ですが――……」

「承知しました。明日の……え？」

「はい？」

　いま、なんと言ったのだろうか。聞き返したリーシェに、オリヴァーの顔が引き攣《つ》る。

「……もしやリーシェさま。殿下から何もお聞きになっていませんか？」

「ぜ、ぜんぜん何も。明日、夜会があるのですか？」

「ああもうあのお方は……！」

　額を押さえて俯いてしまったオリヴァーに、おおよその事態を察知した。

「……あるのですね。しかも殿下はご存知の上で、私に伝えず握り潰そうとなさっている、と」

「自分としたことが迂闊《うかつ》でした……！『あんな夜会に出る必要はない。欠席の通達を出しておけ』と仰っていましたが、最終的には自分の説得を聞き入れてくださったものとばかり！」

オリヴァーに同情した。いくらなんでも皇太子とその婚約者が、皇城で開催される夜会へ出ないわけにはいかないだろう。

「……大丈夫ですオリヴァーさま。出ます。ちゃんと出ますのでご安心ください」

「ありがとうございますリーシェさま！　では侍女の選出を急ぎ、本日中に確定させますので！　決まり次第こちらに遣わせまして……」

「いいえ、大丈夫ですよ。今回は、私ひとりで支度を行いますから」

侍女の選定については、思うところがあるのだ。

昨日の侍女たちのやりとりを見るに、リーシェの侍女候補を巡って揉めごとが起きているらしい。侍女同士が洗い場や井戸で鉢合わせてしまう以上、『とにかく決めてしまえば解決する』というわけにはいかないだろう。

「ですが、おひとりで支度は難しいのでは？」

「問題ありません。ひとりで髪も結えますし、ドレスを着ることも出来ます。衣装も化粧品も実家から持ってきていますので、ご安心を」

目を丸くするオリヴァーをよそに、リーシェは大急ぎで掃除の予定を組み直すのだった。

＊＊＊

「――アルノルト殿下。おねだりしたいことがあります」

夜会の衣装に身を包んだリーシェは、開口一番にそう言った。

「とある薬草の種と、畑に出来るようなお庭の一角をいただきたくて。一覧を書き出してありますので、後ほどそちらのお話をさせていただけると嬉しいです」

「……リーシェ」

「欲しいもの。考えておけと言ってくださったでしょう？」

首をかしげると、アルノルトは溜め息をついた。山積みだった仕事も片付き、昨晩は眠れたと聞いている。彼はいつもの黒い軍服に赤のマントを着け、手に黒い手袋を嵌《は》めていた。

「オリヴァーが子細を伝えなかったそうだな。この夜会は、父帝が『皇太子の婚姻相手は国内からも探している』という体裁を保つために開かせた、無意味なものだ」

その説明に納得する。確かに、皇太子という最優良株の結婚相手を募っているのが国外のみとなれば、国内の貴族たちは不満に違いない。

「お前と婚約した以上、こんな夜会は不要だ。『人質』であるお前に対しても、貴族どもが好奇の目を向けるのは想像に難くない」

「ですがご覧の通り、すでに支度をしてしまいました」

リーシェはそう言って、海色をしたドレスの裾を摘《つま》んでみせた。薄手の生地を幾重にも重ね、たっぷりしたドレープを描く裾は、蕾《つぼみ》のように膨らんでいる。

珊瑚色の髪は編み込みを作り、髪飾りでまとめた。薄化粧をし、真珠の耳飾りを着けて、艶やかに磨かれた靴を履いている。

「リーシェ」

「覚えておいてください殿下。私は確かにこの国にとって、『人質としての皇太子妃』なのかもしれません。ですが私は、そのことをなんら不名誉に思っていないのです」

自分自身が選んだことだ。

そう告げると、アルノルトが目を瞠《みは》った。

「――どうぞ、あなたの婚約者をお披露目ください」

エスコートを求めて手を伸べると、アルノルトは諦めたように息を吐いたあと、いつも通りの不敵な笑みを浮かべる。

「仕方ない。触れてもいいという許しも出たことだしな」

「お互い、手袋越しですので」

そして、アルノルトはリーシェの手を取った。

音楽隊の演奏が鳴り響くダンスホールには、あまたの客人たちが集められている。

ドレスを身に纏った女性たちや、この国の正装だという軍服を纏った男性陣。一目に上等と分かる装いをした面々が、グラスを手に談笑していた。

アルノルトの腕に手を掛けたリーシェは、入場前の入り口で立ち止まり、辺りを窺う。

「……なんだか、想定していたよりものすごい会なのですけれど」

「そうか。この城で開かれるものにしては、小規模な方だが」

「た、大国基準……」

改めてガルクハイン国の豊かさに驚くが、一方のアルノルトは心底面倒くさそうな表情だった。

「何人集まろうと、ここで行われるのは馬鹿げた腹の探り合いだけだ。そら、来たぞ」

彼の言う通り、客人たちがあっという間に集まってくる。

「アルノルト殿下。今宵《こよい》はお招きに与《あずか》り光栄です」

「……エーベル卿《きょう》。ご足労いただき感謝する」

「殿下！　無事にお戻りで何よりですな。どうか我が娘に、旅のお話を聞かせてやってください」

「あいにくだが、取り立てて語るようなことは何もない」

大勢の人々に取り囲まれたアルノルトは不愛想だった。リーシェから見上げた横顔も、普段とは違って冷淡なものだ。整った顔立ちのせいで、一層冷酷に見えるのもあるかもしれない。

（私の知る『皇帝アルノルト・ハイン』も、この冷たい表情の方が近いのだけれど……）

そう思っていると、リーシェの視線に気が付いたアルノルトがこちらを見下ろした。これまでの仏頂面をやめたかと思えば、会場に来て初めての笑みを浮かべる。

女性たちの頰が赤く染まった。

しかし当のアルノルトは、その熱視線を意にも介さない。代わりに、隣に立っていたリーシェの顔を覗《のぞ》き込むと、口づけでもする気なのかというほど間近で見つめてくる。

「――しかし、僥倖《ぎょうこう》な旅ではあったな」

そして、こう言い放つのだ。

「お陰で、妻となる相手を見つけることが出来た」

ざわっ、と辺りに動揺が走る。

整った顔立ちを至近距離で見てしまい、リーシェは目の奥がちかちかするのを感じた。一方で周囲の女性たちは、アルノルトが見せた表情に騒然とする。

「で、殿下が笑っていらっしゃる……？　あの『人質花嫁』を相手に？」

「妻ですって……！　いままで私たちには、見向きもなさらなかったのに……」

ひそひそと小さな話し声であるものの、くちびるの動きでおおその内容は分かった。歩み出てきたのは、娘らしき少女を連れていた恰幅《かっぷく》の良い男性だ。

「殿下。ではこちらの美しきご令嬢が、婚約者であらせられる……」

一斉に周囲から向けられたのは、ジリッと突き刺すような視線だ。

好奇。嫉妬。侮辱。下心。隠しているつもりだろうが、それらの感情がまるで隠せていない。昨日のオリヴァーには、なるべくこちらを不快に感じさせないようにとの気遣いがあったのに。

でも、こんなもの痛くも痒《かゆ》くもない。

（まあ、公衆の面前で婚約破棄される場面に比べればね）

しかもリーシェは、それを七回繰り返している。その婚約破棄にすらなにも感じていないのに、こんな状況で怯《ひる》みはしない。

だからふわりと微笑むと、ドレスの裾を持って礼をする。

「お初にお目に掛かります。リーシェ・イルムガルド・ヴェルツナーと申します」

右足を斜め後ろに引き、左足を曲げて、背筋はまっすぐにしたまま柔らかく頭を下げる。その一礼に、『格下国から来た人質』へ難癖をつけてやろうとしていた貴族たちがたじろいだ。

リーシェの姿勢は、厳しい王妃教育の中で徹底的に仕込まれたものだ。一部の所作に、他の人生でついた癖が出てしまうこともあるが、それを気取るのはアルノルトくらいだった。

アルノルトは、満足そうにリーシェを見る。

「──彼女は他国から来たばかりで、頼る者もまだ少ない。夫となる俺が至らぬときは、どうかみなで助けてやってほしい」

「も……もちろんでございます、殿下」

「行くぞ、リーシェ」

アルノルトに手を取られ、リーシェはその輪を離れた。

会場内の視線が一手に注がれている。リーシェは周囲に聞こえないよう、そっと小声で抗議した。

「他のご令嬢たちに、余計な火種を撒《ま》いてくださいましたね」

「火種とは？」

「もちろん嫉妬です。あんな風に『妻』なんて強調しては、闘争心を煽《あお》るだけですわ」

するとアルノルトは、ふんと鼻を鳴らした。

「俺がお前を顧みなければ、飾りの妻と判断して排除する動きが出てくるだろう。どうあれ攻撃の対象になるならば、いまのうちに示しておいた方がいい」

「示すとは、何を？」

「俺が、どうあってもお前を守るということを」

しれっととんでもないことを言われ、瞬きをした。

（守る？　……守るですって！　アルノルト・ハインが、私を！）

それどころか、前の人生ではあんな風に殺したくせに。そんなことを言うわけにはいかないから、返す言葉に詰まってしまう。なんだかむずむずした感覚を抱きつつ、リーシェは言った。

「守られる必要は、あまり。どちらかというと、私にとって一番危険なのは殿下ですし」

「ほう。俺が危険とはどういう意味でだ」

「色んな意味で。とりあえず、剣技では敵《かな》う気がいたしません」

悔しいけれど間違いない。しかし、それを聞いたアルノルトは楽しそうだった。

「近々、俺とお前で手合わせしてみてもいいかもしれないな」

「それはぜひお願いしたいです！　贅沢を言えば、稽古もつけていただきたいですけど」

「まあ、構わないが」

「本当ですか!?」

アルノルトの使う剣技のことを学んでみれば、彼の攻略法も分かるかもしれない。あの剣速や力強さの域までは到達できなくとも、なんらかのヒントが得られるのではないだろうか。

リーシェが期待に目を輝かせると、アルノルトは肩を震わせて笑った。

「やはりお前からは、期待以上の答えが返ってくる」

「ど、どういう意味ですか。……それと、曲が始まるようですけれど」

流れてくるのは柔らかな旋律だ。ホールに集まっていた人々が、中央と壁際とに分かれてゆく。

気付けばリーシェたちの周りは、これからダンスを踊るのであろう男女だけになった。

皇太子とその婚約者がどうするのか、それとなく注目されているようだ。

「無理に踊る必要はないぞ」

「あら。私だって、どうせなら楽しみたいですよ？」

彼からの問いを挑発と受け取り、リーシェは改めて右手を差し出す。

「……分かった」

アルノルトはその手を取ると、人の少ない空間へと自然に誘導してくれた。普段、女性たちにはすげなくしているようだったが、その割には慣れた様子だ。

ホールの中央に移動すると、向かい合って手を繋ぐ。

アルノルトはもう一方の右手を、リーシェの背へと回した。

（わ……）

添えられた手は、思っていた以上に大きくて男らしい。そのことに、リーシェは息を呑む。

ここまでアルノルトに近付くのは、これが初めてではないだろうか。

（いいえ、初めてじゃないわ。これが二回目……！）

リーシェの脳裏に、六度目の人生で見た最後の光景が蘇《よみがえ》った。

アルノルトにこれほど近付いたのは、今日で二度目。

一度目は、彼の剣に心臓を貫かれたときだ。

あの城で、多くの騎士が皇帝アルノルト・ハインに薙《な》ぎ払われた。リーシェもその血だまりに立って、ひたすら肩で呼吸をしながら、自分の血で滑る剣の柄を握りしめていた。

背後に守るのは、王室一家の逃げ込んだ部屋だ。

彼らが隠し通路を無事に抜けてくれれば、幼い王子たちは同盟国に庇護《ひご》される。あれはそんな戦いの場で、王族を守り切れば勝利であり、自分たち騎士の命はなげうってもよかった。

リーシェの剣が、アルノルトの頬を一度だけ掠《かす》めたのは、『王子たちが逃げおおせた』という合図の鐘を聞いたときだ。

こちらがアルノルトに傷を負わせることが出来たのは、そのたった一筋だけ。

次の瞬間、リーシェの左胸に、漆黒の剣が突き立てられた。

あのときは、まるで心臓へ火の杭《くい》を打ち込まれたかのように、ひどく熱かったのを覚えている。

痛みはなかったけれど、ただ息が苦しかった。剣を引き抜いた『皇帝アルノルト・ハイン』は、崩れ落ちたリーシェの傍にひざまずき、何事かを囁《ささや》いたのだ。

あの日のそんな光景を、何故だかはっきりと思い描いてしまう。

「……」

ダンスが始まり、茫洋《ぼうよう》と足を動かしていたリーシェは、アルノルトの手をきゅっと握った。

(少し、悪戯《いたずら》をしてやろうかしら)

そのまま体の軸を後ろに引くと、腰に添えられた手から逃れる。リーシェはアルノルトのリードから外れ、それでいてダンスの調和は決して乱さぬまま、その場で一度ふわりと回った。

どうやら不意打ちは成功したようだ。アルノルトがわずかに目を瞠ったのを見て、確信する。

（さあ。このまま私がダンスの主導権を握ろうとしたら、あなたはどう出るの？）

挑むような気持ちでアルノルトを見上げ、宣戦布告の笑みを向けた。

彼が自分の思うままに動いて、慌てながらダンスを踊ってくれるなら、それは楽しい光景だ。

リーシェは繋いだ手をぐっと自分の方に引くと、音楽に合わせてふたりでターンしようとした。

しかし、それはアルノルトによって制される。

「！」

リーシェの腰に添えられた手が、流れを別方向に逸らしたのだ。

その隙に回転の軸を変えられてしまい、予定していた動きが塗り替えられる。

（あ！）

結果としてその場では、リーシェひとりがくるんと回った。

もちろん、だからといって無様な真似《まね》は晒《さら》さない。綺麗な回転を作り出すと、ドレスの裾が柔らかく膨らみ、周囲からほうっと歓声が漏れる。

優雅なターンをこなした当のリーシェは、内心ものすごく不本意だ。

（なるほど、そう受け流すのね。……だったらこれは？）

リーシェが踏み込んで仕掛けるも、アルノルトは涼しい顔だった。当たり前のように回避したあと、『今度はどうしたい？』と誘うような目で、笑いながら見下ろしてくる。

（私が何をしても無駄、とでも言いたげな顔だわ）

余裕のある表情に悔しくなるが、彼の方が数枚上手なのは事実だ。

リーシェはひとつ息を吐き、ターンの回転を利用した誘引を試みる。だが、アルノルトはそれに惑わされることなく身を引いた。

(重心の分散が上手い……！)

内心で舌を巻く。

(これほど近距離で踊っているのに、まったく間合いに踏み込めている気がしないわ。私からの働き掛けも全部いなされてしまうし、気を抜いたら一気に主導権を持っていかれる！)

それは悔しい。懸命に隙を探りながら、ステップを踏んでぐるぐると回る。アルノルトは『リーシェの遊びに付き合っている』といった様子の癖に、加減してくれる様子もなかった。

(あの時と同じ。こちらが真剣に仕掛けているのに、アルノルト・ハインは余裕の顔をしている)

こうなったら、どうにかして一矢報いたい。

社交を明らかに超えたダンスに、周囲が啞然《あぜん》とこちらを見ている。リーシェはそれに目もくれず、真摯にアルノルトの隙を探していたが、途中でふと気が付いた。

(――あら？　そういえば、さっきから……)

こくり、と喉を鳴らす。

(いいえ、『さっきから』なんかじゃない。あのときもずっと)

蘇ったのは、六度目の人生の光景だ。

リーシェがたった一度、一筋だけアルノルトにつけることの出来た剣の傷。あのときもいまも、アルノルトにはひとつだけ弱点と呼べるものがあった。

（そこを突けば、勝てるかも……って、え!?）

考えた瞬間、これまで動きを流すだけだったアルノルトがリーシェの腰を抱き寄せてくる。かと思えば、こちらの上半身を倒すようにし、足元をすくうような強引さで覆い被《かぶ》さった。

「あ……っ」

背中側に倒れてしまう。リーシェは反射的に手を伸ばし、目の前の男にしがみついた。大きな手でしっかりと抱き締められて安堵すると、耳元で笑い声がする。

それと同時、演奏されていた音楽が、ジャンッと音を立ててから止まった。

（……終わっ、た……？）

瞬きをする。

すると一瞬の静寂のあと、わあっと大きな拍手が沸き起こった。

「い、いやあ素晴らしい！」

駆け寄ってきたのは、周囲で見ていた貴族の面々だ。

「皇太子殿下と婚約者殿は、ダンスの息もぴったりでいらっしゃる！」

「まるで闘技場の剣舞を見ているかのような、手に汗握るひとときでした」

「これはエルミティ国のダンスなのですかな？　初めて見るステップでしたが……」

「え!?　いえ、いまのは、えーと……」

どう説明したものか迷い、リーシェはアルノルトを見上げる。

しかし彼は、困るリーシェを楽しんでいるようで、なんの手助けもしてくれないのだった。

その質問攻めをどうにか切り抜けつつ、なんとか話題を逸らそうとしているうち、会場が隣のホールへ移る。

ここからは、立食形式の歓談時間だ。

招待客への挨拶をし、彼らの顔を片っ端から頭に叩《たた》き込んでいると、アルノルトが言った。

「――リーシェ。先ほどのワインが回っているんじゃないか？　バルコニーで風に当たってこい」

もっとも、リーシェはワインを飲んでいない。そもそもこの夜会に来てからは、ひっきりなしに話し掛けられて何も口にしていない状態だ。

アルノルトがそう声を掛けて来たのは、リーシェをこの人だかりから逃すための嘘だろう。

（意外と紳士的というか、なんというか）

もしや、リーシェが『怠けて働かないぐうたら生活を送らせてもらう』と宣言したせいで、そこに配慮されているのだろうか。

（飲まず食わずで働くのは、他の人生で慣れているけれど……）

辺りをそれとなく観察し、アルノルトを見上げた。

「ありがとうございます殿下。では失礼して、少しだけ」

その場にいた面々へ丁寧にお辞儀をすると、リーシェは人だかりからそっと離れた。

そのままバルコニーに向かうのではなく、会場内をゆっくり歩いてみる。きっと、アルノルトの傍にいるだけでは分からないこともあるのだ。

（情報を集めなくては。過去の人生では、ガルクハインの国内情勢までは分からなかったもの）

リーシェが知っているのは、国外にも伝わるほどの大きな出来事や噂話《うわさばなし》だけだった。

アルノルトが父帝を殺したことは知っていても、そこに至るまでに何があったのかは分からない。彼らを取り巻く環境や、城内で何が起きていたのか、それらを知っておいた方が良いだろう。

（国外に噂が流れるにあたって、歪《ゆが》んで伝わったこともあるはずだわ。そもそもアルノルト・ハイン本人だって、いまの十九歳時点では噂と違うもの。他国で話を聞いていたほど悪逆非道という感じではないし、意地は悪いけど、やさし……）

思わずそんなことを考えて、リーシェは複雑な気分になった。

（い、いまのところやさしいのは、間違いないわ。『真意が分からない』とか、『ちょっと意地が悪い』とか、注釈はつくけれど……）

気を取り直して、周囲の状況を再び観察した。

この先を生き延び、城でぐうたら怠けた生活を送るためにも、いまは忙しく動き回らなくては。

（あちらは確か、ハンナヴァルト卿。ゲアル伯爵と仲が良いんだわ。……フーデマン公爵とテーニッツ公爵は、一見親しそうに談笑なさっているけれど距離感が遠い）

先ほど挨拶で聞いた名前を思い浮かべつつ、記憶していく。すると、甘い香水の香りがした。

リーシェの前に現れたのは、金色の髪をふわふわと揺らした可愛らしい少女だ。

「はじめまして、リーシェさま。わたくし、コルネリア・テア・トゥーナと申します」

トゥーナ家は、今日の三十一番目に挨拶を受けた公爵家だ。リーシェは微笑んで、挨拶を返した。

「リーシェ・イルムガルド・ヴェルツナーです。これから、どうぞよろしくお願いいたします」

「ふふ。お話しできて光栄です」

柔らかい笑みを浮かべたコルネリアは、両手にひとつずつグラスを持っている。ぱっちりとした大きな目に、ふっくらしたくちびるの愛らしい彼女は、そのうちひとつをリーシェに差し出した。

「リーシェさま。よろしければ、こちらのワインをどうぞ」

その言葉と同時に、すぐ傍でリーシェを見ている他の女性たちがくすくすと笑い始めた。

「……人質のくせに。いつでも捨てられる駒として選ばれたこと、自覚いただかなくてはね」

「アルノルトさまの傍にいられるのも、いまのうちでしょうし……」

「所詮、弱小国のご出身でしょう？」

そんな囁きが聞こえてくる中、コルネリアが潤んだ瞳でじっと見つめてきた。

「私のお渡しするワインでは、ご不満ですか……？」

（……確かトゥーナ公爵家は、ガルクハインの南側に広大な領地を持っているのよね）

リーシェは一歩歩み出ると、彼女のグラスを受け取るべく手を伸ばした。

「とんでもない。ありがとうございます、コルネリアさま」

リーシェの指がグラスに触れる直前、コルネリアがわざとらしく声を上げる。

「きゃあ、いけない！　手が滑って……」

グラスが不自然に手放され、リーシェの方に落ちてきた。

その瞬間、リーシェは片手でドレスの裾を摘んで腰を落とし、もう片手でぱしっとグラスを掴む。

「え!?」

コルネリアが驚きの声を上げると共に、零《こぼ》れそうだったワインがグラスへ戻った。

リーシェはグラスの脚を持って、中のワインをゆるゆると回す。香りが立ちのぼり、それを確かめるように鼻先を近づけた。

（磨《す》り潰した唐辛子の香りね。どこで仕込んできたのか知らないけれど、食べ物で遊ぶなんて）

そもそもワインに仕込みをしたくせに、それをドレスに掛けようとするのも詰めが甘い。飲ませるのか掛けるのか、どちらかに作戦を統一すればいいのに。

呆《あき》れながらも、表向きは嬉しそうにしてみせる。

「どこか刺激的な香りのする、珍しいワインですね」

「……っ」

とびきりの微笑みを向けると、コルネリアはぐっと悔しそうにくちびるを噛む。笑顔の似合う素敵な顔立ちなのに、そんな顔をしていては勿体《もったい》ない。

リーシェはコルネリアに歩み寄ると、彼女の目を見つめ返した。

「私の国にはなかったものですから、とても興味深いです。アルノルト殿下にもお勧めしようと思うのですが、どちらから取ってこられたグラスなのですか？」

「え!?　そ、それはその……」

売られた喧嘩《けんか》は買う主義だ。当のコルネリアに、そんな覚悟はなかったようだが。

「も、申し訳ございませんリーシェさま。広い会場ですし、忘れてしまいました」

「それは残念。では私が飲むのでなく、殿下にこちらのグラスをお渡ししましょう。併せて、トゥーナ家のご令嬢がよくしてくださったとお伝えしておきますね」

「あ、あの！」

コルネリアは慌てふためき、首を横に振った。

「そ、そちらはリーシェさまに差し上げたものですので、リーシェさまに飲んでいただければ……いえ、やっぱりやめてください！　申し訳ありません、そのグラスを返して……あっ！」

青褪《ざ》めるコルネリアをよそに、リーシェはグラスに口をつける。そして、こくりと一口飲んだ。

「う、嘘……」

「想像した通りの、とても刺激的な味」

愕然《がくぜん》とする女性たちの前で、リーシェは再び微笑む。

「このように歓迎いただけたこと、とても嬉しいです。……コルネリアさま、今度よろしければ、個人的なお茶会にお誘いしても？」

「わ、私をですか⁉」

「はい。特に、トゥーナ家の領地である地域がどんなところなのか、とっても興味がありますの」

コルネリアは訳が分からないという顔をしていたが、やがておずおずと頷《うなず》いた。

（これでいいかしらね）

リーシェのとある計画のために、ゆくゆくは温暖な気候の土地が必要となる。トゥーナ家の領地はふさわしいはずだが、コルネリアを通していくつか情報を探りたかった。

（売られた喧嘩は買うわ。けれど）

かつて商人だった人生で、商いごとの師だった男に口酸っぱく言われたものだ。

(——商人は、利益の出ない売り買いはしないものなの)

優雅にワインを飲むリーシェを恐れ、周りの令嬢たちは慌てて逃げ出すのだった。

＊＊＊

バルコニーに出たリーシェは、流れる音楽を聴きながら、少しずつワインを飲んでいた。

ちょっぴり口に含んでみては、ひりつく辛さにぎゅっと目を瞑る。そんなことをちまちまと繰り返していると、人気《ひとけ》のなかったバルコニーにアルノルトが現れた。

「……なんだその顔は」

リーシェはグラスを揺らしながら答える。

「別に、殿下が嫌で顰《しか》めっ面《つら》をしているわけではありません。ただ、このワインが辛くて……」

「辛い？　ワインが？」

「唐辛子が入った特別レシピなのです。最初の一口は痩せ我慢も出来たのですけれど」

「くだらない連中が、嫌がらせにでも走ったか」

アルノルトはそう言うと、リーシェの手からグラスを奪った。

一瞬の隙を突かれるなんて不本意だ。他の相手になら、こうも易々《やすやす》と取らせはしないのに。

アルノルトは中身を眺めると、冷たい表情で言い放つ。

「こんなものを飲む必要はない。捨てるぞ」

「あ、駄目、駄目です！　このワインは私のせいで、おいしく嗜《たしな》まれる機会を失ってしまったのですから。せめて残さず飲んであげなくては」

リーシェは慌ててグラスを取り戻す。けれど、唐辛子の辛味というものは酒精に溶けやすいのだ。改めて一口飲んでみるが、舌にはひりひりとした辛さが走る。

「……関与した人間を言え。処断してやる」

「そんなの勿体ないですよ。そういった相手は切り捨てるのではなく、うまく利用しなくては」

唐辛子ワインはあと少しなのだが、この数口分が大変だ。グラスを睨みつけていたリーシェは、はっと気が付いた。

「ごめんなさい。ひとつ謝らなくてはならないことがありました」

「謝る？」

「実は、殿下のお名前をしっかりお借りしてしまったのです」

今回は、『アルノルトに伝える』と脅したお陰で丸く収まったのだ。だが、喧嘩に他人の名前を使うのは美しくない。リーシェが頭を下げると、アルノルトはひとつ息をつく。

「妻が夫の名を使うことに、何か問題があるか？」

「……まだ、婚約者なだけですけど」

「構うものか。どうせ確定事項だ」

「あ！」

再びグラスが奪われた。今度こそ捨てられてしまうと思ったのだが、アルノルトは中身を一気に飲み干してみせる。

絶句しているリーシェの前で、彼はぽつりと呟くのだ。

「……からいな……」

「だ、だから言ったではありませんか！　大丈夫ですか!?　お水を取って参ります！」

「別にいい。それより、これでワインへの義理は果たせたか」

「！」

どうやらアルノルトは、リーシェの決めたことを手助けしてくれたらしい。

『馬鹿馬鹿しい』と切り捨てたり、『勝手にしろ』と突き放したりせずに。

「ありがとう、ございます」

ぎこちなくお礼を言うと、アルノルトは笑った。それからこう尋ねてくる。

「ダンスのときに、何を考えていた？」

「何を、とは」

「目の前の俺ではなく、誰か別の人間について考えていただろう。その相手は誰だ」

リーシェは答えに窮してしまった。

（別の人生で出会った、五年後のあなたのことです）

「ん？」

妙に甘ったるい声音だ。そのくせリーシェを逃がすつもりのない、狩る側の目をしている。

とはいえ、素直に答えるわけにはいかない。

「他の人のことではなく、殿下のお体を心配していました」

「心配だと？」

真実に近い嘘で誤魔化したリーシェは、ダンスの途中に気が付いたことを口にして、自身の左肩をとんっと指で示す。

「ここに、お怪我をされていませんか？」

「……」

それは本当に些細な違和感だ。だが、確かに存在する引っ掛かりだった。

アルノルトの左肩は、右と比べてほんの少しだけ動きが鈍い。たとえば右を百としたら、左は九十八といった数値だろうか。彼の利き腕が右ということもあり、普通にダンスを踊っただけでは気付けないほどの誤差だが、間違いない。

それをリーシェに確信させたのは、前の人生の記憶だった。

リーシェがたった一筋だけ、アルノルトに傷を負わせた一閃《いっせん》。あのときのアルノルトには、左へ斬り込めば討てるかもしれないという瞬間があった。

結果として、彼の剣技はその隙を問題ともせず、あっさりリーシェを貫いたのだが。

「……ふ」

アルノルトが暗い笑みを浮かべた。

ぞくりとするようなその表情は、どこか妖艶でもある。

すぐには何も答えなかったアルノルトは、代わりに襟元へ手をやると、片手でぱちんと留め具を外す。

そして、着ていた軍服をぐっと横に引いた。

（あ……）

露《あら》わになった首筋には、大きな傷跡が刻まれている。

それはどうやら、衣服に隠れて見えない場所にまで伸びている傷跡なのだった。恐らく、出来てから何年も経《た》っているものだ。

「古傷だ。肩口まで続いていて、わずかに皮膚の引き攣れる部分がある」

「……なんてひどい……」

リーシェは思わず手を伸ばすと、アルノルトの首筋にそっと触れた。振り払われてもおかしくなかったのに、アルノルトは黙ってリーシェの指を受け入れる。

ゆっくりなぞってみれば、手袋越しにも凹凸が分かるほどの傷跡だった。

（十年は経っていそうな古い傷だわ。刃物で刺されたもので……それも、ひとつやふたつじゃない。何度も何度も首元を突き刺して、殺すつもりで……）

かつて薬師だった人生の記憶が、リーシェにその光景を想像させる。脳裏に浮かんだのは、夥《おびただ》しい量の血を流す、九歳くらいのアルノルトだった。

こんな傷でよく助かったものだ。その上であれほど動けているなど、信じられない。奇跡的に傷が塞がってからも、思う通り剣を扱えるようになるまでには、壮絶な苦しみがあっただろう。

「この傷のことを知る者はごく一部だ。ましてや、自分で勘付いた者などいなかった」

「どうして、このような傷を？」

「……」

アルノルトは先ほどの暗い笑みを浮かべたまま、リーシェを見下ろして目を細めた。

月を背にしているせいで、いつも以上に心の内が読めないものの、これだけは分かる。

（──これ以上は踏み込むな、ということね）

リーシェが手を離すと、ちりちり焦げ付くような気配を纏った笑みが消えた。アルノルトは衣服を整え、首元の金具を留め直す。

（アルノルト・ハインは十年近く前、殺されかけている。それは、誰がなんのために？）

リーシェは俯いて思案した。

（皇太子を殺す利点がある人といえば、他の王位継承者やその関係者……アルノルト・ハインには、確か弟がいたわね。私はまだ、挨拶すら出来ていないけれど）

そこも気になっている点ではあるのだ。いくらリーシェが『実質は人質』という名目とはいえ、皇族との顔合わせをしなくても良いものだろうか。

これに関しては皇族の意思ではなく、アルノルトの思惑なのかもしれない。たとえば今夜の夜会が、リーシェに伝えられず終わるところだったように。

「……アルノルト殿下。おねだりしたいことがあります」

リーシェはアルノルトを見上げた。

「数日中に、侍女の方を選定させていただきたいのですが」

「分かった。オリヴァーに急ぐよう伝えておく」

「いいえ。オリヴァーさまのお手を煩わせるのでなく、私自身に決めさせていただきたいのです」

楽しそうな目がこちらに向けられる。先ほどまでの不穏な笑みは完全に消えて、アルノルトはいつも通りだ。

「今度は何を企んでいる？」

「大層なことは何も。ただ、侍女の方たちの労働環境について気になっているもので」

空のグラスを手にしたリーシェは、井戸で出会った侍女たちのことを思い浮かべるのだった。

末永くぐうたら生活を送るには、生き延びることから。

今度こそ二十歳で殺されないためには、アルノルト・ハインの起こす戦争を回避することが恐らく必須事項だろう。

そして、戦争回避の可能性を上げるためリーシェに出来そうなことは、他の人生で交流のあった各国要人たちへの働き掛けくらいである。

きたる婚姻の儀で手を打つために、やらなくてはいけないことは山積みだ。

（畑を作って、薬草を育てて、たくさんお買い物をして、格安のお酒をたくさん揃えて、それから……）

戦争回避には到底関係のなさそうな計画を、リーシェは真剣に並べてゆくのだった。

＊＊＊

皇城で開かれた夜会が間もなく終わる頃、城の薄暗い中庭に、ひとりの少年の影があった。

ふわふわした黒髪に、丸みのある青の瞳。どこか中性的な美貌を持ち、年の頃は十六歳ほどであろう少年は、中庭からじっとバルコニーを見上げている。

少年の視線の先には、ひとりの少女が立っていた。

珊瑚のような髪色の、遠目に見ても美しい少女だ。彼女はしばらくそこで誰かを待っていたようだが、やがて待ち人に呼ばれたらしく、手摺《てす》りから離れる。

少年は、彼女の消えてゆく光景をじっと見つめていた。しばらくすると、少女の立っていた場所にひとりの男が現れる。

そして男は、少年がそこにいるのを最初から知っていたかのように、静かにこちらを睨み付けてきた。ここがバルコニーから離れており、暗がりであるにもかかわらずだ。

「～～～……っ！」

ぞくりとしたものが背中を走り、思わず口の端を上げた。

男の放つぴりぴりとした殺気は、少年が何より好むものだ。けれど、警告のようなその空気は、男が踵《きびす》を返すと共に消えてしまう。

「なあんだ。今日も遊んでくれないのか……」

少年は俯くと、残念そうに呟いた。

「さみしいよ。兄上」

　きっと、先ほど見たあの美しい少女のせいだ。

　彼女がやってきた日から、少年はずっと不機嫌だった。

　このような夜会の場に出るなど、わざわざ兄に禁じられるまでもなく御免である。しかし、彼女に会える機会を逃したという点だけは残念だった。

「でも、近々ちゃんと挨拶する準備は進めているから。……ね、義姉上《あねうえ》」

　少年は柔らかな声で、そっと呟く。

# 第三章

「――まったく。使えないのね、あんたたちは！」

石造りの小さな洗濯場に、赤髪の侍女ディアナの声が響いた。

騎士の目を盗んで抜け出したリーシェが、洗濯場へ来るようになってから三日が経《た》つ。この日も侍女に紛れていたリーシェは、その手を止めずに顔を上げた。

「洗濯ひとつもまともに出来ないのかしら？　朝お願いした仕事なのに、お昼になっても終わっていないなんて。私たちならその三分の一の時間で、一階のお掃除まで終わってるわよ！」

「ご、ごめんなさいディアナさん……」

新人の侍女たちが、ディアナの叱咤《しった》に身を硬くする。その中には、先日リーシェが助け起こしたエルゼもいた。リーシェは泡だらけの手を桶《おけ》から出し、軽く流してから話し掛ける。

「私が手伝います。残った洗濯物はどちらに？」

「……またあんたなの」

振り返ったディアナは、リーシェを強く睨《にら》みつけてきた。

「どこの所属か知らないけど、毎日毎日よく人を手伝う余裕があるわね。暇そうで羨ましいわ」

そう言って、ぷいっとそっぽを向く。

「使えない新人たちは放っておいて、行くわよラウラ、マーヤ。リーシェさまの侍女に選ばれるためには、こんなところでぼさっとしてらんないんだから」

ディアナはエプロンのポケットから一枚の紙を取り出すと、書いてある文字に目を通した。

「今日は離宮用のシーツが届くみたいね。点検のお手伝いをすれば、きっと評価が上がるわ！」

「あ、待ってよディアナ！」

ふたりの侍女がディアナを追う。扉が閉まったあと、リーシェはエルゼたちに笑いかけた。

「さあ、どんどん進めてしまいましょう。時間の掛かる大物があれば、こちらに回してください」

「い、いつもありがとうございます……！」

新人侍女たちは恐縮しながらも、ほっとしたようだ。中には半泣きの少女もいて、リーシェに何度も頭を下げてくる。リーシェは彼女を励ましつつ、がしがしとシーツを洗った。

隣で一緒にシーツを洗うエルゼが、悲しそうな顔でぽつりと言う。

「……ごめんなさい。私たちが、いつまで経っても仕事を覚えないせいで……」

「皆さんは、このお城に来て日が浅いのでしょう？　最初は誰でも仕方がないことです」

洗濯板にシーツを擦《こす》りつけながら、リーシェは言い切る。

「そもそもですが。エルゼさんは、決して洗濯に不慣れなわけではありませんよね？」

そう尋ねると、エルゼはおずおずと頷《うなず》いた。

ここ数日、みんなで一緒に洗濯をしていて気が付いたが、ここに集められた新人たちは洗濯や掃除ができないわけではないのだ。

これまで家の家事などを手伝ってきたのだろう。自分のやるべきことが目の前にあれば、きちんと動くことが出来ている。

とはいえ、ディアナも言い掛かりをつけている訳ではない。彼女たちはさほど多くない洗濯物を前に、通常の何倍も時間を掛けてしまっているのだ。

（でも、その原因は明白だわ）

だからリーシェは、もうひとつ気になっていたことをエルゼに尋ねる。

「ディアナさんの、昔のお話を聞いたことはありますか？　例えば、裕福なお家《うち》の出自だとか」

「お父さんがいくつもお店をやっていて、ディアナさんもそのお勉強をしていたと聞きました」

「私も知ってる。確か借金が出来ちゃって、お父さんのお店は全部手放したのよね」

それを聞いたリーシェは、洗濯の手をしばらく止める。すると、エルゼが心配そうに口を開いた。

「あの。どうか、されたのですか？」

リーシェは微笑《ほほえ》み、そっと首を横に振る。

「大丈夫です。ひとまずは、この洗濯物たちを片付けましょう」

＊＊＊

その日の午後、皇城内の離宮に三十名の侍女たちが集められた。

もともとこの城で働いていた侍女から選ばれた十名と、新たに城下から募集された二十名だ。皇太子妃つきの侍女はここから一部が選出される。そのため、少女たちは緊張した面持ちだった。

「ねえ。離宮って放置されてて酷い有り様だって噂《うわさ》だったのに、ぴかぴかじゃない？」

「本当だわ。誰か先に、掃除で入っていた侍女がいたのかも」

「リーシェさまってどんな人かしら。ああ、どきどきする……」

ひそひそと内緒話をする侍女たちの中には、他の人物の姿を探している者もいる。

「エルゼ。いつも助けてくれるあの人、ここにはいないわね」

「はい……」

「見てよディアナ。あの生意気な新人、そもそも候補に選ばれてもいないみたいよ」

仲の良い侍女にそう教えられたディアナは、勝ち誇って胸を張った。

「それはそうね。やっぱりリーシェさまに仕えるなら、ある程度の礼儀がなっていないと無理なんだから。あんな生意気な子、募集してきたって外されるに決まっているわ！」

ディアナの瞳は自信に輝いている。やがてその部屋に、ノックの音が響いた。

「リーシェさまがお越しです。皆さん頭を下げるように」

侍女たちは急いで礼をする。ディアナも期待に胸を膨らませながら、余裕たっぷりに頭を下げた。

こつこつと靴音が響いて、ディアナたちの前をひとりの女性が歩いてゆく。視界の端にはふわふわのドレスが映り、どこか優しくて爽やかな香りがした。

姿を見る前から、皇太子妃リーシェが素敵な女性だということがよく分かる。彼女がこれから自分たちの主君になるのだと思うと、ディアナたちは誇らしい気持ちになった。

しかし、ディアナの傍《そば》にいたラウラが、小さな声で話し掛けてくる。

「ねえディアナ。この香り、どこかで嗅いだことない？」

「ちょっと、いま話しかけないでよ」

皇太子妃となる女性の纏《まと》っている香りだ。きっと、何か高級な香水に決まっている。

そう思ったディアナだが、不意に気が付いて言葉を漏らした。

「……石鹸《せっけん》」

「え？　ディアナ、なんて言ったの？」

「石鹸よ。これ、私たちが洗濯で使ってる、いつもの……」

そう確信したのと、声がするのは同時だった。

「どうか皆さま、顔を上げてください」

この声に、どうして聞き覚えがあるのだろう。

ディアナはひどく緊張しながら、恐る恐る前を向く。祈る気持ちと怯《おび》えとを、半分ずつ抱えて。

そして、息を呑《の》むのだ。

「あ……っ」

「リーシェ・イルムガルド・ヴェルツナーと申します」

そこには、ここ数日ずっと目障りだった美しい少女が立っていた。

それも、とびきり穏やかな微笑みを浮かべて。

＊＊＊

（よかった、シーツの洗濯が間に合って……！）

侍女たちの前に立ったリーシェは、アルノルトの従者であるオリヴァーに紹介をされながらも、内心では肝を冷やしていた。

今日は朝からやることが多くて、洗濯を後回しにしてしまったのだ。慌てて身支度をして来たことに気付かれないよう、そっと息を整える。

オリヴァーは、そんなリーシェの思いには気付かず、集められた少女たちに説明をしていた。

その間、集められた少女たちの顔を見る。すると、ぽかんと口を開けたエルゼと目が合った。感情の起伏があまり見えない彼女だが、今回ばかりは分かりやすい。

（ごめんね。あなたたちの状況を正しく知るには、同じ侍女として話すのが一番だと思ったの）

他にいる新入りの侍女たちは、エルゼと同じく呆然《ぼうぜん》としていたり、リーシェを見て目を輝かせたりしている。一方でひどく青褪《ざ》めているのは、ディアナをはじめとした先輩侍女たちだ。

がくがくと震えていたり、絶句して口を開閉していたり。放心して立ち尽くす者や、泣きそうになっている者もいる。

みんな、侍女として潜り込んでいたリーシェに、辛辣な言葉を投げつけてきた少女たちだ。

その筆頭であるディアナは、口元を両手で押さえ、いまにも悲鳴を上げそうだった。

「では、リーシェさま。どうぞお言葉を掛けてやってください」

オリヴァーの紹介が終わり、リーシェはすっと前に歩み出る。

「まずは、これまでのことを謝罪させていただきます。騙《だま》すような真似《まね》をしてしまってごめんなさい。――ですがお陰で、皆さまのお仕事をじっくり拝見することが出来ました」

オリヴァーは不思議そうな顔をしていた。狼狽《うろた》え始めたのは、新入りの侍女たちだ。

「……どうしよう。そういえば私たち、リーシェさまに洗濯を手伝ってもらっちゃった！」

「クビになるに決まってるわ！　私のお給金がないと、弟が学校に行けなくなるのに……」

不安を抑えきれなくなったのか、新人たちは小さな声でそれを吐露しはじめた。そのざわめきを見たオリヴァーが、リーシェにひそひそと囁《ささや》く。

「リーシェさま。実はここにいる三分の二は、城下から集めてきたばかりの新人なのです。というのも、この城にいた侍女は大半が年嵩《としかさ》の者でして。リーシェさまが打ち解けやすい年頃の侍女で揃《そろ》えるように、という殿下のお達しで、この者たちが集められました」

その説明にはぎょっとした。確かに、リーシェの侍女候補として新たに城下から人を雇うのはおかしいと感じていたのだが、そんな理由が付けられていたとは思いもよらない。

「アルノルト殿下いわく、侍女についてはリーシェさまに一任なさるとのことでしたが、いくらなんでも未経験の侍女を付けるわけには参りません。――ここに新人の名を控えた紙があります。彼女たちは不採用とし、少しでも経験の長い者で固めるべきかと」

「オリヴァーさま」

「新人の名前をお伝えします。エルゼ……」

「――エルゼさん。ニコルさん。ヒルデさん、マルグリッドさん、ローザさん」

リーシェはオリヴァーが読み上げる前に、新入りである彼女たちの名前を口にした。彼女たちはみんな、洗濯場で一度は見かけたことがある顔だ。

「エルケさん、アメリアさん。それから……」

「ま、まさか、全員分覚えていらっしゃるのですか!?　ご自身の元に配属されたわけでもない、使用人候補の名前を」

「覚えています。使用人の方たちがいなければ、我々の生活は立ち行きませんから」

オリヴァーにそう言ったあと、残る名前を呼んでから侍女たちに向き直る。

「――以上、二十名の方に申し上げます」

新人たちは、びくりと体を強張《こわば》らせた。中には縮こまり、震えてしまっている者もいる。名を呼ばれていないディアナや周囲の侍女たちは、勝ち誇ったような顔だ。

彼女らに向けて、リーシェは告げた。

「いま名前を呼んだ二十名の方には、私の侍女となっていただきます」

「――え……」

その場の空気が凍りつき、オリヴァーが驚愕《きょうがく》の声を上げた。

「り、リーシェさま!?　いまのは、新人たちの名前で……」

「はい。この方々には是非、離宮で働いてほしいのです」

採用を伝えたはずの新人たちも、何が何だか分からないといった様子で絶句している。

「これからよろしくね。エルゼ」

「え……!?　えっと、はい、あの、でも」

エルゼはかちこちに固まったままだ。声を上げたのは、震えているディアナだった。

「どうしてですか、リーシェさま！　実際にご覧になったはずです、この新人たちがどれだけ使えないのかを！　そして私たちが、短時間でたくさんの仕事をこなしてきたことを……!!」

「おい君。リーシェさまに対して不敬だぞ」

オリヴァーに咎《とが》められても、ディアナは必死に言い縋《すが》ってくる。

「私はお役に立ちます！　どんな仕事もこなしてみせます!!　だからどうか……！」

「君。下がりなさい。それ以上リーシェさまに近付いてはならない」

「確かに私、リーシェさまに失礼なことを言いました！　けど、それは知らなくて!!　絶対に挽回《ばんかい》してみせます、ちゃんとしますから……！　だからどうか、仕事の実力を見てください!!」

ディアナを見つめ、リーシェは告げた。

「ディアナ。あなたには、お願いしなくてはいけないことがあるわ」

「あ……ありがとうございます、リーシェさま！　『お願い』ということは、つまり私を……！」

ディアナがほっと息をついた。しかしリーシェは、彼女の目を見たまま続ける。

「あなたには、今日限りで侍女を辞めていただきます」

「――え……」

普段は勝気な彼女の顔色が、さあっと青白くなった。

「どうしてですか!?　仕事の遅い新人たちより、私の方が優秀なのに!!　どんな仕事だって完璧にこなしてみせます、そうお約束します……！　だから、だから私を！」

「――ねえ、ディアナ」

これまで彼女たちに使っていた口調をやめ、リーシェは静かに告げた。

「あなたは気付いていたかしら？　新しく入った彼女たちが、仕事の手際は悪くないことに」

「え？　……どういう、意味で……」

「では、思い出すことは出来る？　このお城に来たばかりのあなたが、何に困っていたのかを」

困惑し切った表情のディアナが、助けを求めるように視線を彷徨《さまよ》わせた。

けれども彼女は気を引き締め、考え込むように視線を落とす。考えて考えて、やがて何かに思い至ったらしく、リーシェを見てゆっくりと口を開く。

「……やり方が、分からなかったことです」

彼女はぽつぽつと挙げ始めた。

「家が落ちぶれてからこのお城に来るまでのあいだに、シャツやシーツは洗ったことがありました。だけど、ドレスや軍服をどんな風に洗濯したらいいのかは、ぜんぜん分からなくて」

「ええ。初めてなんだから、それは当然だわ」

「先輩たちは忙しそうに走り回って、『教えている暇はないから。私の仕事を見ながら覚えて』と言われて。分からないところを聞きたくても、なんだか訊《き》きにくくて……」

「きっとそうね。他にはどんなことに困っていた？」

「覚えることが、本当にたくさんありました。布の材質によって、使う石鹸や洗濯板が違ったり。掃除場所によって道具を使い分けていたり。道具の種類だけでなく、それぞれが仕舞われている場所も複雑で……だけど、一度教わったことを再び質問するのは許されませんでした」

新人たちが、驚いたように顔を見合わせる。その理由がリーシェには分かっていた。

ディアナがいま挙げたことは、新人である彼女たちを困らせ、仕事を遅らせている原因と同じなのだ。道具の場所が分からずに探し回り、誰かに聞こうにも聞きにくく、忙しそうにされて萎縮する。そういう困りごとを、すべての新人が抱えているのである。

「……でも!! 私はその状況で、ちゃんと一人前に育ちました! このお城に来た翌日には、前の日に教わった内容をこなせていたはずです。彼女たちと違って!」

「あなたと新人さんたちのあいだで、大きな違いがひとつだけあるの」

ディアナに対し、リーシェは穏やかにそう告げる。

「それは、彼女たちには読み書きが出来ないという点よ」

「あ……!」

ディアナが目を丸くすると同時に、エルゼが俯《うつむ》いた。

一般庶民の識字率は、どこの国も似たようなものだ。特に女性ともなると、費用を掛けてまでそういった教育をする家はほとんどない。

商家に生まれて勉強をしていたディアナは、文字を知っていたから対処することが出来た。彼女と仲の良い周囲の侍女も、恐らく近い境遇なのだろう。しかし、多くの侍女はそうではない。

「仕事の説明は、言葉で一度聞かされるだけ。それを自分で記録することも、あとから読み返すことも出来なかったら――それでも、あなたはいまのように仕事をこなせた自信がある？」

「それは……！」

ディアナが無意識にか、エプロンのポケットに手をやった。彼女はそこに、その日のさまざまな予定を書いたメモを仕舞い、仕事にきちんと役立てている。

だからこそ、『字を読み書きできる』という能力にどれだけ助けられたかに気が付いたはずだ。

そして、その手段を使えない他の侍女たちが、どれほど大変な思いをしているかも。

「彼女たちはみんな、あなたと同じくらい一所懸命にやっているわ。……そのことを、昔のあなたを思い出しながら、考えてあげてほしいの」

「あの頃の私と、同じ……」

その言葉を噛《か》み締めるように呟《つぶや》いて、ディアナが辺りを見回した。

彼女の目が、後輩である侍女たちに向けられる。ひとりひとりの目を見つめ、それで何かを理解したらしきディアナは、力が抜けたようにぺたんと座り込んだ。

「……ごめん、なさい……」

「ディアナ先輩？」

途方に暮れた子供のような声音が、少しずつ懺悔《ざんげ》の言葉を紡ぐ。

「みんなごめんなさい。私、自分が何も持ってない人間になったと思ってた。家の財産もなくなって、家族の後ろ盾もなくて、ひとりで生きていかなくちゃって！　ゼロから頑張るしかないって」

ディアナは肩を震わせて、両手で顔を覆う。

「でも違った……！　私は決して、ゼロになったわけじゃなかった！　これまで教わってきたことは、私の中に今でもちゃんと残っていたんだわ。なのに、自分が恵まれてたってことも分からなくて。調子に乗って」

その声は、ほとんど泣き声に近いものだ。

「私、なんてこと言っちゃったんだろう……！　あなたたちみんな、一生懸命にやっていたのに。昔の私と同じで、心細い思いをしながら頑張ろうとしてたのに。そんなこと、先輩として分かってあげなくちゃいけなかった……！」

「ディアナさん……」

「ごめんなさい。……本当に、ごめん……」

新人たちは、真っ向からの謝罪に驚きながらも、座り込んだ彼女に駆け寄った。

「そんなことないです、ディアナさん。私たちこそ、頼りなくてごめんなさい」

「リーシェさま。ディアナさんは怖かったけど、仕事はいつも的確でした！　他の先輩たちもそうです。だからどうか……」

「いいの。私は侍女に選ばれなくて当然だわ。だってこんな……」

「ディアナ」

彼女にそっと手を伸べて、リーシェは微笑んだ。

「言ったでしょう。あなたには、お願いしたいことがあると」

「え……?」

「私はこの離宮を、新人侍女たちの教育の場にしたいの」

そう言うと侍女たちがざわめいた。目を丸くしたのは、オリヴァーだって同様だ。

「経験がない人たちは、ここで侍女の仕事を覚えてもらうわ。もちろん『目で見て学べ』なんて方法じゃなく、丁寧な説明を受けながら。分からないことは何度だって、覚えられるまで繰り返し訊ける体制を作るの。侍女の技能をしっかり身に付けたら、皇族の方々が住まう主城に栄転よ」

ディアナやエルゼたちがぶつかった問題は、他の城や貴族家でも起きているものだ。

日々の仕事をしている者は、新しく来た者に教える時間が取れない。新人たちは仕方なく、それぞれのやり方で技術を身に付けるか、仕事にならなくて脱落していく。

そうやって辞めた者だって、きちんと教えられてさえいれば、いかんなく能力を発揮することが出来たかもしれない。

反対に、独学や見よう見真似で知識を得た者は、何か決定的な間違いを犯している可能性もある。

その問題を解消するには、正確な教育こそが必要だ。現場にその余裕がないのであれば、実地教育の場としてこの離宮を使えばいい。

「ディアナが言っていたように、一度得た技能は失われないわ。読み書きも、仕事の仕方も、そして仕事の覚え方も。それが身に付けば、どこに行っても通用する武器になる。ひとつの職場を去るときも、いままでとは別の人生を生きなきゃいけなくなったときも、必ず役に立つのよ」

リーシェの言葉を聞いて、侍女たちの目に小さな光が宿る。

「だから新人の二十名は、私付きの侍女になってもらうわ。――そしてディアナ。あなたたちには、教える私の補佐をお願いしたいの」

「私が、リーシェさまの補佐!?」

「今後この離宮に来た侍女には、一日一時間ほど字の勉強をしてもらうつもりよ。ディアナたちにはその先生役や、教材作りをしてほしくて。侍女の仕事の教本もね」

「私たちが先生役で……教材や、教本作りを……?」

ディアナはぽかんと口を開ける。

想像もしたことがなかった選択肢を与えられて、頭がついてこないといった様子だ。リーシェは、そっと懐に忍ばせていたディアナのメモを取り出す。

「これ。見せてもらったわ」

「な、なぜリーシェさまがそれを?」

その質問には口を閉ざしておく。今日の午前中、掃除をする侍女に混ざってメモを探してきたことは言えない。

「要点が的確にまとめられているし、字も綺麗《きれい》で分かりやすい。見聞きして覚えたことをこれほど上手《うま》く書き表す才能があるなら、教材作りは適職だと思うわ」

「……っ」

本心からそう告げると、ディアナの顔が赤く染まった。

「私を、そんな風に褒めてくださるんですか……? あんな失礼なことを言ったのに」

「ふふ。なんのことだか」

ディアナはぎゅっとくちびるを噛みしめ、リーシェが差し伸べた手を取ってくれる。

立ち上がると、深々と頭を下げて言った。

「これからも、全力で頑張ります」

「頼りにしているわ」

リーシェはそれから、エルゼたち新人侍女に向き直る。

「みんなも、しばらく覚えることが多くて大変だと思うけれど。辛《つら》くなったら、いつでも言ってね」

「……はい……！」

こうして離宮には、二十人の新人侍女と、その教育係である少女たちが誕生したのだった。

＊＊＊

従者のオリヴァーが主城に戻ると、執務室の机に向かった主君のアルノルトが、こちらを見もせずにこう言った。

「リーシェの侍女は決まったか」

「そのことですが、我が君」

オリヴァーは、主人の元に歩を進める。

「覚えていらっしゃいますか。以前この城で、『新しい使用人がすぐ退職してしまい、人手不足に陥りやすい』ことが問題になりましたよね」

「……ああ。離職率低下阻止のために、給金を上げて対応した件だな。それでも現状は、当時より多少マシになったという程度だが」

「リーシェ様がいずれ、恒久的に解決なさるかもしれません」

その報告に、アルノルトがゆっくりと顔を上げた。

「侍女の中から教材作りの才能がある者を見出《みいだ》し、新人教育の体制を作ると宣言されました。『身に付けた技能は永遠の財産になる』という説明で、習う側をも魅了して」

「……」

「侍女たちは感動し、大いに喜んでいましたよ。新人と元々いた侍女とで派閥があったはずなのに、今日はお互い手を取り合ってね」

「……は。なるほどな」

アルノルトは満足そうに笑い、再びペンを動かし始める。

「さては予想通りですか？　さほど驚いてらっしゃらないご様子ですけど」

「予想など出来るものか。まあ、何か愉快なことをしでかすだろうと期待はしていたが」

「あまり露骨に面白がっては、未来の奥方に失礼ですよ……」

オリヴァーは肩を竦《すく》めたあとで、ぽつりと漏らす。

「ですが、私も楽しんでしまいそうです。あの方が、一体どんなことを成し遂げて下さるのかを」

「――オリヴァー」

アルノルトは目を伏せ、普段より僅かに低い声で言う。

「リーシェは、皇族の利や国益のために連れてきた妻ではない」

「……」

忠実なオリヴァーは、「失礼いたしました」と返事をし、主君の手伝いを再開したのだった。

＊＊＊

風に煽《あお》られた花びらが、ガルクハインの皇城に舞い落ちる。

麻のドレスを纏ったリーシェは、手にした鍬《くわ》を操り、盛り上がった土をさくさくとならしていた。

「よいしょっ」

数日掛けて耕したここは、先日の夜会でアルノルトにねだって借り受けた中庭の一画だ。

（このくらいの広さがあれば、当面は大丈夫よね）

耕地を見回して満足する。傍らに置いたいくつかの桶には、腐葉土がこんもりと盛られていた。

庭にある落葉樹の下から集めてきた、栄養たっぷりの土だ。

なんとか桶を抱え上げると、耕した地面に腐葉土を撒《ま》いてゆく。まんべんなく撒き終わった頃には、腕がじんじんと痺《しび》れていた。

（……そろそろ真面目に、体を鍛え始めないと……）

ごく最近までひ弱な令嬢だったこの体は、いかんせん体力や筋力がない。騎士だった人生どころか、薬師として畑仕事をしていた人生に比べたって劣る。

体の動かし方を頭では理解していても、体の方がついていかないのだ。

とはいえ、あともうひと踏ん張りしたい。リーシェは気合いを入れ直すと、腐葉土を撒いた土の上を鍬で刻んでゆく。土と腐葉土を混ぜ合わせながら、土に空気を含ませた。

目に見える雑草の根は取り除きながらも、そんなに綿密にはこだわらない。育てている植物のあいだから、まったく覚えのない草花が芽吹くのも面白いものだ。

少し離れた場所に立っている騎士たちも、リーシェの作業を興味深そうに見守っている。そこにディアナがやってきて、目をまん丸くした。

「リーシェさま、何をしてるんですか？」

「これ？　畑を作っているの」

「は、畑……皇太子殿下の婚約者さまが……」

腐葉土を丹念に混ぜ終わると、ふわふわの土による畝が出来上がった。

すぐに種を蒔《ま》きたいところだが、しばらく日光に当てて馴染《なじ》ませた方がいいだろう。リーシェは額の汗を拭うと、ぽかんとしているディアナに笑い掛ける。

「待たせてごめんなさい。じゃあ、考えてきたものを見せてもらえる？」

「はっ！　はい、お願いします！」

ディアナは緊張した面持ちで、手にしていた書類を差し出した。そこには丁寧な文字と共に、箒《ほうき》や雑巾などの可愛《かわい》らしい絵が描かれている。

「最初に新人たちに覚えてもらう文字は、掃除用具についてにしたらどうかと思って！」

エプロンを外した侍女服姿のディアナは、ドレスの裾をもじもじと握り締めた。

侍女たちの教育係として任命した彼女に、リーシェはひとつの指令を出したのだ。それは、『新人に教える最初の内容を決めてくる』ことだった。

「毎日の仕事に使うので、覚えたことが役立ってる実感も、得やすいんじゃないかと」

「ええ。とても良いと思うわ」

ディアナの顔がぱあっと明るくなる。しかし、すぐに自信がなさそうに曇ってしまった。

「実は悩んでるんです。掃除道具よりも、まず自分の名前を覚えられた方が嬉《うれ》しいかもって」

「そうね。そういった関心事項を取り入れるのも、確かに有効だけれど……」

リーシェが思い出したのは、侍女だった人生で接した屋敷の子息たちだ。

家庭教師に名前の書き方を習い、懸命に練習してリーシェに見せに来た。懐かしい光景を思い出しながらも、ディアナに考えを伝える。

「それだと生徒同士で復習したり、忘れてしまったときに教え合ったりすることが出来ないもの。教える側も一度に説明できないから、時間も掛かるしね」

「あ！　なるほど、確かにそうですね！」

リーシェの言葉に、ディアナはほっと息を吐き出す。

「ディアナの考えた通り、『覚えたことがすぐに仕事に使える』というのは素敵なことよ。私が生徒さんだったら、とっても嬉しいと思うわ」

「はい！　ありがとうございます！」

リーシェが返した紙を抱き締め、ディアナは目を輝かせた。

「リーシェさま、こういうのって楽しいですね。どんな意地悪を言うか考えているより、どう助けるかを考えている方がずっと楽しいです」

「ふふ。よかった」

「でも。リーシェさまはどうして、私たちにここまでしてくださるんですか？」

「それは――……」

リーシェが僅かに言い淀《よど》んだとき、向こうから侍女のエルゼがやってきた。

「リーシェさま。そろそろ、支度のお時間です」

表情の乏しい彼女にそう言われて、リーシェは頷く。

「ディアナごめんなさい、もう行かないと。教材の件は、話しておいた通りに進めてくれる？」

「はい！　任せてください！」

「ディアナ先輩。……今日、夜ご飯のあと、また勉強を教えてもらえますか……？」

「ふふ。もちろんいいわ。今日も終わるまで眠らせないから、そのつもりでいなさいよ！」

エルゼとディアナの会話を見守ったあと、リーシェは離宮の自室に向かった。

「お風呂の準備、出来ています」

「ありがとう、まずはこの汗と泥を落とさないとね。お風呂から出たら髪を乾かして、手持ちで一番高いドレスに着替えなきゃ……。エルゼ、髪を結うのを手伝ってくれる？」

このあと訪れる客人のことを想像しつつ、リーシェは気合いを入れた。後ろをとことこ歩くエルゼは、不思議そうに首をかしげる。

「お客さまは、商人さんとお聞きしました。一番高いドレス、必要なのですか……？」

「……そうね。とりあえずは、材料のひとつになるかもしれないから」

「？」

いまから数時間後には、アリア商会の商会長タリーがやってくる。

アリア商会は、リーシェが一度目の人生で拾われた商人一行の属する商会だ。

そして会長のタリーこそ、リーシェに商人のなんたるかを叩《たた》き込んでくれた人物だった。

物の価値、取引相手の判別法。お金の使い方や増やし方、手を出してはいけない儲《もう》け話。リーシェにとって、タリーは商いの師匠なのだ。

彼らを味方に付けておけば、この先の選択肢はかなり広がる。

離婚されガルクハインを追い出されたときや、戦争で物資が不足したときも、きっと商会は力になってくれるだろう。もちろん、そのときにリーシェが相応の対価を支払えればだが。

（とにかく一度でも大口取り引きの実績を作れば、それが彼らとの繋《つな》ぎになる。……問題は、あの会長がどう出るかね……）

風呂で体を清め、上等なドレスに着替えながら、リーシェは色々と算段をした。

（この時代のアリア商会は、発足したばかりでまだそれほど大きくない。ガルクハイン皇族の結婚

式絡みなんて、普通の商会なら何がなんでも成立させたい商談のはず……はずなんだけど）
乾かした髪をエルゼに結われながら、溜《た》め息《いき》をつきたくなってしまう。やがて支度を終えたリーシェは、自分の姿を鏡で確かめた。

ふわふわに巻かれた髪と、目に鮮やかな赤色のドレス。耳飾りから指輪まで、装飾品はなるべく多くごてごてと着けて、羽毛付きの扇子を手にする。

（んん……もう少し派手にした方が、『買い物好きな良いカモ』に見えるかしら。『見栄《みえ》っ張りで、結婚式にいくらでもお金を掛けそうな令嬢』でもいいのだけれど）

「エルゼは残念です。本当なら今日のリーシェさまは、ドレスに合わせたまとめ髪に後れ毛で、格好良く凛《りん》としたお姿になるはずでしたのに……」

エルゼが少しむくれている。幼い妹たちの髪を結び、毎日の服を選んであげていたという彼女は、衣装支度が抜群に上手いのだ。

「ありがとうエルゼ。でも今日は、これが勝負の装いなの」

「……？」

そうこうしているうち、アリア商会到着の知らせが届いた。

護衛の騎士をふたり伴い、主城の応接室に向かう。リーシェの住まう離宮には、客人を迎え入れるような部屋がまだないのだ。

応接室の前に立つと、丁寧に頭を下げた執事が扉を開けてくれた。まずは騎士が先立って中に入り、安全を確かめてからリーシェに一礼する。入室すると、そこにはひとりの男が立っていた。

「このたびはご結婚おめでとうございます。アリア商会会長の、ケイン・タリーと申します」

一見すると人好きのする笑みを浮かべたタリーが、リーシェに向けて頭を下げる。

いつも生やしていた無精《ぶしょう》髭《ひげ》を剃《そ》り、寝癖で跳ねがちな髪を後ろに撫《な》でつけている褐色肌の彼は、リーシェのよく知る彼とは違った。珍しく、二日酔いでもないらしい。

「リーシェ・イルムガルド・ヴェルツナーと申します。遠路はるばるお越しいただき、ありがとうございました。どうぞお掛けになってください」

「では、失礼して」

リーシェが先に座るのを待ち、タリーも向かいに腰を下ろす。そして、酒場の女性たちから『泣きぼくろが色っぽくて素敵』と絶賛されていた垂れ目で、ほんの一秒だけリーシェを探った。

（……さすがだわ。たった一度目が合っただけで、こちらが全部見透かされそう）

にも拘《かか》わらず、最初から値踏みされているつもりでいないとまったく気付けない視線だ。

「いやあ、それにしても良い季節ですね。リーシェさまの婚姻の儀は、八の月の半ばでしたか？夏空の花嫁となられるわけですね。実に素晴らしい！　このように美しい方が未来の国母とは、ガルクハイン国民の皆さまが羨ましい限りですよ」

「そんな。勿体《もったい》ないお言葉です」

社交辞令の賛辞を微笑んでかわしながらも、リーシェの脳裏にかつての光景が過《よ》ぎる。

『――ぶはははは!!　案の定、サファイアが偽物だと見抜けなかったな馬鹿め！　お前があの仲介人に引っ掛かるかどうか、商会の連中と賭けてたんだよ。おかげで俺の一人勝ちだ、未熟な部下のおかげで大儲けだぜえ』

『よーしリーシェ、卒業試験だ。この先お前が俺の商会でやっていきたいなら、お前の先輩の出した五百万ゴールドの損失を取り戻してこい。あ、言っとくけど一週間以内な』

『頼むリーシェ、頼むよ！　ゆうべ俺が連れてた女はただの友人なんだって、お前からアリアに説明してくれ!!』

ともすれば、うっかり遠い目をしてしまいそうだ。目の前のタリーは当然ながら、リーシェに素顔を見抜かれていることなど知らないだろう。

「リーシェさまの髪色に、白い婚礼衣装はよくお似合いでしょう。たとえば、薄手の絹を幾重にも重ねたものなどいかがですか？」

流れるような世間話が、いつのまにか提案に変わっている。第一段階には到達できたようで、リーシェはほっとした。

「とても素敵ですわ、タリー会長。すでにお聞き及びかとは存じますが、婚姻の儀に使う品々は、いま評判のアリア商会に揃えていただきたいと考えているのです」

「これはこれは！　我々のような弱小の商会に、なんとありがたきお言葉！」

「早速ですが、今日は何か品物をお持ちですか？　ぜひ拝見させていただきたいわ」

伝令には、婚姻の儀にまつわる商談がしたいと伝えてある。恐らく商会は、リーシェに売りつけられそうな品々を山ほど馬車に積んで来ているはずだ。

（一度でも取り引きが成立すれば、それをきっかけになんとでもなる。今回さえ乗り切ったら……）

「リーシェさま」

タリーはリーシェを見て笑った。

「あなたにお売りできるものは、何ひとつありません」

「……」

リーシェが思わず硬直すると、タリーはひょいと肩を竦める。

「おっと失礼、どうやら語弊のある言葉選びになってしまったようで！　ですが申し上げた通りです。私どもの商会にとって、あなたさまは客人になり得ません」

「……それは、なぜですか」

アリア商会の力は、リーシェが今後考えている策のためにも絶対に必要だ。

タリーが今後広げていく人脈や、商いのルート。商品を開発する職人に仕入先。数年以内に世界的規模へと発展する彼らとの縁があれば、各国要人を押さえるために使える手が増えるのに。

タリーは胡散臭《うさんくさ》い笑みを絶やさず、こう言った。

「いまの我々に提供できる品が、あなたの覚悟に見合わないからですよ」

「覚悟、というと？」

「どうやらあなたは、今回の取り引きに命懸けでいらっしゃる」

抱えているものを見透かされた気がして、思わず表情を変えてしまいそうになった。

長い睫毛《まつげ》に縁取られた垂れ目が、今度は露骨にリーシェを探る。それは恐らく、『これ以降は、値踏みする視線を隠すつもりもない』ということなのだろう。

「我が商会との取り引きが成功しなければ、なんらかの大変な損失を負う――そんな決死の覚悟を抱えた人間の顔を、私めは腐るほど見て参りました。あなたはこれまで見た中で、誰よりも大きな覚悟を抱えている。一介の商人から、結婚式のための品を買うだけにもかかわらずね」

「……っ！」

リーシェの脳裏に、かつてタリーが言っていた言葉が過ぎる。

『客に選ばれる商人になれ。俺たちを介してしか得られない商品や、価値を提供しろ。――そうなれば、今度は俺たちが客を選ぶ側だ』

タリーは実際、取り引きする相手を常に見定めていた。たとえ大口の客人であろうと、長い目で見ると損失に繋がる場合や、商会の利にならない客とは商売をしない。

リーシェは今まさに、そのふるいに掛けられ、排除されようとしているのだ。

「……一生に一度のことですもの」

動揺をなるべく気取られないよう、柔らかく微笑んだ。

「そのせいで、つい準備に気負ってしまいました。未熟者で、お恥ずかしいです」

「ははは、ご安心を。婚姻の儀はきっと素晴らしいものとなるでしょう。しかし残念ながら、我が商会のご用意する品では力不足のようだ」

タリーは立ち上がると、わざとらしいほど恭しい礼をした。

「お声掛けいただき光栄でした。それでは失礼いたします」

「タリー会長……」

「それにしても、ガルクハインは素晴らしい国ですね。我々もしばし仕事を忘れ、数日ほど観光を楽しもうかと。こちらの従者の方に、いい宿を取っていただいたのですよ」

「会長、待ってください。もう少しだけお話を――」

「さようなら。美しき未来の皇太子妃殿下」

リーシェが引き留める間もなく、タリーは応接室を後にした。

＊＊＊

（……取り付く島もなかったわ……）

ティーカップを持ったまま、リーシェはぼんやりと考えていた。

たくさん着けていた装飾品は外し、ドレスも動きやすいものに着替えて、離城のテーブルについている。目の前には焼きたてのクッキーもあるが、口に運ぶ気力はない。

（確かに緊張していたけれど、それを顔に出したつもりはなかったのに。まさかあそこまで見透かされた挙句、商談を断られるなんて）

何度生まれ変わっても、タリーにまったく勝てる気がしない。敗因をいろいろ考えている傍らで、侍女たちが楽しそうに話している。

「――……その日の夜、とうとう求婚されたみたいなの！」

「わあ、素敵ねえ」

この時間は、毎日の勉強会を終えた侍女たちが、お菓子とお喋《しゃべ》りを楽しむお茶会なのだった。基本は侍女たちだけの会なのだが、時折リーシェも参加している。

しかし今日だけは、彼女たちの会話も耳に入ってこない。

「いいなあ。私も素敵な人と結婚したいわ」

(やっぱり単純に、警戒されたのかしら。どれほど莫大《ばくだい》な利益が出そうな儲け話でも、安易に飛びついたりはしない人だし。だけどいくら会長でも、私の顔色ひとつでそこまで見抜ける？　ああ見えて慎重な人ではあるけれど、見た目通り一《いち》か八《ばち》かの賭けは大好きだし……)

いろいろと考えてしまうけれど、結論はひとつだ。

(私は会長に選ばれなかった。……それは、揺ぎない事実だわ)

リーシェはひっそり落胆した。

商会の力を借りて、各国要人と関係を結ぶ。要人たちへの働きかけで、戦争を回避する。

戦争を回避して、長生きまったり生活を送る。

そんな目標のためもあるが、今は何より『かつての上司に認められなかった』という現状が、心を抉《えぐ》るのだ。

しかし、その沈んだ気持ちの片隅で、引っ掛かることがあるのに気が付いた。

(……変ね)

「素敵な結婚といえばリーシェさまですよ。殿下からの求婚って、どんな形だったんですか？」

「あっ、それ私も聞きたかったんです！　城下の女の子はみんな、リーシェさまとアルノルト殿下にどんな物語があったのか興味津々なんですから！」

（会長は、宿を取って観光すると言っていたわ。ガルクハインに滞在することを、何故《なぜ》私に……）

「リーシェさま？」

侍女たちが不思議そうに見つめてくる中、リーシェはひとつのことに思い至った。

「――ごめんねみんな。実は少し寝不足だったから、今日はもう部屋で休むわ」

「わ！　そうだったんですか!?　ごめんなさいリーシェさま、お忙しいのに……」

「ううん、私こそ。お茶会にはまた参加させて！　今夜は食事もいらないから」

「はい。おやすみの邪魔にならないよう、お部屋に近付かないようにします」

「明日の朝、お目覚めがすっきりする紅茶をご用意しますね」

飲み込みの早い侍女たちに感謝しながら、リーシェは自室に戻って鍵を掛けた。手には、数種類の薬草を持ちながら。

＊＊＊

「いやあタリー会長、あんたは今日も良い飲みっぷりだなあ！」

ケイン・タリーは数人の部下を連れて、ガルクハイン皇都の街を歩いていた。

シャツのボタンを開け、大きく胸元を開けた彼は上機嫌だ。鼻歌でも歌い出しそうな空気で、こんなことを言う。

「ガルクハインの酒は美味《うま》い。多めに仕入れて北で売れば、けっこーな儲けになるんじゃないか？」

「やめとけ会長、大損害だよ。なんせ運んでいる道中に、あんたが全部飲んじまうだろうからな」

「はははは っ、違いない！」

気の知れた仲間たちと冗談を言い合いながら、宿へ向かう。本当なら女性のひとりやふたり連れ帰りたいところだが、今日は事情があるのだ。

「飲み足りねえし、もう一杯やらないか？　宿の一階が酒場になってただろ」

そんな話をしながら、宿泊している宿屋に辿《たど》り着く。中の酒場が繁盛しているのか、楽しげな歓声が外まで聞こえてきた。

「それにしても、よかったのか会長」

すっかり千鳥足になっている仲間のひとりが、しゃっくりをしながら言う。

「客はガルクハインの皇太子妃殿下だぞ？　そんな商談を蹴っちまって、あーもったいねえ」

「バァカ、あのお姫さまを客になんかしたらうちは大損だぜ。お前らじゃ見抜けないかもしれねえが、俺には分かるのさ」

「十五歳かそこらのお嬢さんだっていうじゃねえか。一体何があったってんだよ」

タリーはふんと鼻を鳴らし、宿屋の扉に手を掛けた。

「いいか。あのお嬢さんはな――……」

「おかえりなさい。会長」

「！」

回っていた酔いが、一気に冷めていくのを感じる。

酒場の一画に目をやって、タリーは少し引き攣《つ》った笑みを浮かべた。

「……近いうちに、きっといらっしゃるだろうとは思っていましたが……」

そこには、皇太子の婚約者である令嬢リーシェがいたのだ。

「やはり、私をお招きくださっていたのですね。光栄ですわ」

珊瑚《さんご》色だった少女の髪は、お忍び用なのか栗《くり》色に染められている。微笑んだ彼女を見て、タリーは柄にもなく驚いていた。

彼女が来ることは予想していたのだ。それが今日だとは思っていなかったが、口説いた女も念のため連れ帰らないでおいた。

訪問が思っていたより早かったのは良い。だが、予想できていなかった事柄がいくつかある。

「一杯だけ、お付き合いくださいますか？」

「……」

周囲を取り巻くのは、死屍累々《ししるいるい》の男たちだ。みんな麦酒《ビール》やワインのグラスを手に、酔い潰れてしまっている。

「……周りの野郎どもはなにを？」

「飲み比べをして、私が勝てばご馳走《ちそう》してくださるということでしたから」

リーシェはにこりと笑い、グラスを傾けた。

「ご安心を。会長とは飲み比べでなく、商談の続きがしたいだけですので」

＊＊＊

皇城の傍にある宿屋の一階で、リーシェはテーブルについていた。

周りで酔い潰れていた面々は、宿屋の店主によって回収済みだ。飲み比べの勝者となったリーシェの周りには、歓声を上げながら見物していた客たちが集まってくる。

「嬢ちゃん、気持ちのいい飲みっぷりだったな！　俺は下戸だから飲み比べに挑めねェけど、いいもの見せてもらったお礼に一杯奢《おご》るよ」

「わ。ありがとうございます」

「俺からはこいつをご馳走してやる。チキンとチーズが絡み合って、ワインとよく合うんだ」

「すごく美味《おい》しそう！　いただきますね」

テーブルに並んだ酒や料理を見て、リーシェはほくほくだった。じっくり楽しみたいところだが、敵はテーブルの向かいに座っている。

商会長のタリーは、笑顔を少し引き攣らせてリーシェを見ていた。

「……恐れ入りましたよ。俺の部下たちを酔い潰してお待ちとは、さすがに予想できなかった」

「皆さん商会の方々だったのですね。楽しい方々だったので、ついお酒が進んでしまいました」

もちろん、彼らのことはよく知っている。

一度目の人生で商会の一員になったリーシェは、最初の酒宴でも飲み比べに勝利した。先ほど一緒に飲んだのも、当時と同じ面々だったような気がする。

(いまの会長の表情も、あのときと一緒だわ)

王妃教育の一環として、リーシェは酒に慣らされていた。それが功を奏したのかは不明だが、生半可な酒量で酔うことはない。公爵令嬢時代に培ったものも、ちゃんと糧になっているのだ。

酒を受け取ったタリーが、リーシェの髪をじっと見てくる。

「それにしても、ずいぶん綺麗に染めていらっしゃる」

「ありがとうございます。私の髪色は少々目立つので、今夜限りこの色にいたしました」

リーシェの髪を栗色にしたのは、ガルクハインへの道中で騎士たちが摘んでくれた薬草だ。一定温度の湯で綺麗に落ちるため、一時的に印象を変えたいときに重宝する。

「この技術をお売りしますと言ったら、私と商談をしてくださる?」

「はは。とんでもない」

テーブルへ肘をついたタリーの目に、ぎらりと鋭い光が灯《とも》る。

「――あなたは、もっと大きな儲け話を抱えているでしょう」

「……」

予想通りの返事だが、恐ろしい人だ。

「さあ、ここからはお望み通りの商談です。まずは乾杯といきましょう」

「その前にひとつ。素性を隠したいので、この場ではどうか楽な話し方をなさってください。……タリー会長に丁寧に話されると、私としても落ち着きませんし……」

「……？　分かりました。では、お言葉に甘えて」

タリーが酒杯を掲げるので、リーシェは自分のグラスをそれに合わせた。タリーは一気に半分ほど飲むと、ふうっと息をつく。

「……で？　お嬢さん。『結婚式のドレスが欲しいの』なんて、つまらない偽装はもうなしだぜ。まだるっこしい話は抜きにしよう」

「はい。あなたにこんな小細工をしようなんて、到底無理な話でした」

「結構」

にこっと人懐っこい笑みを浮かべたあと、タリーは残りの半分を飲み干した。

「俺の直感はこう言ってる。『リーシェ嬢は客ではなく、取引先にするべきだ』とな」

やはり、それでここまで誘い出されたのだ。

ガルクハイン国にしばらく留《とど》まることを話したのは、リーシェが次の接触を仕掛けてくると踏んでのことだろう。つくづく敵《かな》う気がしない。

それでも今度の人生では、タリーに勝たなくてはいけなかった。彼はかつての上司であり、最後には必ず味方でいてくれる人だったが、いまは違う。

「お前さんの企《たくら》む儲け話について、一切合切を話してもらおう」

「……会長」

「全容も分からない計画に乗る気はない。だが安心しろ、俺はこう見えて仕事熱心なんだ。お前さんがいま考えている通り……いいや、それ以上の利益を約束しよう！」

「会長」

「俺が完璧な戦略を立ててやる。さあ……」

「言えません」

タリーの肩が、ぴくりと跳ねる。

「なに？」

「私の計画について、あなたには話せません。──それでも今後、私がアリア商会を必要としたときには、力になってほしいのです」

そう告げると、かつての上司だった男のくちびるが笑みの形に歪《ゆが》んだ。

「面白いことを言うねえ、お嬢さん。信用されず、契約だけ結ばされ、儲けが明確でもない──商人が嫌う類の約束事だ」

「もちろん、対価はそのつど用意します」

「何も知らされず、ただ『利益が出る』って言葉だけを信じて働けと？　そりゃいい」

すべて話してしまった方が簡単にことが進むのは、分かっている。

それでもリーシェは、『ガルクハインの皇太子が数年以内に父帝を殺し、各国に戦争を仕掛けるから、それを止める策を講じている』だなんて打ち明けるつもりはなかった。

「いいかお嬢さん。俺は他人を値踏みするとき、自分の直感を大いに信じて活用する。だが、それ以上に重視しているものは──」

「結果と実績、ですよね」

タリーが、虚を突かれたように目を丸くした。

「何故それを知って……」

「これから私は、この皇都で通用する商いを考えます。それを受けて、あなたが私を信頼に値すると判断したら、そのときは改めて検討いただけますか?」

リーシェがじっと見つめると、タリーはやがて、肩を震わせて笑い始めた。

「はは、はははは! そりゃいい! あんたの『考え』が利益を出せそうなら、認めてやるってことだな? すごくいいぜ、実に俺好みの方法だ!」

(よく知っているわ。『何日以内にこれだけの利益を出せば、考えてやらないこともない』よね)

「一週間以内だ。楽しみにしてるぞ、お嬢さん」

「では、約束ですね」

リーシェは微笑むと、グラスを空にして立ち上がった。

「商談の時間をありがとうございました。それと、商会の皆さんが明日起きたら、この薬を飲ませてみてください」

「おっと。こいつはなんだ?」

「使っていただければ、すぐに分かるかと」

調合した薬の包みをタリーに渡し、酒場を後にした。

＊＊＊

中庭に垂らしたロープを使い、リーシェはバルコニーによじ登った。

城から十分以内の場所にある宿屋とはいえ、こっそり抜け出すのは一苦労だ。部屋を出たときに使ったシーツのロープを回収し、バルコニーを歩く。扉の外には見張りの騎士たちがいるはずなので、足音は殺しながら。

（……外に出たのは気付かれなかったようね。明日の朝は天蓋から出ず、エルゼにお湯だけ持ってきてもらおうかしら。変に思われる前に、髪の色だけでも戻さないと）

そんなことを思いながら、自室への硝子《ガラス》戸を開ける。

そしてリーシェは息を呑んだ。

「遅かったな」

「……っ」

部屋に一脚だけ置いた椅子には、アルノルトが足を組んで座っている。

「何故、殿下がこちらに」

アルノルトに会うのは、数日前の夜会以来である。

離宮にはまだ彼の部屋がないし、主城で膨大な執務をこなしているとも聞いていた。よってリーシェが知る限り、アルノルトが離宮に来たことは一度しかない。

よりによって、リーシェがたまたま城を抜け出していた、今日このときが二度目である。

「昼間、アリア商会の者が来たのだろう？」

肘掛に頬杖《ほおづえ》をついたアルノルトが、静かに言った。

サイドテーブルに置かれたランタンの火が、ゆらゆらと揺れている。部屋は薄暗く、彼の表情がよく見えない。

「お前からどんな物をねだられるのかと楽しみにしていたが、ついぞ連絡が来ないのでな。護衛の騎士に報告させたところ、商談を断られたというじゃないか」

アルノルトは椅子から立ち上がると、一歩ずつこちらに近づいてきた。

「奇妙な話だ。一介の商人が、皇太子妃となるお前からの要望を蹴るとは」

「……っ」

本能的な危険を感じ、リーシェは自然と後ずさる。

背後は壁だ。このままでは、あと数メートルほどで追い詰められてしまうだろう。

「そもそもお前が指定した時点で、アリア商会に何かあることは予想していた。俺の婚約者は、なんの意味もなく買い物先にこだわるような女でもなさそうだからな」

普段は襟元をきちんと留めているアルノルトが、いまはそれを鎖骨の辺りまで寛《くつろ》げている。

着崩し方は無防備なのに、纏っている空気はそうではない。月明かりが差し込んで、首筋の古傷と彼の表情を照らし出す。

アルノルトは楽しそうに笑っていた。

だが、その目つきはいつもより獰猛《どうもう》で、獲物を追い詰めようとする狼《おおかみ》のようだ。

「仕事の合間に様子を見に来たが、お前の部屋がもぬけの殻であることは、扉越しにも分かった」

リーシェは思い出す。かつて、これに近い目をしたアルノルトに殺された日のことを。

あれを過去と呼ぶべきか、未来と呼ぶべきなのかは分からない。けれど確かに知る光景に、体は自然と緊張した。

空気がひどく張り詰めている。

違うのは、アルノルトに殺気がないことだけだ。

「『お前はこの城で自由に過ごせ』と言ったのは俺だ。責め立てるのも筋違いだと思い、廊下にいた見張りの騎士を下がらせ、こうして大人しく帰りを待っていたわけだが」

「……殿下」

「なるほどな」

アルノルトは、リーシェを閉じ込めるように壁へ手をつくと、間近に覗《のぞ》き込んできて暗く笑った。

「お前でも、夜に男と二人きりにされれば、そういう顔をするのか」

「……っ！」

突然そんなことを言われ、リーシェは動揺する。

たぶん、怯えのようなものが顔に出ていた。悔しくて口を開くが、反論は間違いだと思い至る。

彼に、謝らなくてはならないことをしてしまった。

「申し訳、ありませんでした」

「……」

心からそう述べれば、アルノルトが笑みを消してリーシェを見下ろす。

「夜にひとりで城を抜け出すなど、アルノルト殿下の婚約者としてふさわしくない振る舞い。下手をすれば、あなたの名誉まで傷つけかねない行為です」

いままでの人生では、リーシェの失敗はリーシェひとりのものだった。

しかし、今回だけは違うのだ。たとえ『人質』同然であり、形式上のものであったとしても、誰かの妻になる人間としての自覚に欠けていた。

万が一問題になったときの醜聞や罰は覚悟していたが、それでは不十分だったと理解する。

しかし、アルノルトはこう言った。

「そんなことはどうでもいい」

思わぬ発言に、俯いていたリーシェは顔を上げる。

「城下の人間がお前を見たところで、いずれ皇太子妃になる女だと察することはないだろう。民衆の前に出たのは馬車越しに一度きりで、目立つ髪色も染めている。実際に不貞を働いたというなら話は別だが、アリア商会との駆け引きをしていたことは想像がつく」

「……殿下。それは寛容すぎるお言葉です」

「俺が問題にしているのは、そこではない」

では、リーシェが気付けないようなとんでもない過ちが、他にもあったということだ。

緊張しながらアルノルトを見つめると、彼は眉をひそめた。

「アルノルト殿下？」

「……怪我《けが》などはしていないな」

それは思わぬ問い掛けだ。

何故そんなことを聞くのだろうか。瞬《まばた》きを繰り返したリーシェは、やがて頷く。

「はい。していません」

「何か、犯罪の類に巻き込まれているということは」

「ありません」

「……」

そう言うとアルノルトは、はあっと息を吐き出した。

「……今後お前が城下に出る際は、必ず俺も同行する。それでいいな」

「え？　あの、同行って」

リーシェを壁際に閉じ込めていた腕が下ろされ、解放される。

「言ったはずだ、嫁いできてからはお前の自由にしていいと。そして、俺はそれに手を貸すとも」

「そんな！　私の身勝手な行動に、殿下を付き合わせるわけには参りません。あ、いえ、今後はもうちょっと自重しますが……」

「自由にしていいとは言ったが、危険な真似をしていいとは言っていない」

リーシェはぽかんとしてしまった。

「あ……」

「なんだ」

驚きのあまり、紡いだ声が少し掠《かす》れる。

「甘すぎでしょう、私に」

その理由が分からなくて、リーシェは困った。

「お前のことだ。『絶対に城下に出るな』と制限すれば、今後も黙って抜け出すだろう？」

再び椅子に掛けたアルノルトは、いつもの調子でにやりと笑う。

「それよりは条件付きで許可をした方が、お前には抑制力がありそうだからな」

「……」

リーシェはなんだか力が抜けて、傍にあった寝台の端に腰を下ろした。

「……そんなに分かりやすいですか、私は」

「いいや？　むしろ、分かりにくくて予想がつかない部類の人間だと思うが」

「楽しんでいるでしょう。あなたといい、会長といい」

タリーとのやりとりも思い出し、リーシェは項垂《うなだ》れる。ふたりの男から立て続けに行動や思考を読まれては、そんな落胆も生まれるというものだ。

（理由は分からないけれど。私をある程度野放しにさせることは、アルノルト・ハインにとって何か重要な意味を持つんだわ……）

大いに利用するべきだとは思うが、ここまでされると罪悪感が湧いてくる。戦争回避のためとはいえ、悪妻めいた振る舞いはしたくないのに。

そう考えてから、アルノルトの言う『許可をした方が抑制力がありそうだ』に込められた意味を理解した。

「『会長』か。お前とアリア商会のあいだに、一体何があった？」

なんだか疲れてきたリーシェは、顔を上げてぽつりと言う。

「……殿下。つかぬことをお伺いしますが」

「なんだ」

「お腹《なか》が空《す》いたりしていませんか」

その問いかけに、アルノルトが目を丸くした。

＊＊＊

離宮にある小さな厨房《ちゆうぼう》で、リーシェはざくざくと薬草を切っていた。この薬草は今朝方、皇都周辺の見回りだったという騎士たちが、わざわざ持ち帰ってくれたものだ。

てきぱきと切り終えたら、まな板の上のそれらを包丁で集め、片手で押さえて鍋に入れる。煮込んでいたベーコンやタマネギなどと混ぜながら、味を見つつ調味料を追加した。

簡易的な煮炊きをするための厨房に、スープの香りが立ち込める。ここが使われるのは朝食のときくらいだから、夜の時間帯は誰も近付かない。

「あの」

そんな狭い厨房内で、リーシェはちらりと後ろを振り返った。

「やっぱり、部屋でお待ちいただいた方がよろしいのでは……？」

隅に置かれた木の椅子には、アルノルトが掛けている。彼は、傍らの簡易テーブルに頬杖をつき、リーシェのスープ作りを眺めていた。

「別に、ここでいい」

「……殿下がそう仰《おっしゃ》るなら」

それにしたって退屈ではないのだろうか。思えばアルノルトは、先ほどリーシェがお湯とタオルで髪の染料を落としていたときも、その様子をじっと眺めていた。

(もしかすると、他人を観察する癖が染み付いているのかもしれないわね)

そう思いながらも、スープをぐるぐる掻《か》き混ぜる。そろそろ煮えたようなので、味見用の小さな皿にすくって飲んでみた。

「………………」

塩を足す。

それからもう一度混ぜて、味を確かめる。リーシェはきゅっと目を瞑《つぶ》り、急いで鍋に水を注ぐと、もう一度煮立ってから胡椒《こしょう》を入れた。刻んだ薬草も念のため追加して、再びスープを味見する。

その味を確かめたことで、我に返った。

(私、なんということをしてしまったの……!?)

自分の罪深さを思い知り、こんな行動に出てしまったことを後悔する。アルノルトを夜食に誘ってスープを作るなんて、疲労のせいとはいえ大変なことをしてしまった。

「あの……殿下」

スープが残った小皿を手に持ったまま、リーシェは神妙に口を開く。

「実は、あなたに謝らなくてはならないことがあります」

「なんだ。夜間にひとりで城下をうろついたことか？」

「それもですけど!!　……私から軽食を提案しておきながら、大変申し訳ないのですが。その」

どんな風に伝えたものか迷い、深呼吸をした。

別の人生で敵だった男に向けて、弱みを告白するのはとても勇気がいるものだ。端的に言うと恥ずかしいのだが、ここで正直に話さなければ大変なことになってしまう。

リーシェは言葉を探し、どうするべきか散々迷ったあと、やっとの思いで振り返った。

そして、なんとか声を絞り出す。

「わっ、私は、料理が下手です……！」

「――ほう」

一瞬、アルノルトが見たことのない表情をしたように思えたが、気のせいだろうか。

「空腹と疲労感でお誘いしてしまいましたが、これは完全に失策でした。申し訳ありません……」

「まあ、そもそも手際が良いのを不思議に思ってはいた。普通に考えれば、料理の経験がある公爵令嬢というのも珍しいからな」

「それもあります、けど」

リーシェのさまざまな人生において、食事とはとにかく、『何か胃に入れることを優先する』というものだったのだ。

もちろん美味しいものは大好きだが、それで調理に時間を掛けるよりも、睡眠時間の方を重要視してきた。騎士人生のときは最終的に、茹《ゆ》でた芋に塩を振って終わりにしていたくらいだ。

薬師人生のときは、『薬の調合も料理も同じようなものだろう。決められた材料を分量通りに入れればいいんだから』と言われたこともある。

確かに食材を切ったり、鍋で煮込んだりといった動作は同じかもしれない。しかしリーシェにしてみれば、料理には『素材の味』や『火の通り方』という要素がある時点で、薬の調合とは根本から違っていた。

このスープは、自分だけが飲むのであれば気にしない。

そのためここまで作ってしまったのだが、これをアルノルトに飲ませるのは気が引ける。

「お待たせした挙げ句で恐縮なのですが、このスープは殿下のお口には合わないかと」

「……」

「主城の厨房からそのままで食べられるものを取って参りますので、もう少しだけお待ちください。アリア商会のお話はそのあとに」

言い終わる前に、アルノルトが椅子から立ち上がる。

そしてリーシェの持っていた小皿を取ると、自然な動作で残っていたスープを口にした。

「あ!!」

驚いたせいで、一瞬反応が遅れる。慌てるリーシェをよそに、アルノルトがこう呟いた。

「……うまいじゃないか」

「え!?」

目を丸くする。一方のアルノルトは、小皿に残っていたスープをそのまま飲み干してしまった。

「ほらな。だから、このスープで問題ない」

「まさか、そんなはずないです!」

リーシェも改めて味見をしてみたが、やっぱり味が雑に感じるし、お世辞にも褒められたものではない。少なくとも、他人に振る舞えるような味ではないはずだ。

(何を考えて、これを美味しいなんて……)

疑問を抱いたあとで、はっとする。

そういえばアルノルトはつい先日、唐辛子入りのワインも飲んだ男だ。あれは辛さも問題だったが、味だって美味とは言い難かった。

(この人、味音痴なのかもしれないわ……)

「おい。なにか失礼なことを考えているだろう」

不本意そうな顔で突っ込まれる。とはいえリーシェだって、これがアルノルトの気遣いであることはさすがに分かった。

「……ありがとう、ございます」

「お前のせいで腹が減った。手伝うから、さっさと皿を並べるぞ」

アルノルトに急《せ》かされ、慌ててテーブルの支度をする。そして夜食の準備を終えたリーシェは、やたらと味の濃いスープをアルノルトと一緒に飲むことになった。

ふだん主城で食事をするとき、リーシェは食堂にひとりきりだ。ガルクハインへ向かう旅路でも、騎士たちへの指示で動き回っていたアルノルトとは一緒に食べていない。

そんな相手と向かい合って夜食を摂《と》るのは、なんとも不思議な気分だった。

少しずつの会話を交わしながら、スープを口に運ぶ。

食事のあと、心なしか気力の復活したリーシェは、食器を片付けてから本題に入った。

「――端的に申し上げますと。私はアリア商会を儲けさせる代わり、私からの『無茶な注文』をこなしてもらうつもりでいるのです」

「……」

大雑把すぎる説明だが、長くて分かりにくいよりはいいだろう。顔をしかめたアルノルトに対し、補足の解説を行う。

「アリア商会はこれから勢力を拡大し、世界屈指の商会となるでしょう。今後、彼らにしか仕入れられないものや売れないもの、独自のルートなどが次々に生まれていくはずです」

「ここ二年の実績を聞いた上で、連中に投資の価値があることは俺も認めよう。それで？」

「私はあの商会の力が欲しいのです。だから接触しましたが、こちらの手の内を明かさないなら取引は出来ないと断られまして。それでは困るので、代わりの条件を提示して参りました」

「……条件というのは」

「『一週間以内に、この皇都で通用するような新しい商いを考案する』こと。それが会長のお眼鏡に適《かな》えば、取引先となっていただけるそうです」

肝心なことは一切話していない説明に、アルノルトは黙り込んだ。

恐らくだが、他にも色々と聞きたいことがあるはずだ。しかしタリーに対して同様、彼にすべてを話すことは出来ない。

それどころか、思惑を誰よりも伏せたい相手こそ、未来で戦争を引き起こすアルノルトなのだ。

だから身構えていたのだが、口を開いたアルノルトからは、思いも寄らない返事が来る。

「――分かった」

「え!?」

「分かった、と言ったんだ。お前のやりたいことについて、理解した」

そんな答えに、リーシェはぽかんとした。

「……私が今後、アリア商会を何に使うつもりなのか、お聞きにならないのですか?」

「商会には、代わりの条件を出してでも隠し通したのだろう。俺に話すとも思えない」

「……仰る通りですが」

「それよりも、その商いとやらの目星はついているのか」

痛いところを突かれ、リーシェは俯いた。

「案はいくつかあります。しかし、それが通用するものかどうかはまだ分かりません。皇都にどのような人々が住まい、何が流行しやすくて、どんなものが愛されるのかを知らなければ」

本来ならば、それなりの時間が掛かる調査だ。タリーもそれを分かっていて、一週間という期限を切ったのだろう。

「つまり、苦戦はしそうだと」

「はい」

「……ふうん」

含みのある返事だ。嫌な予感に顔を上げると、アルノルトは意地の悪い笑みを浮かべていた。

「そういうお前を眺めるのは、楽しいだろうな」

（やっぱり……！）

真意が読めないのは相変わらずだが、一部分はそれなりに分かってきたようだ。性格の悪いその笑みが、美形ゆえ絵になっているところも腹立たしい。

リーシェがげんなりしていると、やがてアルノルトが席を立つ。

「何度も言うが、お前は自由にやればいい。俺はそろそろ主城に戻る」

「はい。おやすみなさい」

「……リーシェ」

厨房を出る前に、彼が振り返った。

「弟にはもう会ったか」

「殿下の弟君に？」

アルノルトの口から弟の話が出るのは、これが初めてのことだ。

「ないはずです。お顔を拝見したことがないので、『恐らく』としか言えませんが」

「ならいい。だが、あいつが近付いてきても極力相手をするな」

「弟君のお名前は、テオドールさまでしたよね。何か事情がおありなのですか？」

実弟相手に穏やかではない。そう思って尋ねると、アルノルトはこう言い放った。

「それは、お前の知らなくていいことだ」

「……はい」

そして扉は、ゆっくりと閉ざされる。

＊＊＊

その翌日のこと。

皇都での商いと、それに関する調査をどうするべきか悩みながら畑に向かったリーシェは、いきなり途方に暮れる羽目になる。

「リ、リーシェさま!! お下がりください、お部屋に戻りましょう」

「殿下がお怒りになりますので！ どうか何とぞ、ここは！」

慌てる騎士たちの声を聞きながら、畑を見下ろす。

（……これは、どうすれば……）

リーシェの耕した土の上には、寝そべってすやすやと昼寝をしている少年がいた。

これまでの人生を踏まえても、一度も会ったことのない相手である。アルノルトと同じ黒髪に、目を閉じていても分かるほど美しい顔立ちの、中性的な少年だ。

彼を前にしたリーシェは、途方に暮れてぽつんと呟く。

「せっかく耕した土が……」

「リーシェさま。問題になさるのはそこではないかと……」

騎士に指摘されつつ、気を取り直す。この大陸では珍しい黒髪を見れば、少年の正体は明白だ。

「このお方は、ガルクハイン国第二皇子の、テオドール殿下であらせられます」

（やっぱり……）

この、地面に直接寝転がって寝息を立てている美しい少年が、アルノルトの弟らしい。

（まさか、近付くなと言われた翌日に接触することになるなんて）

いままでの人生において、テオドールの存在を認識したことはない。他国で暮らしていたリーシェの耳に、ガルクハイン皇室の情報はほとんど届かなかったからだ。

彼についての情報は、リーシェがこの国に来てから集めたものしかない。

（確か、年齢はアルノルト殿下の四つ年下。いまの私と同じ十五歳だったわね）

ガルクハインの皇帝には、六人の子供がいると聞いている。皇位を継げる男子はアルノルトとテオドールだけで、他はみんな姫君だったはずだ。

「んん……」

テオドールの身じろぎに、騎士たちが再び慌て始める。

「リーシェさま、ここはひとまずお下がりください」

「むにゃ……『リーシェ』……？」

「ああっ」

騎士のひとりが自分の口を塞ぎ、もうひとりが相棒の背中を殴る。テオドールの瞼《まぶた》は、リーシェの名前に反応してゆっくりと開かれた。

アルノルトに似ている青色の目が、空を見て眩《まぶ》しそうにする。

テオドールは、眼前に手を翳《かざ》して影を作ると、そのままリーシェを見上げた。

「……君が、兄上の……」

どうやら、向こうもリーシェの存在を認めたようだ。

「お初にお目に掛かります、テオドール殿下。ご挨拶が遅れてしまい、申し訳ありません」

内心では最大限に警戒しつつ、リーシェはにこりと微笑んだ。

「リーシェ・イルムガルド・ヴェルツナーです。この度ご縁があって、皇室の末席に加えていただくこととなりました。至らぬ身ではありますが、精一杯皇室に尽くして参ります」

実際は、この城でだらだらするために頑張っているのだが。

テオドールはそんなリーシェを見つめたまま、眠そうな顔で瞬きをする。彼がこの後どんな行動に出るのか、予想がつかなかった。

（歓迎されないのは、間違いないでしょうけど）

リーシェの扱いはあくまで『人質』だ。大国ガルクハインにとって、こちらは弱小国の公爵令嬢でしかない。出方を窺《うかが》っていると、テオドールは上半身を起こしてにっこりと笑った。

「──初めまして、麗しき義姉上《あねうえ》！」

（……え）

女の子のように綺麗な顔が、満面の笑みに溢《あふ》れる。

「こんなところでお会い出来るなんて僥倖《ぎょうこう》だな。僕が何度も手紙を出したのに、兄上からはお返事もないんだよ！　だけどこんなに綺麗な奥さんなら、独り占めしたくなるのも分かるかも」

「も……勿体ないお言葉です」

「あはは。そんなに堅くならず、もっと楽にしてくれていいのに」

テオドールは人懐っこい表情で、じっとリーシェの顔を見つめる。

（兄弟なのに、あまり似ていないわ）

どちらも類い稀な美形であることに間違いはないが、アルノルトとは雰囲気が異なっていた。弟の存在を知らなければ、彼がそうだとは思い至らなかっただろう。

（髪色は同じでも、目やくちびるの形が違う。表情だって）

「っとと。いつまでもこんなところで寝ていたら、握手も出来ないか」

テオドールは立ち上がると、体についている土を大雑把に払った。身長はリーシェより少し高く、アルノルトよりはずっと低い。

「テオドール・オーギュスト・ハイン。皇位継承権第二位で、アルノルト・ハインの弟だ」

「よろしくお願いいたします、テオドール殿下」

人懐っこい表情で握手を求められ、リーシェも笑ってそれに応じた。

視界の横では、騎士たちがひどく緊張している。恐らくは彼らも、『リーシェとテオドールを近付けるな』という類の命令を受けているのだろう。しかし、当のテオドールの前でおおっぴらに制止することは出来ないはずだ。

「ところで、義姉上はどうしてここに？　僕は城内の散歩中、眠くなったから寝てたんだけど」

「実は、この畑は私が作っているものでして」

「義姉上が!?　うわあ、それはすごいな。こんなにふかふかの土は滅多にないよ！　太陽の陽《ひ》もちょうどよく当たるし、小鳥のさえずりも聞こえるし。ここで育てられる植物は幸せだな」

「お褒めに与《あずか》り光栄です。ですがテオドール殿下、もうしばらくしたらここに種を植えますので」

「そっかあ、じゃあ期間限定のベッドだな。でも、ひとつ気になることがあるんだ」

テオドールは畑のそばに屈《かが》み込むと、そこを指さす。

「義姉上。これを見てくれる？」

「どうかなさいましたか？」

「ほら、ここ。よく見るとおかしいでしょ？」

示されているのは、なんの変哲もない土の部分だ。確かめるために、リーシェも屈み込む。

テオドールがそっと囁いたのは、そのときだった。

「……君を助けたい。リーシェ・イルムガルド・ヴェルツナー」

「……」

真摯な視線が、間近からリーシェを射抜く。

「可哀想《かわいそう》に。こんなところまで連れてこられて、君の本質は花嫁でなく人質だ。僕の知る限り、この国の皇妃に幸せな人生を送れた人間なんていない」

騎士に背を向けているテオドールの表情に、先ほどまでの柔和さはない。

「近いうち、ふたりだけで話をしよう。兄上には内緒で、監視の目もないところで」

「テオドール殿下」

「――兄上から逃れる方法を、教えてあげる」

囁いたテオドールの目には、不思議な熱が籠もっていた。

この国の皇室に関して、リーシェの持つ情報は少ない。しかし、アルノルトを取り巻く事情が、数年後の戦争に繋がる可能性はある。

あるいはこのテオドールが、その鍵を握るひとつかもしれない。

だとすれば、彼の提案通り、内密な話をすることはとても有意義なはずだ。

(だけど)

リーシェはにこりと微笑んだ。

「危険なことはしないようにと、アルノルト殿下に言い含められておりますので」

「……なんだって？」

「実はつい昨晩、殿下に叱られてしまったばかりなのです。不用意に他の殿方とふたりきりになって、噂の種を蒔《ま》くわけには参りませんわ」

ぽかんとした顔のテオドールは、やがてその整った眉を歪めた。

「……君は兄上のことを知らないんだ。剣を握ったときの振る舞いや、戦場での残酷さを」

「いいえ。十分に存じております」

「それだけじゃない。いつか君を殺す可能性だって——」

「存じております」

それはもう、身に沁み切って夢にまで見るほどに。

そこまでは口にしなかったものの、リーシェは微笑んだまま立ち上がった。

「なんの問題もありません、テオドール殿下。この畑は、このままにしておいていただければ」

少し離れた場所にいる騎士に向けて、あくまで畑の話をしていたのだという体を装う。屈み込んだままのテオドールは、美しい顔から表情を消していた。

(……その顔は、少しだけお兄さんに似ているわね)

だが、アルノルトの方が何枚も上手だ。

先ほどのような呼び出しも、彼であれば絶対に罠《わな》だと気付かせなかっただろう。

(私に対する殺気はなかったけれど、アルノルト・ハインの名を出す度に、それに近いものが滲《にじ》んでいた。『皇位継承権一位』だなんて、兄皇子の婚約者に対する自己紹介の言葉ではないわ)

アルノルトの残酷性を強調しようとしたのもそうだ。彼と結婚することになるリーシェの恐怖心を、上手く煽ろうとしたのだろう。

(アルノルト・ハインが戦場でどんな顔をするか、私も知っている。でも、自分のお兄さんに対してそんな言い方をしなくても……）

そこまで考えたところで、リーシェはふと気が付いた。

（私、どうして怒っているのかしら）

アルノルトが実弟にどう称されようと、関係がないことのはずなのに。不思議に思いつつ、テオドールに一礼する。

「土が平らになってしまったので、鍬を持って来ませんと。今日のところはこれで失礼いたしますね、テオドール殿下」

「……」

俯いた彼から返事がないのを確かめて、リーシェは歩き出す。騎士たちも皇子に最敬礼をしたあと、リーシェを護《まも》るように供をしてくれた。

（さあ。これで、動きがあるといいのだけれど）

先ほどの会話によって、リーシェが皇族と対面する場が設けられない理由の中に、アルノルトの遮断があることは明確になった。

（テオドール殿下に、四人の妹君。皇后陛下。真っ先にお話ししたいのは現皇帝陛下だけど……）

挨拶すらさせてもらえないのでは、先は長そうだ。そんなことを憂いながら、昨晩アルノルトに告げられた言葉を思い出す。

（『弟には近付くな』、ね）

アルノルトといい、テオドールといい、兄弟同士で穏やかではない。

あるいは、兄弟だからこそなのかもしれないが。

(その理由として考えられるものは？　……ひとつめは、私がテオドール殿下に何かするのを警戒してのこと。ふたつめは私とテオドール殿下が結託して、アルノルト・ハインの敵に回ることを防ぐため。みっつめは……テオドール殿下が私に何かしないように、だけど)

だとしたら、アルノルトが実弟よりもリーシェを優先する理由が何かあるはずだ。離宮と主城のあいだにある回廊を歩きながら、リーシェは騎士たちを振り返る。

「つかぬことをお伺いしますが、あのご兄弟は仲がよろしいのでしょうか？」

敢《あ》えて分かりきったことを聞いてみたのだが、騎士たちはものすごく動揺していた。

「リ、リーシェさま。それについて、我々の口からはとても」

「そうですよね。では、私を弟君に近付けるなというご命令が出たことは？」

「リーシェさま……。それについても、我々の口からはとても……」

言葉で肯定するよりも雄弁な反応をされ、若干申し訳なくなる。

「妙なことを聞いてごめんなさい。また宿舎にお酒の差し入れを手配しますから、みなさんで召し上がってくださいね」

「はっ。お心遣い、痛み入ります」

「リーシェさまからいただく差し入れを、騎士団一同いつも本当に喜んでおりますよ。『我々騎士の心を理解してくださっている』と、みな口を揃えて申していますす」

「あ、あはは……」

それはもう、大体のところは分かっている。だって、他ならぬリーシェも騎士だったのだから。

（とはいえ情報は集めなくちゃ。騎士たちからが難しいのであれば、あの手を使うしかないわね）

そんなことを考えていると、聞き慣れた声が聞こえてきた。

「――人員はそれで手配しろ。小隊の編制は追って連絡する」

（あ）

回廊の途中で立ち止まり、訓練場の方を見る。すると、そこにはやはりアルノルトがいた。

訓練場の入り口で、初老の男と話している。あれは確か、先日の夜会で軍務伯を名乗っていた男だ。

後ろに二名の騎士を連れた軍務伯は、苦い顔をしてアルノルトを見ていた。

「恐れながらアルノルト殿下。一般国民をそれほど手厚く護ることに、なんの意味がありましょう。このままでは、貴族諸侯で不満に思う者も出て参ります」

「貴族どもは私兵を抱えている。国からはそれを維持するための手当も支給しているはずだ。まだ足りないと喚《わめ》くなら、あとは好きに言わせておけ」

「殿下！　どうぞお考え直しを。その采配は、とてもお父上好みとは言えませんぞ」

「……」

その言葉に、アルノルトが冷えたまなざしで伯爵を睨み付ける。

「異論は認めない。いいな」

「ひ……っ」

それは、無関係なこちらまでが息を呑んでしまいそうな視線だった。

（……なんて緊張感。空気が張り詰めて、痺れそうなくらい……）

リーシェの傍にいる騎士たちも、ごくりと喉を鳴らしている。そのとき、アルノルトがこちらに気が付いた。

「――……」

お互いの場所は少し離れているのだが、真っ向から目が合う。

（ちょっと気まずいけど……あれは多分、『何か言いたいことでもあるのか』という顔だわ）

漏れ聞こえた限りでは、アルノルトの言っていることは正論のように感じた。ひとまずは、賛同の意を示さなければ。

どうしようかと方法を考える。やがてひらめいたリーシェは、真剣な顔でぐっと拳を握り、それを顔の前まで上げてみた。

いわゆる、『頑張れ、やってしまえ』のポーズだ。

（伝わるかしら、これで）

大真面目なリーシェに対し、アルノルトは思い切り眉根を寄せた。

（あ、伝わってない!?　やっぱり駄目なのかも。応援の気持ちを表現するには、ええと……）

色々と考えて焦ったが、アルノルトは小さく息を吐く。

「……」

――そのあとで、柔らかく笑った。

「っ!?」

それがあんまりやさしい表情だったので、リーシェは咄嗟《とっさ》に身構えてしまう。自分の剣を持っていたら、反射的に鞘《さや》から抜いていたかもしれない。

だって、いままであんなに冷たい目をしていたのに。

あれではまるで、『抱えていた怒りがどうでもよくなった』と言わんばかりの表情だ。

（なんなの今の顔……！）

先ほどまでこの場を支配していた緊迫感も、いつのまにか消えている。無表情に戻ったアルノルトは、伯爵にこう告げた。

「貴族諸侯の反発を抑えることが必要ならば、連中には別途通達を送ることとする」

「つ、通達とは？」

「国が民を護ることが、巡り巡って奴《やつ》らの利になることを説けばいいのだろう？　兵力を貴族に授けるのと国民の守護に回すのとでは、最終的な税収で差が出てくる」

「は……」

「治安の良い環境で、民が労働や出産育児に集中できれば、納税額も増えて連中も潤うはずだ」

伯爵は何か反論しようとしたようだが、そのままぐっと俯いた。

「確かに、そのような対応をいただければ、不満の声も小さくなりましょう……」

「では、納得させるだけの根拠はこちらで計算する。話は以上だ、失《う》せろ」

アルノルトは踵《きびす》を返し、そのまま背を向けて歩き始める。ずっと身構えていたリーシェは、彼の姿が見えなくなると大きく息をついた。

（なんだかよく分からないけれど、最初の話よりも穏便に進みそうなのであれば良かったわ。それにしても究極の美形って、表情ひとつがこんなに破壊力を持つのね……）

ふと見ると、騎士たちが何故かにこにこしている。不思議なことに、リーシェを見守るかのような微笑みだ。首を捻《ひね》りつつも、気を取り直した。

（とりあえず、アルノルト・ハインとテオドール殿下に関する情報を少し集めてみましょう。今日は商いに関する動きを取りたかったけど、仕方ないわ）

そしてリーシェは、次なる情報収集を始めたのだった。

＊＊＊

「――あのご兄弟だったら、昔っから、滅多に顔を合わせることがなかったらしいわよ！」

リーシェの質問に対し、長年ここで務めている侍女は、そんな風に答えてくれた。

城内にある洗濯場で、リーシェは侍女のお仕着せを纏っている。眼鏡を掛け、てきぱき洗濯するリーシェのことを、この場の誰も怪しんでいない。

「顔を合わせないのですか？　同じお城で、一緒に暮らしている兄弟なのに」

そう問うと、母親くらいの年齢である侍女たちが色々と教えてくれた。

「そうそう、そうなの。配膳係の執事たちに聞いた話じゃ、ご家族みんなお食事の席も別々だって。

食堂の準備が大変だってぼやいてたから、間違いないわ」

「噂だと、ご兄弟が廊下ですれ違うことがあっても、会話どころか目も合わせないそうよ」

「あくまで噂よ、噂。美形の兄弟だから、ふたり揃えばさぞかし絵になるだろうにねえ」

そう言って笑い合う彼女たちは、この城で十年以上働いているらしい。

「でも、どうしてご家族でそのように距離を取っていらっしゃるのでしょうか」

好奇心のふりをしてリーシェが尋ねると、侍女たちは首をひねった。

「どうしてだろうね。テオドール殿下の方は、兄君に関心があるみたいだけど」

「と、いいますと？」

「ここだけの話ね。アルノルト殿下の近衛騎士《このえ》を、ご自身の騎士にしたいと仰ったんだって」

その言葉に、リーシェは思わず手を止める。

「弟ってのはなんでもお兄ちゃんの真似をしたがって、同じ勉強道具なんかをねだるから。テオドール殿下もお可愛らしいねえ」

（では、私に接触しようとしたのも同じ理由で？　……さすがに考えにくいわね）

「四人の妹君たちは、皇都にすらいらっしゃらないもの。次にご家族が一堂に会する機会なんて、それこそアルノルト殿下の婚姻の儀くらいなんじゃない？」

「そういえば、婚約者さまってお人はどうなのかね。ねえ、新入りちゃん」

「はい、なんでしょう？」

話を振られ、リーシェは顔を上げる。

「見慣れない顔だし、あんたも離宮の侍女なんだろう？　新人ばかり集められたっていうんで心配してたけど、なかなか上手く回ってるみたいじゃないか。素人同然だった子たちが、めきめき仕事が出来るようになっていってるって評判だよ」

「……はい！」

侍女の頑張りを褒められて、とても嬉しくなった。

「ディアナ先輩たちが丁寧に教えてくれますし、皆さんそれをどんどん吸収してらっしゃいます。離宮ならではの工夫も生まれていて、素敵なんですよ」

リーシェがつきっきりで教えたのも、最初のたった数日間だけだ。ひたむきに仕事を覚えた新人たちは、いまや積極的に離宮の仕事をこなしていた。

教育係になった面々も、きちんとそれを補助している。後輩が上手く出来なかったときは、以前のように叱るのではなく、自分たちの教え方を反省して創意工夫を凝らしていた。

離宮の仕事が終わったあとは、午後の時間を使った勉強会だ。

教育係に任命した少女たちには、それぞれ得意な教え方がある。口頭での説明が分かりやすかったり、図などに書き起こすのが得意だったり。叱り方が上手い者や、やる気の出る褒め方が上手な者などが、かつての自分たちそっくりの後輩を導いてくれていた。

リーシェはいま、毎日二時間ほど侍女たちに仕事を教えている。けれど、それもすぐさま手を離れ、教育係のディアナに任せられるようになるだろう。

離宮の掃除が全部終われば、アルノルトが主城から離宮に移ることになっている。そのときはいよいよ一緒に暮らすのだと思うと、なんだか変な感じだった。

「離宮と言えば、知ってるかい？」

「はい、なんでしょう？」

「なんと夕べ、アルノルト殿下がリーシェさまの所に行かれたらしいんだよ！」

「!!」

思わぬ話題が飛び出して、リーシェは洗濯物を落としそうになった。

侍女たちの情報網は凄《すさ》まじい。分かっていて聞き込みに来たのだが、この展開は予想外だ。

「新人ちゃん、離宮の侍女だろ？　なにか知ってるかい？」

「リ、リーシェさまは夕べ、寝不足で早々にお休みになっていました。アルノルト殿下が来ていても、お会いできなかったのではないでしょうか」

「なあんだ、つまらないね」

「情報があったら教えとくれよ。私も家に帰るたび、おふたりの話を娘にせがまれてね」

「あのアルノルト殿下がご結婚だものねえ。城下の若い娘たちは、その話でもちきりだよ」

「あら。若い娘だけじゃなく、あたしたちだってそうじゃない！　あははははっ」

朗らかな笑い声の中、正体が気付かれないように、リーシェは無心でシーツを洗うのだった。

＊＊＊

洗濯という名の情報収集を終え、中庭からロープで部屋に戻ったリーシェは、着替えを済ませてから部屋を出た。今度は護衛の騎士たちと共に、世話をしている畑へと向かう。

鍬を使い、テオドールによってならされた土を再び耕したら、今日はいよいよ種蒔きだ。

人差し指の第二関節までを刺し、それで出来た穴に二粒ずつ種を蒔く。上からふんわりと土を被《かぶ》せ、軽く湿らせる程度に水をやった。

いまの季節であれば、数日以内に芽が出てくるだろう。ここが立派な薬草畑になるのを心待ちにしつつ、騎士と一緒に自室へ戻ることにする。

皇太子の婚約者らしく、城内を慌ただしく駆け回るようなことはしない。しかし、表向きは悠然と振る舞いつつ、内心はとても焦っていた。

（もうこんな時間だわ。お風呂に入って泥を落として、会長を納得させるような商いの案を考えないと。皇城内に図書室があるそうだから、そこに行けば皇都の都民構成が分かるかしら。男女比、年齢層、いまある商店の数……それに、テオドール殿下の情報も集めて……）

考えれば考えるほど、やるべきことが山積みだ。

（ディアナが作った教材の確認も頼まれているし、婚姻の儀の準備もある。国賓への対策もそろそろ動いておかないといけないし、それから――……）

「リーシェさま？　どうかなさいましたか？」

「……いえ、なんでも……」

自室に向かう階段を上がりながら、リーシェは遠い目をした。しかし、負けてはいられない。

（これが終わったらゴロゴロする！　お昼まで寝放題の怠惰な生活と、今後の長生きのためだもの。今度の人生こそ、二十歳で死にたくない。だから……）

そこまで考えて、リーシェはそっと目を伏せた。自室の前に着くと、騎士たちが扉の横に立つ。

「それでは、私どもは廊下で引き続き護衛を致します。リーシェさまはお寛ぎください」

「ありがとうございます。それでは――」

自室の扉を開けたリーシェは、そこで口をつぐんだ。

足下に、扉の隙間から差し入れられたのであろう封筒が置かれていたからだ。

「リーシェさま？　どうかなさいましたか？」

「……いいえ」

そっと首を横に振り、その封筒が騎士たちに見られないよう入室する。封筒を拾い上げると、赤色の封蠟《ふうろう》にはガルクハイン皇家の印璽が押されていた。

封筒を開けてみると、中から一枚のカードが出てくる。

そこには、美しく丁寧な筆致でこう書かれていた。

『秘密を打ち明ける。今夜九時、礼拝堂へ。　――アルノルト・ハイン』

「……」

リーシェはその紙を封筒に仕舞うと、侍女のエルゼを部屋に呼んだのだった。

＊＊＊

指定された夜の九時、黒のドレスを纏ったリーシェは、皇城の一角にある礼拝堂を訪れた。

護衛の騎士には、礼拝堂から少し離れた場所で待機してもらっている。彼らには封蠟と手紙を見せ、『アルノルト殿下とふたりきりでお会いしたいので』と頼んでいた。

ステンドグラスから差し込む月光によって、礼拝堂の中はそれなりの明るさを保っている。手紙の主は、すでにこの場所で待っているようだ。

リーシェはその入り口に立つと、婚約者のアルノルトではなく、別の人物の名前を呼ぶ。

「……こんばんは。テオドール殿下」

すると、小さな笑い声がする。

赤色の絨毯《じゅうたん》がまっすぐに伸びた先には、予想していた通りの少年が立っていた。

「こんばんは、麗しの義姉上。──僕の存在に驚かないのは、最初から見抜いていたからかな？」

テオドールが笑いながら言うので、リーシェは浅い溜め息をつく。

「署名の字が、アルノルト殿下のそれとは違うようでしたので」

「変なの。だって君、兄上のサインを見たことがあるとは思えないけど？」

今世ではテオドールの言う通りだ。しかし、別の人生ではちゃんと見ている。

世界中に戦争を仕掛けたアルノルトは、各国の王家に宣戦布告の文書を送っていた。そのお陰で、リーシェはいくつかの人生において、彼のサインを目にしている。

アルノルトの字は美しい。けれど自身の名前を書くときは、ほんの少しだけ乱雑に書き崩す癖があるようだ。部屋に届いていた手紙のサインは、あれに比べて丁寧すぎる。

「それに、差出人が僕だと分かっていたのに来たのはどうして？　確か、他の男とふたりきりになるのはまずいって言わなかったっけ。……ああ、礼拝堂の扉を閉めていないのはその対策か」

「それと、離れた場所に騎士の方も待機していらっしゃいます」

他にも手は打ってあるのだが、それは口にしないでおく。

テオドールは、ふわふわと跳ねた自らの髪を指でつまむと、つまらなさそうな顔をした。

「せっかく良いことを教えてあげようと思っているんだから、もう少し歓迎してくれると嬉しいんだけどな。兄上のお好みがこういう女だとは、想像もしてなかった」

「お話でしたら、手短にお願いいたします」

「――昼間、兄上がいかに残酷か知っているなんて言っていたけど」

透き通った少年の声が、どこか歪んだ暗さを帯びた。

「思い上がりだ。あんな風に平然と言い切れる、それがなに何よりの証拠だよ」

テオドールが、一歩ずつリーシェの方に歩いてくる。

「僕たち家族は仲が悪くてね。それから皇后陛下……父君のいまのお妃《きさき》さまは、僕らの実の母親じゃない。いわゆる後妻というやつだ」

「高貴なる血筋の方であれば、珍しいお話ではありませんわ」

「後妻を迎えた理由にもよるよ？　……たとえば前のお妃さまが、誰かに殺されていたとしたら」

アルノルトと同じ色の瞳に、嫌な輝きの光が揺れている。

「――兄上は、自分の母親を殺したんだ」

リーシェの前に立ったテオドールが、そう言って妖艶な笑みを浮かべた。

「分かっただろう？　兄上がどれほど残酷な男か。皇太子妃の座につられてやってきたのだろうけど、そんなものは手放した方がいい。あの人は、実の母親すら手に掛けられる男なんだよ」

「……」

「この国に嫁いできた妃はみんな不幸になる。昼間僕がそう言った意味が、少しは理解できたんじゃないかな。脅しでもなんでもなく、君は本当に夫に殺されるかもしれない」

「……ここにきて、何をおっしゃるのかと思えば」

溜め息をひとつ吐き出して、リーシェはきっぱりと言い切った。

「それが、どうかしましたか？」

「え……」

テオドールが目を丸くする。表情には焦りが浮かんでいた。

「は……母殺しだぞ!?　こんなおぞましい話を聞いて、君はなぜ動揺しないんだ!?」

（だって、『前科』があるのだもの）

未来のアルノルトが起こすことを、リーシェは既に知っているのだ。

父を殺して皇帝になる。

反逆して得た地位を使い、自国の軍隊を率いてゆく。各国の王族を惨殺し、さまざまな国に侵略する。戦地で人々を踏みにじり、血も涙もなく殲滅《せんめつ》し、そしてリーシェを殺した男。

分かっていて、それでもリーシェは選んだのだ。

「私はすべて覚悟の上で、アルノルト殿下に嫁ぎます」

「……っ」

その言葉に、テオドールが息を呑んだようだった。

（こうしてみて、初めて分かったこともあるわ）

それは、間近で見るアルノルトの人となりだった。

リーシェがこの人生で知ったアルノルトは、少なくともまっとうな人間であるように思える。立ち居振る舞いに冷たさがあるものの、部下によく目を配り、国民を尊重しようとする為政者だ。

それなのに、どうしてあんな未来が訪れるのだろう。

たとえばこれから数年以内に、アルノルトを変える出来事が起こるのだろうか。あるいは、五年後に見せる化け物めいた残酷さを、いまはまだ上手に隠しているだけなのか。

（……それとも）

五年後の皇帝アルノルトだって、理由があって残酷な手段を取るしかなかっただけの、『ただの人間』だったのか。

（……馬鹿ね、私は）

内心でそっと自嘲しながらも、リーシェは微笑む。テオドールはその笑みに怯《ひる》んだようだ。

「き……君は気付いていた？　兄上の名には、祝福を表すミドルネームがない。父からも母からも望まれなかった、そんな呪われた人間なんだ」

「私自身『イルムガルド』の名を持っておりますが、それを必要だと感じたことはありませんわ。テオドール・オーギュスト・ハイン殿下」

「うるさ……」

「お話はこれで終わりでしょうか？」

テオドールの目を真っ向から見上げ、リーシェは尋ねた。

「では、私はこのあたりで失礼いたします」

「っ、待て！」

「その代わりと言ってはなんですが」

言葉を切り、礼拝堂の扉を振り返った。

「よろしければ、このあとはご兄弟でお話を」

「あ……」


そこには、冷たい目をしたアルノルトが立っている。


「……あにうえ……」

テオドールが、ごくりと喉を鳴らした。

「どうしてあの兄上が、わざわざこんな所へ。……まさか、こいつのために？」

リーシェの方を見たテオドールが、ふらりと一歩後ずさる。続いて忌々しそうに顔を歪め、悲痛な表情で兄を見上げた。

「……全部誤解だ。誤解だよ兄上！　さっきまでのことは、本心で言ったわけじゃない。僕はただ義姉上と仲良くなりたくて、それで少し脅かそうとしただけなんだ……！」

「テオドール」

少年の肩が、びくりと跳ねる。

「――俺は、リーシェに近付くなと命じたはずだが？」

「っ！」

アルノルトの目は、弟に向けるものとは思えないほど冷たかった。

一切の感情が窺えないのに、それが却《かえ》って恐ろしい。まるで、喉元に剣先を向けられているかのような緊張感だ。テオドールは深く俯いて、震えながら声を絞り出した。

「ごめんなさい、兄上……」

だが、アルノルトはどうでもよさそうに視線を外す。

「行くぞ、リーシェ」

「お待ちください殿下。弟君とのお話を、もう少しだけ」

「必要ない」

「ですが……」

テオドールの狙いがまだ分からない。リーシェを呼び出し、一体何を目論《もくろ》んでいたのだろうか。

兄に突き放されたその少年は、小さな子供のように震えている。

(テオドール殿下は、私が兄君を恐れるように仕向けていた。でも、それはなんのために？)

「リーシェ」

「……はい」

これ以上は、アルノルトをこの場に留められそうにもない。

諦めて彼のいる扉の方へ歩き出そうとした、そのときだった。

「……っ、ああ……！」

小さな小さな声で、テオドールが呟く。

「――やっぱり、僕の思った通りだねぇ。義姉上」

「!?」

その瞬間、背筋にぞくりとした悪寒が走った。

弾《はじ》かれたように振り返り、そこで初めて気が付くのだ。テオドールの震えていたその理由が、兄への恐怖心からではないことに。

(……笑っている……？)

テオドールは、懸命に笑いを堪《こら》えていた。

どこか妖艶なほどに薄暗く、美しい笑みだ。得体の知れなさに息を呑むと、神妙な声がする。

「本当にごめんなさい。兄上」

テオドールはゆっくり顔を上げ、悲しげな面持ちで兄を見つめた。

「この場からは、僕の方がいなくなるよ。反省の気持ちが、それで伝わるとは思えないけれど……義姉上も、驚かせてごめんね。兄上の大切な奥さんに、もう意地悪は言わないから」

リーシェに深く礼をしたあと、テオドールは微笑んで兄に言った。

「おやすみなさい、兄上。久しぶりに近くでお顔を見られて、嬉しかったよ」

アルノルトの横を通り、テオドールが礼拝堂を出て行く。

リーシェは僅かに警戒心を保ちながら、先ほどテオドールが見せた笑みのことを考えていた。ふたりだけになった礼拝堂で、先に口を開いたのはアルノルトの方だ。

「……お前にも、同じことを告げたはずだぞ。リーシェ」

同じとは、『近付くな』という警告のことだろう。

「アルノルト殿下のお名前で呼び出された以上、それを無視するわけには参りません。とはいえ、お忙しい殿下がここに来てくださるかは賭けでしたが」

「出した覚えのない手紙の返事を受け取って、のうのうとしていられる方がどうかしている」

それもそうかと納得した。テオドールからの偽造文書を受け取ったあと、リーシェは侍女のエルゼを呼び出し、こんな返事を書いたのだ。

――『お誘いありがとうございます。ご指定の九時半に、ひとりで礼拝堂へ向かいます』と。

手紙に書いた時刻は、テオドールから呼び出された時間の三十分後である。けれどもアルノルトは、時間より十五分も早く来てくれたようだ。

（そのこと自体は助かったわ。だけど）

リーシェはアルノルトを見上げた。

（弟君に悪く言われているところを、彼に聞かれたくなかったような気がする……）

「……どうした？」

尋ねられ、なんでもないと首を横に振ろうとした。しかし、すぐさま思い直す。

やはり、このことはきちんと聞いておかねばならないだろう。

「あなたは何故、残酷な人だなどと言われているのですか」

「……」

覚悟を決めて尋ねると、アルノルトは僅かに目を伏せた。

「それが事実だからだろう。俺は実際に、戦場で夥《おびただ》しい数の人間を殺している。惨《むご》たらしい行いをしたことも、一度や二度ではない」

（知っているわ。だけど）

彼が教えてくれたことも、やはりリーシェの知りたいことではない。

「第三者からでも聞くことの出来るお話など、わざわざあなたから聞く必要はありません」

「では、何が知りたいんだ」

「……あなたの、想《おも》いのことを」

第三者が放った言葉ではなく。

いまは、アルノルトからしか聞けないことを知りたいのだ。

「想い、だと？」

「確かにアルノルト殿下は、先の戦争で大変な武勲を上げられたそうですわね。私たちの馬車を襲った盗賊に対し、ひどく恐ろしい目を向けられたのも知っています。……それでもあなたは、あの盗賊たちを、殺しはしなかった」

あのときのリーシェは、襲撃された場所が他国領だからかもしれないと考えた。本来の皇帝アルノルト・ハインであれば、賊に情けは掛けないだろうと。

しかし、こうして間近でアルノルトを見ていると、そうは思えなくなってくるのだ。

「……何を言い出すかと思えば」

アルノルトの青い目に、暗い影が落ちる。

「どうやら俺は、いささかお前に構いすぎたらしいな」

彼の手がこちらに伸ばされた。

かと思えば、黒い手袋を嵌《は》めたその右手が、リーシェの首をゆっくりと掴《つか》む。

「この城で生き延びたければ、そのめでたい考えはいますぐに捨てろ」

アルノルトの指が喉に食い込む。いまは僅かな力でも、その気になればリーシェの首をたやすく締め上げることが出来るだろう。

それでも、リーシェは恐れない。

「……私は、私の見てきたものを信じます」

「戦場での俺を見てもいないのに、何を言っている？」

「私にたくさんの配慮をしてくださったあなただって、紛れもなくあなた自身のお姿でしょう」

「馬鹿馬鹿しい」

アルノルトが嘲笑を浮かべ、少し掠れた声で囁く。

「俺は、お前を利用するために連れて来たんだぞ」

「それならば、なおのこと」

リーシェは、アルノルトの手にそっと自分の手を重ねた。

首から引き剝がすのではなく、むしろ押しつけるようにして包む。

こうすることで、少しでも伝わるだろうか。

「私は、あなたのことを残酷なお方だとは思えません。……旦那さま」

「――……」

リーシェの告げた言葉に、アルノルトは顔を歪めた。

忌々しいものを見るまなざしだ。このまま拒絶され、突き放されるかもしれない。

だが、リーシェはその青い瞳から目を逸《そ》らさなかった。

どのくらいそうしていただろうか。彼が次に紡いだのは、こんな言葉だ。

「お前の中にある、その覚悟の根幹は、一体なんなんだ」

リーシェには、問い掛けの真意が分からなかった。

「覚悟、ですか？」

「お前は時折そんな目をする。――たとえるならば、戦場に立つ者の目だ」

まるで、過去を見透かされたかのようである。

すぐに返事が出来なくて、リーシェは口を閉ざした。アルノルトの手が、リーシェの首からするりと離れる。

その代わりに、今度は頬へと触れられた。

アルノルトは、リーシェのまなじりに親指を添える。ステンドグラスから透けた月光が、彼の頬に睫毛の影を落としていた。

「『この信念を貫き通せるなら、ここで死んでも構わない』という覚悟を決めた者の目をしている。それでいて生を諦めておらず、最期の瞬間まで抗《あらが》おうとする、そんな人間の顔付きだ」

リーシェは何故か動けなくて、ただただアルノルトを見上げていた。

彼はリーシェの瞳を通し、ここでない遠くの戦争を眺めている。

あるいは、かつて自分が殺した人々を顧みているのだろう。

「俺は、そういう者を殺さなければならない瞬間が、戦場で最も恐ろしい」

「……」

彼にも、怖いと感じるものがあるのだ。

考えてみれば、それは当たり前のことだった。目の前にいる男が、無慈悲で冷徹な殺戮《さつりく》者ではないことを、リーシェはもう知っている。

たとえ、未来や過去がどうであれ。

「……私は」

リーシェは静かに口を開いた。

「私は、時折考えることがあります。自分がもう、この世の人間ではないかもしれないと」

我ながら、脈絡のない告白だ。

彼に問われたことの返事にはならないと、分かっていても口にしてしまった。にもかかわらずアルノルトは、続きを待つように沈黙する。

促されていることを感じながら、少しずつ言葉を紡いだ。本当のことは言えないから、そこにいくつかの嘘《うそ》を混ぜて。

「私は、自分が殺されてしまう夢を見ることがあります。けれどもいまは夢から覚め、ちゃんとここで生きている。……そのはずなのに、時々とても怖くなるのです」

「怖いとは、何がだ」

「本当は、自分がもう死んでしまっているのではないかと。私の命はあの瞬間に終わっていて、いまこうして生きている世界こそが、死後に見ている長い夢なのではないかと……」

そう話しながら、リーシェは内心で心底戸惑っていた。

（……何かしら、これは）

自分の中に、こんな感情があったことなど知らなかった。

けれど、ずっとどこかで怯えていたのだ。今度の人生こそ死にたくない。頑張って生き延びたい。

七度目である今回の人生において、リーシェが掲げる目標だ。

けれど、過去だってそうだった。

二度目も三度目も、死にたくなくて努力した。五度目や六度目に至っても、それらは達成されずに散っていった。

その事実がいつも、心の奥底に眠っている。

ここでどんなに努力したって、五年後にはまた殺されるかもしれない。この世界は現実ではないのかもしれない。そんなことを考え始めたら、不覚にも立ち止まってしまいそうだ。

(……駄目)

リーシェは静かに目を瞑った。そして、自分に言い聞かせる。

(怖いから、なんだというの。――恐怖心が私の中にあるのなら、逆手に取ってでも前に進む)

恐怖とは、立ち止まっている時間が長いほど忍び寄ってくるものだ。だからこそ顔を上げ、再びアルノルトを見つめる。

「それでも、私は決めています。たとえこの人生が夢であろうと、どんな結末を迎えるのであろうと逃げたくない」

「……リーシェ」

「いまの私の中にあるのは、殿下の仰るような大それたものではありません。ただ、あなたの妻としてこの人生を生きる、そんな覚悟があるだけ」

こんな運命には、もう二度と辿り着かないだろう。

人生の繰り返しにおいて、他の人生と完璧に同じ流れを再現するのは困難なことだ。それが分かっているからこそ、全力で向き合わなければならない。

戦争を止めるために。

生き延びるために。

それから、本当はあの未来を望んでいないかもしれないアルノルトのために、出来ることがあるのなら。

「だから私は、あなたのことを知りたいのです」

「……は」

言い切ると、小さな嘲笑を漏らされる。

非道な響きを帯びた笑いだ。頬に添えられていたアルノルトの手が、今度はリーシェのおとがいを支え、もう一方の手で腰を引き寄せられた。

そして、次の瞬間。

「――……」


くちびるに、柔らかいものが触れる。


何が起きたのか分からずに、リーシェは息を呑んだ。

永遠とも思われる数秒ののち、重ねられていたアルノルトのくちびるが離れる。

口付けのあとに落とされたのは、囁くような声だ。

「馬鹿だな、お前は」

彼は、仕方のない者を見るまなざしをしていた。

その声は、幼子に言い聞かせるように穏やかだった。そして、どこか寂しさにも似たものを滲ませながら紡ぐ。

「……俺の妻になる覚悟など、しなくていい」

# 第四章

──礼拝堂の一件があった、翌日の夕刻。

離宮の小さな厨房《ちゆうぼう》に立ったリーシェは、忙しく動き回っていた。

厨房内に満ちるのは、調理された食べ物の匂いではない。けれども甘い香りがするので、侍女たちの興味を引いたのだろう。何人かが厨房を覗《のぞ》きに来たのだが、その度に驚きの声が上がった。

「リーシェさま!?　これは一体……」

厨房のテーブルに所狭しと並んでいるのは、たくさんの花である。

薔薇《ばら》の花びらをむしっていたリーシェは苦笑する。花びらの端が変色したこの薔薇は、城下の花屋で売れ残っていたものを、エルゼたちに買い集めてもらったのだ。

「驚かせてごめんなさい。お花はちゃんと片付けるから、安心してね」

「い、いえ、そういうことではなく……」

厨房内にあるのは、この赤い薔薇だけではない。オレンジ色のガーベラや、紫色のリンドウ。かまどに焚《く》べた鍋の中では、ピンク色の花びらがくつくつと煮えていた。

「あ！　ひょっとして、何か染物をなさるのですか？」

閃《ひらめ》いたという顔をする彼女に、リーシェは微笑《ほほえ》みかける。

「まだ秘密。でも、完成したらあなたにも試してほしいわ。もちろん嫌でなければだけれど」

「はい！　よく分からないですけど、リーシェさまのお手伝いなら喜んで！」

「ありがとう」

侍女は、鍋の中身が何になるのかをあれこれ予想しながら仕事に戻っていった。

絶対に正解してみせると意気込んでいた彼女だが、リーシェがテーブルの隅に置いている瓶の中身を知ったら混乱するかもしれない。そう思いつつ、葉や茎を片付ける。

（この鍋は、もう少し煮込めば良いかしら。花びらの処理は終わったし……）

思案しながら椅子に掛け、一枚の紙を手に取った。

これは、リーシェが朝から図書室に籠もり、さまざまな資料から書き出した情報だ。

ガルクハイン皇都の人口分布。経済状況の推移。周辺地域の事情や、出入りする商人、旅人の情報。そういったものを眺めながら考える。

（タリー会長に提示する商いの内容は、これで決まったわけだけれど）

約束した期限までは、あと五日だ。

こうして作っている商品のサンプルも、それまでに完成するだろう。利益が出ると判断し得るだけの資料も、利率などの計算式も揃《そろ》えている。

勝算はあるのだが、リーシェの心はいまひとつすっきりしない。

（本当に、これだけで良いのかしら）

改めて、自身が書き写した文字列を眺める。

（……皇太子の婚約者なのに、知らないことばかりだわ）

数々の資料を閲覧しながら、リーシェはそのことをひどく痛感したのだ。

資料の内容を読み解いていくと、三年前の戦争で数々の武勲を立てたアルノルトは、皇太子としての政治的な権限を獲得したらしい。

すると彼はまず、他国からの賠償金を使い、地方の農作物や特産品を高額で買い取った。

戦勝国といえども、すぐにその恩恵を受けられる国民はごく一部である。反対に、兵士だった者や剣を作る鍛冶師、戦地で使う薬のための薬師などは仕事を失う。

職探しのためには大都市に留《とど》まる者が多い。だが、仕事が見つからなければ貧民街行きだ。

一方で地方はといえば、そもそも戦時中から人手が足りていない。しかし、戦争帰りの男たちに報酬を払える財力はなく、そのまま過疎化が進んでいく。農村や漁村の生産力が落ち、いずれは国中で食料品が高騰する。

アルノルトはそれに手を打ったのだ。

賠償金で得た財源を、農作物や魚介類の買取に使う。国が高値を出してくれると聞けば、職のない働き手は地方に向かうだろう。

事実、この時期の通行証記録には、農業などのため地方に旅立った人の数が多く記されている。

そしてアルノルトは、買い取った食料品を安価に流し、困窮した人々の腹を満たした。

この政策にはそれなりの財を投じたらしい。けれども結果として、ガルクハインの生産力は上がり、出生率も増えている。それが税収の増加を呼び、国力の強化に繋《つな》がっていた。

その流れが、資料を分析するだけでもよく分かる。

（ガルクハイン国外で生きていたら、絶対に知ることがなかった事実ね）

脳裏に過《よ》ぎったのは、昨晩のことだ。

アルノルトはリーシェに向け、こんなことを言った。

『俺の妻になる覚悟など、しなくていい』

「……」

あれはどういう意味だったのだろう。

尋ねなくてはいけないのに、昨夜のリーシェは何も聞けなかった。彼の見せた表情が、どこか寂しげに見えたからだ。

あの表情やまなざしを、リーシェは知っている。

（……騎士だった私を殺したときも、同じ表情をしていた）

聞きたいことはたくさんある。

それなのに、背中を向けたアルノルトを呼び止めることすら出来なかったのだ。

色んなことを考えていると、くちびるを重ねられた瞬間の記憶まで蘇《よみがえ》る。

リーシェはぎくりとしたあとで、一度俯《うつむ》き、そこからへなへなと机に突っ伏した。

（あの行為に深い意味なんてない。……絶対にない）

だから、あれについて考えては駄目だ。

悩むべきことは沢山ある。リーシェはぎゅうっと目を瞑《つぶ》ったあと、椅子から立ち上がった。

自分の頬を軽く叩《たた》き、気合いを入れ直す。

(まずは、これを完成させないと!)

そろそろ次の工程に移れそうだ。

かまどから鍋を下ろすと、煮詰めた花びらとその汁を分けた。別の鍋を準備しているあいだによく冷まし、触れるくらいの温度になったら布に包んで絞る。

次いで、テーブルの硝子《ガラス》瓶を手に取った。

中に入っている透明の粘液は、この大陸で広く群生している木の樹液だ。

花から取った染料と合わせ、なるべく気泡が入らないよう混ぜていく。色むらなく均一になったら、それを小さな小瓶に移したあと、とんとんと器を揺らして気泡を逃した。

出来上がったのは、濃いピンク色の液が入った小瓶だ。

もう一本の硝子瓶を開けたリーシェは、用意していた筆をそこに浸した。ある薬草の汁を混ぜ合わせたもので、薄い乳白色をしたそれを丁寧に爪へ塗っていく。その上から、先ほど完成したピンク色の液を、はみ出さないように塗り重ねた。

十秒ほど経《た》つと、その液がほわっとした熱を帯び始める。

指を使わないようにして数分待ち、爪先の軽く触ってみると、つるつるとして硬い。

どうやら上手《うま》く硬化したようだ。

(これでいいわ)

薔薇色に染まった爪を眺め、リーシェは満足した。硬化した樹液がつやつやと輝き、指先に宝石を纏《まと》っているかのようだ。

これは、リーシェが薬師人生において発案した技術だった。

薬師のときは、怪我人《けがにん》の割れた爪などを補強するのに使っていたものだ。広く群生するコリーニの木の樹液に、三種類の薬草の汁が合わさると、数分ほどで強固に固まる。

(他の花でも実験して、色の出方と硬化具合を確かめないと)

そう思っていたところに、侍女のエルゼが顔を出す。

「リーシェさま。……休憩をしてくださいと、言いましたのに」

何度も声を掛けてくれたエルゼは、リーシェがまだ厨房にいるのを見てくちびるを曲げた。

「お茶を淹《い》れます。だから今度こそ、休憩をしていただきま……」

その瞬間、エルゼはリーシェの爪に気が付いたようだ。言葉を止めた彼女の瞳が、満天の星のように輝く。

「……きらきら、つやつや……」

独り言のように漏らした声が可愛《かわい》くて、リーシェはくすっと笑みを零《こぼ》した。

「ちょうどいいところに来てくれたわ、エルゼ」

彼女なら、気に入ってくれると思っていた。

リーシェのやりたいことをエルゼに告げると、彼女はこくこく頷《うなず》いてくれる。テーブルの向かいに座ってもらい、まずはその手を消毒した。しみるような傷がないことを確かめ、準備を進める。

リーシェは、乳白色の液に筆を浸し、それをエルゼの爪に塗りながら説明した。

「ここからずっと東の国では、爪をお花で染める文化があるのよ。こうして爪の補強薬で色を付ければ、水仕事をしていても長く楽しめるんじゃないかと思ったの」

リーシェが遠い国の話をするのを、エルゼは不思議そうに聞いていた。

「補強ということは、爪が強くなるのですか？　私はいつも、すぐに割れてしまうのです」

「これを塗っていれば、割れにくくなるはずよ。だけど一番はバランスの良い食事をして、お肉やお魚、豆料理を食べることね」

爪とは皮膚の一部である。肌にいいものは、爪にも良いのだ。

「肉、魚、豆」

エルゼは呟《つぶや》き、こくりと頷いた。

「覚えました。うちは貧しいですが、これからは、お給料で食べられるようになると思います」

「……エルゼのおうちも、大変な状況なのよね」

「はい。肉や野菜が手に入っても、小さい弟と妹に食べさせるだけで終わってしまいます」

その話を聞いたのは、彼女がまだリーシェの侍女ではなかったときだ。家を助けるために働くエルゼは、どうしても侍女になりたいのだと言っていた。

（この国にも、貧民街があると聞いたわ。ガルクハインに来る途中、盗賊に襲われたあとに）

あのときは、アルノルトの臣下である騎士が貧民街の出身だと教わった。

（アルノルト殿下の政策でも、すべての国民を救えたわけじゃない。そもそも彼の施策だって、何者かに一部を妨害されていたし……）

そんなことを考えながら、すべての爪に下地液を塗り終える。

花で染めた樹液を筆に取れば、エルゼの目が釘付《くぎづ》けになった。はみ出さないよう慎重に塗っていると、ほうっと感嘆の息が漏れる。

「……本当に、とても綺麗《きれい》です。こんなきらきらした綺麗なもの、私は見たことがありません」

このエルゼは、とてもお洒落《しゃれ》の好きな少女なのだ。

リーシェのドレス選びや髪の結い上げを、毎日楽しそうにこなしてくれる。手先も器用な彼女は、きっと自分でも上手に爪を塗れるだろう。

「いまはピンク色しかないけれど、エルゼの好きな色も教えてね。完成したら受け取ってほしいわ」

「だ……駄目です。こんなに素敵なものを貰《もら》ってしまうのは、駄目です。我慢しなくてはいけないと、思います」

「あら、そんなことないわよ。エルゼたちに使ってもらえるなら、私も嬉《うれ》しいもの」

「リーシェさま……」

右手を全部塗り終えて、リーシェはほっと一息つく。この作業は、失敗すると修正が大変なのだ。

「どんな色がいい？　勿忘草《わすれなぐさ》の水色や、向日葵《ひまわり》の黄色もあるわよ。赤もオレンジもピンク色も、紫だって。エルゼの白い指には、きっと何色でもよく似合うわね」

微笑んでそう言うと、エルゼはどこかぽかんとした表情でリーシェを見た。

「あ……」

やがて彼女の瞳から、大粒の涙がぽろりと零れる。

「エルゼ!?」

突然泣き始めた侍女を前に、リーシェは慌てた。

「ど、どうしたの？　もしかしてやっぱり傷があった!?」

液がしみていたら大変だ。しかし、エルゼはふるふると首を横に振った。

「いいえ、違います。ただ、とても嬉しかったのです」

そこで一度言葉を切って、エルゼは瞬《まばた》きをする。

「……私は。こんなに綺麗なものを持っていたことが、一度もありません」

彼女が話してくれているあいだにも、真珠のようなその涙は、いくつもいくつも頬を伝った。

「私に最も必要なものは、弟や妹たちが食べるご飯でした。少しでもお金が手に入ったら、生きていくために必要なものを買わなくてはいけません」

小さな声が、どんどん涙声に変わってゆく。

「髪飾りなんて持っていたことはなくて、服もいつもぼろぼろで、男の子のおさがりを着ていました。……だから、お城でこんなに可愛らしい制服をいただいたときは、本当に嬉しかったのです」

リーシェは思い出す。

エルゼと初めて会ったとき、彼女は、制服が汚れてしまったことをとても悲しんでいたのだ。

「リーシェさまに雇っていただいて、制服を正式に貰えただけでも幸せでした。他の綺麗なものは全部、我慢しなくてはと思っていました。だから……」

エルゼは手の甲で涙を拭う。

「嬉しいです、リーシェさま。……どんな風にお礼を言ったらいいか、分からないくらいに、とても嬉しい……」

「……エルゼ」

リーシェはそっとエルゼの頭を撫《な》でた。

するとエルゼは耐え切れなくなったようで、声を上げて『嬉しい』と泣きじゃくる。

そしてリーシェは理解した。

この離宮の侍女たちはみんな、家族のために働いている。エルゼのように、自分自身の憧れや夢を押し込めている子たちだって、少なくはないだろう。

(――私のやろうとしていた商いには、いまの私に必要な考えが、欠けていたのだわ)

＊＊＊

約束の期限の日。

主城の応接室には商会長タリーと、商会の幹部四名が揃っていた。左右に控える幹部たちは、リーシェにとっては懐かしい顔ぶれだ。

テーブル越しに彼らと向き合い、商品についての説明を終える。

「――そしてこのように、爪を装飾します」

リーシェの後ろに並ぶのは、七人の侍女たちだった。

彼女たちの爪はそれぞれ、薄紅色や鮮やかな青、淡い緑などに色づいている。樹液でつやつやと輝く爪先は、みんなとっても美しい。

「ガルクハイン皇都の状況は、資料の通りです。庶民家庭でも余裕のある家は多いですが、女性向けの装飾品はとても高額。お洒落を楽しみたいけれど、宝石やドレスなどには手を出しにくい女性たちは、この商品を気に入ってくださるでしょう」

タリーに向け、一枚の書類を差し出す。

材料名は伏せた上で、仕入れ額や製造費などの概算を書いたものだ。

「それからこちらは、皇都に出入りする方の通行証記録ですわ。見ていただくと分かるように、働き盛りの男性の旅人が多いのです」

「そのようだな。そしてこういうやつらには、帰る家や待っている家族がいる」

「ですからお土産としても最適なのです。この瓶は小さくて、かさばりませんし」

小さくてかさばらないということは、国外に流通させるのも容易だということだ。行商が主な販売方法であるアリア商会にとって、都合が良いだろう。

「いかがですか？　タリー会長」

黙って聞いていたタリーは、リーシェから視線を逸《そ》らさないまま幹部たちに尋ねた。

「チェスター、メルヴィン、ニール、ラッセル。お前らの意見を話してみろ」

名指しされた幹部は、それぞれの意見を述べる。

「俺はありだと思うぜ。原価計算をどこまで信用するかはともかく、量産に問題はなさそうだ」

「一瓶に値段をつけるとして、二千ゴールドってところか？　それでこれだけの粗利になる」

「染料に花を使っているんだろう。その国でしか咲かない花を染料にすれば、他国で付加価値付きで売れるしな」

「ったくよお。お前らは本当に野暮だねえ」

部下たちの話を聞いたタリーは、額を押さえてやれやれと肩を竦《すく》めた。

「やれ原価だの、粗利だの。そんな面でしか商品を見れねえのか」

「じゃ、じゃあ会長はどうだっていうんだよ」

「決まってんだろ。この商品がアリかナシかを決定づけるのは、この一点のみだ」

タリーはそう言って、やさしく微笑みかける。部下たちにではなく、この場にいるリーシェの侍女たちに向けて。

「愛らしいお嬢さん方。その爪に関する感想を、よろしければお聞かせいただいても？」

「え、ええと……」

『大人の男の色香が漂う』と言われるタリーの微笑みに、侍女たちはほんのりと頬を染めた。リーシェは内心、彼女たちが今後ろくでもない男に騙《だま》されないようにと強く願う。

侍女たちは、最初は遠慮がちに、しかし口々に話し始めた。

「私たちはお仕事をしているとき、手元を見ることが多いのです。そんなとき自分の爪が綺麗だと、目に入るだけでわくわくして嬉しくて！」

「こんなに素敵な爪なんだから、私はいつもよりお仕事が出来るんだぞ！　っていう気持ちになりました。ふふ、変ですよね」

「右手は自分で塗るのが難しいから、侍女同士で塗り合いっこをしたんです。それが楽しくて！　もう少し上手になったら、絵を描いてみようねって話してるんですよ」

最後に、エルゼがはにかみながら口にする。

「私は、嬉しかったです。ただただ、とても、嬉しかった……」

彼女が爪に塗っているのは、ガーベラから取った珊瑚《さんご》色だ。好きな色を改めて尋ねたとき、彼女は迷わずに、『リーシェさまの髪色と同じものを』と答えたのだった。

「ほらな」

タリーは、背もたれに体を預けた。

「彼女たちの顔を見れば、この商品が成功するかどうかは明白だ。仕入れ値だのなんだのと、そんな計算をするまでもない」

「じゃあ会長。リーシェさまへの課題とやらは、これで合格ってことか？」

その瞬間、タリーの目に油断ならない色が滲《にじ》む。

「――さあ、どうだかな」

怪しくなってきた雲行きに、侍女たちが顔を見合わせた。

タリーは、リーシェがテーブルに並べた数枚の書類を手に取ると、それを改めて眺めながら言う。

「商品価格ってのは、ありとあらゆる付加価値も込みでつけるものだ。原価が安かろうと、量産が可能だろうと、商品の価値には関係ねえ」

「それは、そうだけどよ」

「独自性があって需要も見込まれる、これだけの品だ。俺が発案者であれば、販売価格を吊《つ》り上げて貴族向けに売る」

リーシェの内面を探ろうとする視線が、真っ向から注がれた。

「お聞かせいただきましょうか。あなたさまの、本当のお考えを」

やはりタリーにはお見通しだったようだ。それを受けてリーシェは微笑んだ。

「ありがとうございます、タリー会長。この商品を気に入ってくださったということで、ようやく本題に入れますわ」

「リーシェさま、会長、一体どういうことなんです？　本題って、それじゃいままでのは……」

狼狽《うろた》える幹部をよそに、リーシェとタリーはテーブルを挟んで対峙《たいじ》した。

「ここからが、事業についてのお話です。──タリー会長」

その言葉を皮切りに、侍女たちが退室する。

残ったのは、リーシェと商会の面々、そして護衛の騎士たちだ。室内は一種の緊張感に満ちており、幹部たちが居心地悪そうに顔を見合わせる。

「僭越《せんえつ》ながら、まずは忠言させていただきましょう」

タリーは冗談めかして片手を上げ、にやりと笑った。

「本当に、余計な提案など付け加えてよろしいのですか？　あなたさまの商品は素晴らしい。『貴族向けの高額商品として売り出す』という販売戦略に同意いただけるのであれば、その時点で合格とさせていただきますが」

「いいえ」

リーシェはタリーの目を見つめ、はっきり告げる。

「このままお話を続けます。会長」

「──お聞かせ願おう」

頷いて、手元にある書類のうち一枚をタリーに差し出した。

「まずこちらは、ガルクハイン国の給金に関する取り決めです。三年前、この国には『最低賃金』というものが制定されました」

「ほお、面白い」

タリーは興味深そうに、リーシェの書き出した内容へ目を通す。

「なるほどねえ。雇い主はどんな労働者に対しても、この金額を上回る給金を払わなくてはならない。それに反した者は罪人ですか」

「この施策が出来て以来、ガルクハインでは『どれだけ働いても生活できない』ということはなくなり、安定した収入を得られるようになりました。そのことが、国の豊かさに拍車を掛けたのです」

「ただしその恩恵に与《あずか》れるのは、働き口を得られたものに限る、と」

タリーの言葉は的を射ている。

アルノルトの出したこの施策により、労働者の収入は増えた。しかしその分、ひとり当たりに支払わなくてはならない給金も増し、雇い主側の負担になっている。

『どれだけ働いても食うに困る』というケースは減ったが、雇用人数は最小限に抑えられた結果、『働く場所がなくて食べられない』層は未《いま》だに存在するのだ。

「続いては、こちらをご覧ください」

リーシェは二枚目の書類をタリーに見せる。

「材料の仕入れ先や、製造の工房。流通経路など、大量生産のために必要な情報はすべて集めて参りました。製造に関する費用はかなり安価に抑えることが出来ます。――人件費以外は、ですが」

「……やれやれ」

タリーは身を乗り出すと、自身の膝に頬杖《ほおづえ》をついた。

「仰《おっしゃ》りたいことは読めてきましたが、一応続きをお聞きしましょうか。ここまでお膳立てをいただいて、我々に何を命令なさるおつもりで？」

「働き口がなくて困り果てている、貧民街の方々の採用を」

リーシェは背筋を正したまま、こう続ける。

「これをお約束いただける場合にのみ、この商品の技術を提供いたします」

その瞬間、これまで好戦的だったタリーの目から、宿っていた光がふっと消えた。

「これはまたご立派なことで。しかし」

タリーは深く溜《た》め息《いき》をつくと、冷めたまなざしでリーシェを見る。

「……あんたにはがっかりだよ、リーシェ嬢」

「ケイン・タリー！　この国の皇太子妃となられるお方に対し、なんという無礼か！」

「いいえ、構いません」

いつもは朗らかな騎士たちを止め、改めてタリーに向き合う。

「この案でも、商会の利益は十分に出るはずです。貴族向けにするよりは劣るでしょうが」

「俺のような強欲商人は、それじゃあ満足できないんでね。施しをしたいんであれば、俺が聖職者に転職するまでどうぞお待ちを」

想像していた通りの答えだった。

タリーは他人に冷たいわけではない。だが、商売への美学を掲げているのだ。

だからこそ、リーシェは告げた。

「これは施しでなく、商いのお話です」

「……なんだって？」

タリーが顔をしかめる。他の幹部たちも、理解が出来ないという表情だ。

「昔、ある人が言っていました。『一流の商人は、客を選べる』と」

かつてその言葉を教えてくれた本人は、難しい表情のままリーシェを見ていた。

「私もつい先日知ったことなのですが、ガルクハイン国では終戦後、莫大《ばくだい》な国費を投じて貧民層への投資を行ったそうです」

「その話なら知っていますよ。確か、皇太子殿下が施策なさったのでしたか？　多くの国民が救われて豊かになったとかで、商人のあいだでも話題になった」

「はい。ですがもし殿下がその施策を取らず、皇族や貴族だけが私腹を肥やしていたとすれば、民は飢えていたでしょう」

商人人生で、リーシェは世界の各国を回った。

中にはガルクハイン国のように、戦勝国側に属する国もあったが、それらがみんな豊かだったわけではない。下手をすると、負けた国よりもずっと貧しくなってしまった国すらあったのだ。

「消費が低下すると、経済が滞ります。そうなると働き手は仕事がなくなり、また貧しくなる。その循環が起きてしまえば、民の納める税金で生活する皇族や貴族だって運命共同体です」

すると、タリーは皮肉っぽく笑った。

「つまりあんたはこう言いたいのか？　『財をひとつところに留めていても、決して豊かにはなれません。なれば貧しい人にも分け与えましょう』と」

「いいえ。もう少しだけ、あなた好みの言い方を」

リーシェはにっこりと笑うと、タリーに告げた。

「会長。――お客さんを選ぶのではなく、我々の手で作り出しませんか？」

「……！」

その瞬間、彼が目を瞠《みは》る。

「貧民街に住まう人々は、多くの商人にとって『客』にはなり得ないでしょう。何せ彼らは日々、食べていくだけで精一杯なのですから」

先日エルゼが話してくれたことだ。彼らには、余剰の物を買うような余裕はない。

「ですが考えてみてください。彼らに仕事が与えられ、明日への不安なく生きていけるだけの収入が得られれば、市場は一体どうなります？」

「……それは……」

「いままでお客さまではなかった人が、仕事を得ることでそちら側に回る。顧客の母数が増えることで、商人の売り上げが上がる。その循環が、商会の大きな利益に繋がっていくはずです」

人差し指でくるんと輪を描いて、リーシェは微笑んだ。

「アリア商会の品は、どれも素晴らしいものですから。市場にお客さんが増えたら、一番儲《もう》けを出すのはアリア商会になりますよ」

「……は」

その瞬間。

いままで冷めた目で話を聞いていたタリーが、大きな声で腹から笑った。

「ははっ、はははは！　気に入った、気に入ったよ!!　つまりあんたはこう言いたいわけだ。『客を選ぶな、客へと育てろ』ってな!!」

「最初は少数かもしれません。ですが事業を広げていけば、その循環は大きな輪になるはずです」

「そうすることでガルクハイン国の税収も上がる。未来の皇太子妃どのにとっても、利益に繋がる話ってわけですか」

身も蓋もない言い方だが、おおむね間違っていない。

リーシェは最初、商人としてタリーの課題をこなそうとしていた。利益が出て損失が少ない、そんな商いを提案できればと考えていたのだ。

しかし、アルノルトの行った施策を知り、その方針に迷いを抱いた。

浅慮だったと確信したのは、エルゼの想《おも》いを聞いてからだ。いまのリーシェが行うべきは、商人としての商いではなくて、皇太子妃としての商いだった。

国家に利益と繁栄をもたらし、人々の豊かさに繋がるもの。

その豊かさとは、ただ困らずに食べていけるというだけではない。

いだいた憧れや、夢を捨てずに生きていける。そんな希望も含んだものだ。

「これが正解だとは思いません。それでもいまの私が提案できる、数少ない手段です」

「いいや、悪くないぜ？　俺の考えや信念が見透かされたみたいで、なかなかに楽しかった」

先ほどまでの退屈そうな顔から一変し、タリーはひどく嬉しそうだった。

「だがリーシェ嬢。……あんたは未熟だな」

この笑顔には覚えがある。

商人人生で、部下だったリーシェが失敗するたびに、タリーが浮かべていた笑みだ。

「前も言っただろう？　一介の商人を相手にするには、あんたの振る舞いは切実すぎるんだよ。そういうやつは足下を見られ、見透かされ、利用される」

「……ご忠告、ありがとうございます」

「理由は分からねえが、あんたはよっぽどうちの商会が欲しいらしい。俺はその執心を利用して、ギリギリまで搾り取ってやろうと企《たくら》み始めたところだ」

『会長の悪い癖が出た』と、幹部たちが呆《あき》れた顔をする。

「おい会長。相手は皇太子妃さまだぞ、もうやめとけって」

「さあどうする？　あんたの提案した商いには、難癖を付けるポイントがざっと百以上はある。却下して別の案を持って来させれば、さらに美味《うま》い話が出てきそうだが……」

リーシェはそっと目を瞑った。

「私ごときの商談を、あなたが手放しで認めてくださるとは思っていません」

「ほう。数回しか会ったことがねえのに、俺のことをよく知っててくれて嬉しいね」

「……出来ることなら本当は、この手を使いたくなかったのですが」

溜め息をついて、最後の書類を差し出す。

「おっと。次は何が飛び出してくるのか、な……」

その瞬間、タリーの目の色が一気に変わった。

「……これは」

「会長？　一体どうしたんだ？」

焦燥と動揺が、彼の表情に表れる。

これまで常に飄々《ひょうひょう》としていたタリーは、慌てて口を開いた。

「リーシェ嬢。何故《なぜ》あんたが、このことを知っている!?」

「申し訳ありません。少々特殊な手段を使い、あなたのことを調べさせていただきました」

本当はこの目で見知っているのだが、リーシェはそれを偽って続けた。

「書類に記載の通り、私は現在、複数の薬草を栽培しています。それらの調合により、東の大国レンファに伝わる薬が完成するのですが……」

護衛の騎士たちが、『あれか!!』という顔をする。リーシェはいつも畑仕事へ同行してくれる彼らに向け、『あれです』という意味を込めてこくりと頷いた。

「タリー会長。そこに書いた症状の病に、心当たりがおありですね?」

「……これは、アリアの……」

アリア・タリーという少女のことを、リーシェはよく知っていた。

現在十歳である彼女は、無邪気で明るい女の子だ。

兄に似ずしっかり者で、兄そっくりに好奇心旺盛な彼女は、商会の名前の元にもなっている。

商会長のタリーは、最後の家族であるアリアのことを心の底から可愛がっているのだ。だからこそ彼は、とある病を治すための情報を、世界各国から広く集めている。

「お察しの通り。――この薬は、妹君アリア・タリーさまの病に効能があります」

そのことは、過去の人生で実証済みだ。

アリアが呼吸器の疾患を発症したのは、彼女がいまよりもずっと幼い頃だったという。年の離れた兄であるタリーは、世界中を行商で回る傍ら、彼女のための薬を探し続けていた。

彼はひとつ息をつくと、生まれた焦りを押し殺すかのように、掠《かす》れた声で言った。

「……妹の病のことは、情報が洩《も》れていてもおかしくはない。何しろあちこちの医者を訪ねていますからね。ですが、レンファの薬学に関する情報を、どうしてあなたがご存じで？」

東の国レンファは、古くから薬学の研究を続けている国だ。

その知識を頼るべく、世界中から医者が訪れて教えを乞うが、外の国から来た人間にはあまり情報が開示されない。

タリーが過去、レンファ国の薬について探っていたことも、部下だったリーシェは知っていた。

「私の生家に出入りしていた薬師が、かの国の出身者だったのです。私はその方から、レンファの薬学を叩き込まれました」

堂々と言ってのけたものの、生家の薬師という話は嘘《うそ》である。

だが、師となった人物の出自は本当だ。レンファ国の出身だった薬師は、それまで独学で学んでいたリーシェに対し、いろいろなことを教えてくれた。

そのひとつが、今回タリーに提示している薬である。

「アリアさまの病状については、詳細に調べさせていただきました。この薬を一年ほど服用いただければ、劇的に回復なさるはずです」

「……信じられるとお思いで？　医者でも薬師でもない人間に、そんなことを言われたところで」

タリーの返事は当然のことだ。だからこそ、リーシェは手を打っておいた。

いまから一週間前の、あの夜に。

「先日私がお渡しした薬は、皆さまのお役に立ちませんでしたか？」

「……！」

その言葉に、タリーよりも周囲の幹部の方が強く反応した。

「薬ってまさか、俺たちが酒場で潰された翌朝に飲んだやつですか!?」

「ええ、そうです」

一週間前、タリーとの交渉が決裂した夜のことだ。

城を抜け出して酒場に乗り込んだリーシェは、タリーが来るまでのあいだに商会の面々と飲み比べをし、残らず酔い潰した。

そしてその帰り際、タリーに薬の包みを渡している。

『――商会の皆さんが明日起きたら、この薬を飲ませてみてください』

それは、宿酔にとてもよく効く薬だった。

「起きた瞬間は翌日まで二日酔いが続くのを覚悟したのに、あれを飲んだらすぐ楽になって……」

「血液の中に混じった酒毒を早く抜き、炎症を起こした胃を修復するなどの効果があるものです。私が調合させていただきました」

「あの薬をリーシェさまが!?」

幹部たちは心底驚いた顔をした。

リーシェはあの日、理由もなく彼らを潰したわけではないのだ。こうして事前に調合薬を飲み、効果があることを知ってもらえれば、アリアの薬についても少しは信憑性《しんぴょうせい》が増すだろう。

（まあ、ついつい彼らと酒宴をするときの癖が出てしまったのは否定できないけれど……）

内心で反省しつつ、タリーに向き合う。

「この薬に効果があることを、すぐに証明することは出来ません。しかし会長、あなたは『どんな些細《ささい》な可能性でも』と、探し求めていらっしゃるのでしょう?」

「……」

タリーは額を押さえると、大きく溜め息をついた。

そして、口を開く。

「『客に選ばれる商人になれ。自分を介してしか得られない商品や、価値を提供しろ』……これは俺が、自分の部下に言い聞かせている言葉です」

(はい。存じています)

リーシェだって、その教えをしっかり胸に刻み込んでいる。

タリーは自嘲の笑みを浮かべると、こう言った。

「形勢逆転だよ、リーシェ嬢」

「会長」

「これまでは、俺があんたを選ぶかどうかの駆け引きだった。……だがいまは、あんたが俺を選ぶ側に回っている」

背筋を正したタリーが、リーシェを見つめる。

その目はひどく真摯なものだ。タリーはプライドの高い人物だが、最愛の妹のためであれば、そのすべてを捨てられる男だった。

彼にとっては、本当に効くかどうかも分からない薬だ。

それでもタリーは、リーシェに頭を下げようとした。

「……頼む。望むのであれば、俺の財産をあんたに捧《ささ》げてもいい。だから、俺にこの薬を――」

「どうか、誤解をなさらないでください」

頭を下げようとするタリーの言葉を遮り、リーシェは告げる。

「そちらの調合に関する情報は、無条件でお渡しします」

「な……」

信じられないという顔で、タリーがこちらを見た。

「作るための薬草だって、もちろん私から提供するつもりですわ。引き換えに契約をしろだなんて迫るつもりもありませんから、どうぞご安心を」

「何を言っているんだ、あんたは！　俺はあんたとの取引をはぐらかそうとした。その切り札として、これを出してきたんじゃねえのか!?」

「切り札としてはそうですけれど。妹君を盾に取るような真似《まね》は、したくありませんから」

呆然《ぼうぜん》としているタリーに、リーシェは続けた。

「ですが、分かっていただきたいのです。貧民街に住む方々も、家族のことを想い合っているということを。幼い弟妹が病にかからないように、ちゃんと食べさせられるように、自分の夢を犠牲にしている兄や姉が大勢いるということを……」

エルゼのことを思い出して、リーシェは両手を握り締める。

「それを救うのは国であるべきだと思いますが、私に皇太子妃としての力などなく、無力で何も出来ません。あなたに提案できるのも、先ほどお伝えしたような拙い方法しか持ち合わせていない」

タリーならばもっと、大きな事業を構築することが出来る。そしてアルノルトであれば、商会を利用した大胆かつ有意な施策を練るのだろう。

リーシェに出来ることは、あまりにも少ない。

「形勢が逆転したなどとは思っていません。ですからどうかお願いです、タリー会長」

そう告げて、リーシェは深く頭を下げた。

「私との取引を、結んではいただけないでしょうか」

「――……」

応接室を、数秒ほどの沈黙が支配した。

タリーはやはり、甘いと言うだろうか。これが彼の部下だった人生だとしたら、独立なんてさせてもらえなかったかもしれない。

そう思っていると、彼が椅子から立ち上がった気配がする。

「どうぞ顔を上げてください、リーシェさま」

タリーはそう言うと、リーシェの傍《そば》に跪《ひざまず》き、低頭した。

「タリー会長!? おやめください、何を……！」

「これまでの無礼をお許しいただけるとは思っていません。ですが、俺はまだまだ未熟だったと痛感しました」

「いえ、あの！ ほ、本当にやめてください！」

かつての上司にそんなことを言われては、どうしたらいいか分からなくなってしまう。

「商人の仕事とは、関わった人間のすべてを豊かにする仕事です。金を受け取る商人も、物を作る職人も、『その金額を払ってでも手に入れたい』と感じた商品を手にした客もみんな豊かになる。

……なのに、客を選ぶなどと偉そうに言っている俺は、どうしようもなく甘かった」

その言葉に、リーシェは驚く。

「これまで貧民街の人間は、俺にとって客じゃあなかった。そいつらがどうなろうと、どうでも良かったのも本音だ。しかしあなたの言う通り、そこには俺の妹のような子供たちも大勢いる」

タリーは顔を上げ、リーシェを見上げた。

「多くの人間を豊かにしたいというあなたの商いは、俺のような人間が考える商売よりも遥《はる》かに尊ばれるべきものです。妹の薬の件とは無関係に、俺は俺の傲慢さを恥じましょう」

「――では、会長」

タリーは跪いたまま、改めて深く頭を下げる。

そして、忠誠を誓う騎士のような恭しさでこう述べるのだ。

「アリア商会は今後、ケイン・タリーの名のもとに、あなたの望むものをご用意いたします」

「ありがとう、ございます……！」

広がる安堵《あんど》と共に、リーシェは体の力が抜けていくのを感じたのだった。

＊＊＊

何はともあれ、本当に良かった。タリーたちが退室した応接室で、リーシェは息をつく。

（これで仕入れの経路が確保できたわ。試作の開発が間に合ったのは奇跡ね……薬草畑も順調だし、侍女のみんなも育ってきている。そろそろ次の『準備』を始めて――……）

そんなことを考えていると、頭の奥がずきんと痛んだ。

（……薬が切れてきたのね）

ここ数日、無理を重ねている自覚はある。

畑の世話に侍女の教育、教材作りに商品開発と、時間はいくらあっても足りなかった。

それに加え、今日のタリーとの交渉のために、あらゆる調査を重ねてきたのだ。なんとかするには睡眠時間を削るしかなかったのだが、体力が乏しい現在のリーシェには堪《こた》えたらしい。

（本当に、ちゃんと体を鍛えなきゃ）

自己診察により、風邪などのうつる病気でないことは確認している。恐らく軽い過労であるはずなので、少し休養を取れば回復できるはずだ。

（その前に、もう一仕事だけ、済ませておかないと……）

そんなことを考えていると、タリーたちを退室させていた騎士が応接室に戻ってきた。

「お待たせいたしました、リーシェさま。お部屋までお送りいたします」

リーシェは不調を取り繕い、にこりと笑う。

「……ありがとうございます」

「リーシェさま？　どうかなさいましたか？」

俯いて、ゆっくりと息を吐き出した。

視界がぐらぐらする。

先ほどまでは普通に振る舞えていたのに、誤魔化しのための薬が切れた途端、この有り様だ。

「ごめんなさい。侍女のエルゼを、呼んできていただけますか」

「は、はい……!!」

ただならぬ事態を察知したのか、騎士は慌てて応接室を飛び出していった。

＊＊＊

「――こちらです、オリヴァーさま！」

リーシェの護衛をしていた騎士は、皇太子の従者であるオリヴァーを応接室に誘導した。

「リーシェさまのご様子はどうなっている」

「顔色が悪く、座っているのも一苦労のご様子でした。現在は相番であるカミルが介抱しています」

「この件を他に知る者は？」

「リーシェさまのお言いつけにより、侍女のエルゼを先に向かわせました。それ以外の者には口外しておりません」

「よくやった」

オリヴァーたちは、以前からアルノルトに命じられている。『リーシェに関する予想外の事態が起きた場合、少人数で内密に処理し、皇城内に広まらないよう注意しろ』というものだ。

（確か、テオドール殿下がリーシェさまに接触なさったのだったな。まったく……）

人目につかないようリーシェを運び出し、信用できる医者を呼ばなくてはならない。その算段を頭の中でつけながら、オリヴァーは応接室に飛び込んだ。

「リーシェさま。お体の具合は……」

そしてオリヴァーは絶句する。不思議そうな顔をした騎士も、室内を見て目を見開いた。

応接室は、もぬけの殻だったのだ。

倒れたはずのリーシェも、残っているはずだった騎士のカミルもいない。そして、先にこの部屋に向かったというエルゼも。

「お、オリヴァーさま！」

慌てる騎士を右手で制し、オリヴァーはごくりと喉を鳴らす。

「殿下に報告だ。……ご命令が下るまで、くれぐれも、この事態を口外するなよ」

＊＊＊

第二皇子テオドールは、いつものように城を抜け出すと、夜の皇都を悠然と歩いていた。

ローブを身に纏い、フードを目深に被《かぶ》って、連れている護衛はひとりだけ。一目見た限りでは、誰もこの少年が皇族であることに気付かないだろう。

そもそもこの国では、公に国民の前に姿を現すのは皇帝のみだ。皇子としてのテオドールを知る者は、ほとんどいないと言ってもいい。

それでも顔を隠すのは、出入りする場所に問題があるからだ。

細い裏路地に足を踏み入れたテオドールは、どんどん奥へと入り込む。大柄な護衛が窮屈そうに歩くその道は、国民たちが昼間さえ避けて通る道だった。

ランタンの明かりに照らし出される周囲の家々は、どれも粗末なものだ。テオドールはそのうち、一軒だけ明かりのついている建物の扉をノックした。

中から応える声がしたあと、護衛が進み出て扉を開ける。テオドールはひらりと右手を挙げ、建物の中に入った。

腰の曲がった老齢の男が、深々と頭を下げる。

「お待ちしておりました、テオドールさま」

テオドールは微笑み、手近にあった椅子に腰掛けた。

「やあドミニク、三日ぶりだね。レーナの子供が生まれたと聞いたよ、喜ばしい報《しら》せで何よりだ」

「これもすべて、テオドールさまのご支援のお陰です」

「そんなにかしこまらないで。僕とこの貧民街のみんなとは、お互いに助け合っているんだから」

テオドールはそう言って、ふっと目を伏せる。

「――未来の皇太子妃さまを、攫《さら》ってくれてありがとうね？」

「テオドールさまのご命令とあらば」

城内は一見何事もなく、平常に動いていた。

しかし、何も変化がないというわけではない。兄の直属である騎士たちは、護衛や警護の者を除き、全員が姿を消していた。

「兄上はいま、表面上はなんでもないって顔をしながら慌ててリーシェを探しているんだよ。はは、良い気味だ」

「あの娘、どのように処分いたしますか？　殺すなり奴隷に落とすなり、いかようにも動きます。どのような汚れ仕事もご命令ください」

「頼もしい上、話が早くて助かるな。……でもまあ、焦らなくていいよ」

テオドールは足を組み、その上に頬杖をついた。

「それよりも、今回の功労者を労《ねぎら》おう。目立たず動くのは大変だったろうに、よくぞリーシェの監禁を成し遂げてくれた」

そう言って、部屋の隅に立っていたふたりに目を向ける。

「――エルゼ、カミル。お前たちのお陰だ」

「テオドールさまのご命令とあらば」

小柄な少女と背の高い騎士が、それぞれに頭を下げた。彼らの姿に、テオドールは微笑む。

侍女エルゼと、リーシェの護衛を担当していた騎士カミルは、テオドールが昔からよく知る人間だ。ふたりはこの貧民街で生まれ育ち、食べるにも困る暮らしをしていた。

「それにしてもまさか、こんなに早くチャンスが来るとは思わなかったな。体調を崩して倒れるだなんて、攫うには最高の隙を作ってくれた」

「……身体検査は完了しております。武器や、脱出に使えるものはお持ちではありません」

「完璧な仕事ぶりだ」

テオドールは続いて、侍女の顔を覗き込む。

「エルゼは随分と顔色が良くなったね。ちゃんと食べられるようになったみたいで、ほっとしたよ」

「テオドールさまが教会を通じて、お城の侍女に推薦してくださったお陰です」

「気にしないで。僕の息が掛かった人間を、兄上の婚約者殿に近付ける格好の機会だったからね。見事リーシェの信頼を勝ち取ってくれて、君には本当に感謝してる」

続いてテオドールは、騎士のカミルを見上げた。

「それに、カミルも護衛任務は大変だっただろう？　義姉上《あねうえ》は随分と活発なようだから」

「滅相もありません。リーシェさまの護衛任務に当たることが出来たお陰で、こうしてテオドールさまからのご命令を果たすことが出来ました」

「あはは。せっかく騎士団に入った君が、兄上の近衛《このえ》騎士に選ばれたときは不満だったけどね。僕の騎士にしてくれってお願いしても、あっさり断られたしさ」

あれは二年ほど前のことだったろうか。テオドールの要望は撥《は》ね除《の》けられ、『第二皇子は兄の騎士を欲しがって癇癪《かんしゃく》を起こした』などと言われているようだが、実際はテオドールの方が先にこの騎士のことを知っていたのである。

「……でも、君が兄上の騎士になってくれたお陰で、兄上を苦しめることが出来るんだ」

テオドールは金貨の詰まった革袋を取り出すと、それをふたりに手渡した。エルゼとカミルは恭しく頭を下げると、報酬を受け取る。

「君たちの働きに感謝するよ。これからも、よろしくね」

テオドールはそう声を掛け、薄汚れた路地へと出たのだった。

そして夜道を歩いていると、布きれ同然の服を纏った少年が駆け寄ってくる。

「テオ！」

「やあヴィム。留守番の任務は順調かな？」

「もちろん！　母さんが仕事から帰ってくるまで、俺がアンナを守るんだ！」

「さすがはお兄ちゃんだ。偉いなあ」

テオドールは身を屈《かが》めると、少年の頭をわしわしと撫で回す。少年は薄汚れており、普通の人間であれば触れるのも躊躇《ちゅうちょ》するような姿だったが、テオドールは気にしない。

「だけどもう遅いから、任務の続きはお布団でやるんだよ」

「えー。でも、母さんにおかえりって言ってあげないと……」

「妹と寝てやるのも、お兄ちゃんの大事な仕事だろ」

少年はじっと考えるような顔をしたあと、素直に聞き分けて頷いた。

「……分かった。テオがそう言うなら、任務はお布団で続行する。テオも、おやすみ！」

「おやすみ。良い夢を」

少年の後ろ姿が消えるまで、テオドールはその背中を見送ってやった。粗末な建物の中に入っていくのを見届けて、立ち上がる。

「お兄ちゃんの仕事か。……僕の兄上は、そんなことしてくれたことはないけどね」

「テオドールさま」

護衛に名前を呼ばれ、テオドールは肩を竦める。

初めてこの貧民街に来たのは、テオドールが幼い頃だ。いまは亡き母と手を繋ぎ、施しのためにと足を踏み入れた。

豊かな皇都の片隅で、人々に疎まれながら存在する掃《は》き溜《だ》めへ。

「兄上にとっては、僕もこの町の住人も同じようなものだ。そこにいる以上、何かしらの手を打つ姿勢は見せなくちゃいけないけれど、本当は心底どうでもいいもの。そんな存在なんだよ」

テオドールは俯き、ぽつりと呟く。

「だけど反撃だ。……これで少しは、あんたが俺に向ける、俺の大好きな表情が見られるかなあ？」

＊＊＊

薄暗い部屋の中で、リーシェは必死に意識を保とうとしていた。

ここはどうやら、皇都の外れにある建物の中らしい。物置同然の一室に閉じ込められたリーシェは、『そのとき』をずっと待っていた。

扉には外側から鍵が掛けられている。窓はあるが、ここは建物の三階だ。外には見張りが立てられているようで、何人もの気配がする。

部屋の隅へ蹲《うずくま》ったリーシェは、ぐらぐらする視界や体の怠《だる》さ、頭痛などと戦っていた。

そこにようやく、待ちわびた瞬間が訪れる。

「やあ義姉上。侍女や護衛に裏切られた気分はどうかな？」

「……テオドール殿下」

待ち人の登場に、リーシェは短く息を吐いた。機嫌が良さそうに笑うテオドールは、扉の前に立ってリーシェを見下ろす。

「可愛がって育てた侍女に攫われるなんて、可哀想《かわいそう》だなあ。エルゼに聞いているよ、新人侍女たちの仕事がどんどん早くなっていってるって。君の考えたその体制が整えば、うちの城の使用人不足問題は解消されるって文官たちの噂《うわさ》だ！　兄上が頭を悩ませていた問題に貢献できるなんて、優秀なお嫁さんで羨ましいよ」

そう言ったあと、少年の美しい顔から笑顔が消えた。

「――君は、兄上に必要とされる側の人間だってことだ」

「……」

朦朧《もうろう》とする思考の中、リーシェは口を開く。

「何故、このようなことを？」

「もちろん、兄上を怒らせるためだよ」

「怒らせる？　それだけのために？」

テオドールは、ゆったりとした口ぶりで言った。

「腕の立つ騎士。優秀な従者。城の中を改革する花嫁。兄上にとって価値があるのは、何か優れた点を持っている人間だけなんだ。……僕のような役立たずの弟は、不要でしかない。だったらせめて、徹底的に嫌われなきゃ」

その言葉に、リーシェは気が付く。

これまでずっと、テオドールは兄を嫌い、それ故に計略を巡らせているのだと思っていた。

だが、それは大きな間違いだったのだ。

「そうでもしないと、兄上は僕を見てもくれないだろう……？」

そう言って笑ったテオドールは、心底嬉しそうだった。

「ふふっ、すごいんだ。いままで何をやっても相手にしてくれなかった兄上が、君に接触したときだけは僕を見てくれた。忌々しいものを見るような目でも、無視されるよりはずっと良い……！」

テオドールの体が震えている。恐怖心などではなく、恍惚《こうこつ》とした歓喜の感情に。

「兄上を怒らせているあいだは、兄上の感情が僕に向いているんだ！　そう思うと心底ほっとする。あの兄上が、僕のことを考えているんだってね！　はっ、あはは！」

テオドールは意地悪く笑い、床に座り込んだリーシェを覗き込んできた。

だからリーシェは微笑み返す。視界のぐらつきも、吐き気を伴うような頭の痛さも抑え込み、堂々と笑う。

「あなたは、嘘をついていらっしゃいますね」

「……はあ？」

リーシェの言葉に、テオドールが顔を歪《ゆが》めた。

だが、彼はすぐに気を取り直し、表情を元に戻す。

「捕まったのが悔しくて、負け惜しみかな。そういうのは可愛くないよ」

「では、捕まった私への手向けに教えていただけますか？　あなたたちご家族は、どうしてそれほどまでに不仲なのでしょう」

「そんなもの、君には関係のないことだ」

「ご兄弟の喧嘩《けんか》に巻き込まれ、囚《とら》われの身になっているのです。全く無関係ではないはずですが」

テオドールはむっとした顔のあと、悪戯《いたずら》を思いついた子供のような表情を浮かべた。

「不本意だけれどまあいいや、教えてあげるよ。以前、兄上が母親を殺したと言っただろう？

……その話には前提がある。兄上が昔、実の母親に殺されかけたという前提だ」

それを聞いて、アルノルトの首筋にある傷のことを思い出した。十年以上は経っているであろう、無数の古傷だ。

「彼女はずっと、父上と兄上のことを憎んでいたんだよ。そして兄上も同じくらい母親を憎んでいた。それこそ、いつか殺してやろうと考えるほどに」

「……」

「あの人はいつか、父上も殺す気なのかもしれないね。そんなことを目論《もくろ》んだら、いくら皇太子といえども重罪人、死罪は免れないだろうけど」

三年後の未来を知らないテオドールは、冗談めかして口にした。

「僕たち皇族がばらばらなのは、第一に、父上が子供を政治の駒としか考えていない所為《せい》。そして第二に、兄上が兄弟同士の交流を一切断絶させている所為だ。妹たちも兄上の命令で、別の場所に住まわされているくらいだから」

「アルノルト殿下が、母君を殺してしまうほど憎んでしまった理由は？」

「さあね。でも普通、自分を殺そうとしてきた相手のことは、憎く思うものじゃないか」

果たしてそうだろうか。

少なくとも、リーシェが今世で見てきたアルノルトは、そういったことで誰かを憎むような人間でないように思えるのだ。

考えようとすると、思考がぐにゃぐにゃと歪む。

「僕の話は以上で終わりだよ。分かった？」

「はい。……よく、分かりました」

リーシェは気力を振り絞り、テオドールに微笑んだ。

「テオドール殿下が、アルノルト殿下と仲良くしたいと思っていらっしゃるということが」

「……な……」

兄と似た色の青い目が、まんまるに見開かれる。

「今回は、ご家族が不仲な理由をお尋ねしても、アルノルト殿下のことを悪し様《あざま》に仰いませんでしたね。それは、いままで私に殿下から離れるよう警告なさっていたときとは、大きな違いです」

「……何を血迷ったことを」

テオドールは立ち上がると、リーシェに背を向ける。

「くだらない。僕は兄上と遊んでくるから、君はせいぜい大人しくしておいで。見張りがいるから逃げようとしても無駄だよ？　それじゃあ」

扉が閉まり、施錠の音が聞こえてきた。

テオドールの足音が遠ざかると、廊下には四から五人ほどの気配が残される。

リーシェは深く息を吐き出して、部屋の隅に向かい、先ほど物色した箱を開けた。

中には冬物のカーテンが仕舞われている。それらを引っ張り出して部屋の隅に敷くと、ゆっくり身を横たえた。

少々堅いが、騎士時代の野宿に比べればなんということはない。それよりも、こんな喜びが胸をいっぱいに満たしている。

（……やっと眠れる……！）

テオドールがここに来るまでのあいだ、万が一にも熟睡して起きられなかったらまずいので、必死に意識を保ってきたのだ。

ひどい眠気による頭痛も吐き気も辛《つら》かったが、何より本当に眠かった。これで仮眠が取れるという安心感に、ほっと息を吐き出す。

目を閉じ、一瞬で眠りに陥って、数十分が経った頃。

「……ふわあ……」

リーシェは緩やかに目を覚ました。

ほんの短い仮眠だが、思考は随分とすっきりしている。体が回復し切ったとは言い難いものの、倒れる直前に比べればずっとマシだ。

（ええと、この辺りに……あったわ）

隠し持っていた薬を出し、苦いのを我慢して飲み込む。その場しのぎではあるが、効いてくればもっと楽に動けるだろう。

リーシェは次に、着ていたドレスの裾をするっとたくし上げると、太ももにリボンで括《くく》り付けていた短剣を外した。

（エルゼが用意してくれた短剣、随分と良い物だわ。貧民街に武器を流通させているのは、きっとテオドール殿下なのね）

そんなことを考えながら、もうひとつ隠し持っていたものを取り出す。金色をした二本のピンは、本来であれば髪飾りだったものだ。

いまのリーシェにとっては、閉ざされた鍵を開ける道具だが。

（協力してくれたエルゼや、騎士のカミルさんに感謝しないと）

テオドールからの情報は引き出せた。短剣と開錠道具を手に、リーシェは立ち上がる。

扉の内鍵が壊されているのは、テオドールが来る前に確認済みだ。この場合、普通であれば内側から開けることは出来ないのだが、リーシェは対処法を知っていた。

（多分この辺りに……）

扉の前に跪き、ドアノブの下に小さな穴を見つけ出す。これは、内鍵が壊れてしまったときのために存在している穴だ。金色のピンで中を探りつつ、リーシェはこの後の算段を考える。

（エルゼたちは大丈夫かしら。……あのふたりには、貧民街で慕われているというテオドール殿下を、裏切らせてしまった）

侍女のエルゼが、テオドールの協力者であること。

その可能性に気が付いたのは、数日前にテオドールからの手紙を受け取ったときだ。

アルノルトを騙《かた》ったあの手紙は、扉の下の隙間から差し込まれるという形で部屋に置かれていた。

こんな芸当、離宮内に入らなければ不可能だ。

そしていま、離宮にはリーシェとその侍女、護衛の騎士くらいしか出入りをしない。

皇太子であるアルノルトすら、夜間の訪問が噂になるくらいだ。リーシェがそれとなく探ったところ、見慣れない人物がこの離宮に出入りしたという事実は特になさそうだった。

テオドールの手紙を差し入れたのは、侍女か騎士のいずれかになる。

とはいえ騎士の線は薄い。手紙が部屋に置かれたとき、騎士たちはリーシェと一緒にいた。

そうなれば、最も有力なのは侍女である。

テオドールに所用として頼まれ、何も知らずに従っただけかもしれない。そうも考えたが、『テオドールがリーシェに手紙を出した』という噂が立たなかった以上、その侍女はテオドールに何かしらの口止めをされているということになる。

探るような真似をするのは不本意だったが、リーシェは爪紅の試供品を作る傍ら、自分の侍女のことを調べ始めた。

素性は厳重に確かめられ、親族に犯罪者がいないことなど徹底的に洗われていたようだが、ひとりだけ不自然な経歴を持っている侍女を見つけた。

それが、エルゼだったのだ。

新人の侍女たちは、みんな貧しい家の子たちではある。しかし、貧民街という極貧の地区からやってきたのはエルゼだけだ。

推薦状を見ると、貧民街に近い教会の名前が出ていた。

貧しい少女が、慈善事業を行っている教会に仕事の斡旋《あっせん》をされるというのは、何もおかしな話ではない。でも、ならば、どうして貧民街から来たのがエルゼひとりだけなのだろうか。

感じたのは、ほんの些細な引っかかりだ。

しかし、確証がないからこそ結論は出さなくてはならない。だから体調を崩したこの機会に、エルゼを呼んでほしいと騎士に伝えたのだ。

それをきっかけに何か動きがあれば、エルゼと話をしようと思っていた。だが、応接室に駆けつけてくれたエルゼは、泣きそうな顔をして言ったのだ。

『安心してくださいリーシェさま。リーシェさまのことは、何があっても、絶対にお守りします。

……絶対に、絶対に……』

小さな体は震えていた。彼女はきっと、自分の『依頼主』を裏切る覚悟をしてくれていたのだ。

そして意外だったのは、残されたもうひとりの騎士が、エルゼに倣って発言したことだった。

『リーシェさま、自分も貴女《あなた》をお助けします。……先ほど聞かせて下さった貧民街を救うための施策、心から感動しました。このエルゼと共に、貴女さまを責任持って医者の元まで送り届けます』

彼は、この国に来る道中で盗賊の痺《しび》れ毒に侵された騎士だ。

確か貧民街の出身で、とても努力して騎士になったのだとアルノルトが教えてくれた。

『エルゼ、俺たちはどんな罰でも受けよう。リーシェさまをお助けするぞ』

『分かってる。リーシェさま待っていてください。もうすぐ……』

『いいえ。――お願いが、あるわ』

ふたりの決意を遮って、リーシェは言った。

『もしもあなたたちが、テオドール殿下に何か命じられているのなら、そのまま従うふりをしてほしいの』

『……な……』

『リーシェさま、どうしてそれを』

驚くふたりの顔を見れば、リーシェが確かめたかった真相は明白だ。

『テオドール殿下からの指示を教えてくれる？　エルゼ』

『……隙を見て、リーシェさまをどこかに監禁するようにと。それと、危害は加えてはならないと、言われました』

そんな注文がついていることを意外に思っていると、エルゼが深く頭を下げた。

『本当にごめんなさい、リーシェさま。どんな罰も、お叱りも受けます』

『リーシェさま！　自分はともかく、エルゼに罪はありません。エルゼには貧民街の事情もあり、テオドール殿下のご命令に背くわけにはいかなかったのです』

騎士のカミルは苦しそうな表情で、こう話す。

『テオドール殿下は、貧民街に個人的な支援を続けてくださった方です。あの区画の住民は、殿下のためならなんでもするでしょう。命令に背いたとあれば一族郎党が白い目で見られ、狭い街の中でも迫害される。エルゼは逃げることが出来なかったのです』

『カミル。それは、あなただって同じ』

『俺は騎士になり、今は家族を連れてあの街を出ることが出来た。それでも今回の命令を受けてしまったことは、未来の皇太子妃殿下に対する大罪だ』

リーシェはふたりのやりとりを聞いて、口を開く。

『これ以上の話は、後にした方が良さそうね。とりあえず、いまは行きましょう』

『行く、とは……』

『もちろん。テオドール殿下のお言い付け通り、監禁をされに』

その瞬間、エルゼとカミルはぽかんとした。

リーシェは頭痛を我慢しつつ、先ほどまでタリーとの商談に使っていた紙を裏返すと、そこに一筆したためる。

『——礼拝堂での続きを、お話しして参ります』と。

これでアルノルトにだけは、おおよその顛末《てんまつ》が分かるだろう。

およそ一週間前、礼拝堂へ呼び出されたことは、アルノルトの記憶にも新しいはずだ。

それからリーシェは城を抜け出し、皇都の外れにあるこの建物に籠もったのだった。

そして、いまに至る。

（書き置きを残してきたことで、アルノルト殿下には私が自分の意思で城を出たと伝わったはず。そしてテオドール殿下は、無事に監禁が成功したとお考えになっている。……これなら双方とも、エルゼたちにお咎《とが》めを下すことはないでしょう）

狙いを定めた場所へピンを押し込むと、重い感触が伝わってくる。そのまま上に跳ね上げれば、がちゃりと開錠の音が聞こえた。

リーシェは立ち上がり、少しだけ扉を開ける。外からは、男たちの話し声が聞こえてきた。

「——……しかし、ご令嬢の見張りにこんな人数が必要なのかね。テオさまのご命令だから従うが、正直なところ三人もいれば十分じゃねえか？」

彼らに気付かれないよう、リーシェはそっと呼吸を整える。

「なんでも中のお嬢さんは、剣の心得があるって話らしい。テオさまは女が逃げ出す心配ってよりも、俺たちの心配をしてくださってるのさ」

「鍵も掛けてるんじゃ、出て来ようがないだろうに。この廊下に五人、二階に六人、一階と外に十人だろ？　いくらなんでも……ぐあっ!?」

扉を一気に開け放ったリーシェは、男の膝裏に蹴りを入れた。

バランスを崩して膝をついた男の首裏へ、鞘《さや》に納めたままの短剣を振り下ろす。小さな呻《うめ》き声《ごえ》が上がり、男がばったりと廊下に倒れ込んだ。

「な、なんだ!?　何が起きた!!」

「おい、女が出て来たぞ!!」

「馬鹿な、鍵はちゃんと掛けて……」

「とにかく押さえ込め!!　手荒なことはするなと言われていたが仕方ねえ、縛り上げるぞ!!」

残る四人のうち、ひとりが掴《つか》みかかってくる。

リーシェはひゅっと身を屈め、肩口に伸ばされたその手をかわした。相手のみぞおちに肘を叩き込むと、蛙《かえる》の潰れたような悲鳴が上がり、男は数歩後ろによろける。

「う、ぐう……」

（浅い）

自分の一撃を分析し、リーシェ自身も後ろに引く。大きく一歩下がり、間合いを取った。

やはり、いまのリーシェには筋力や体力がなさすぎる。

（この体で体術を使うなら、相手の力や重力を利用しないと駄目ね）

そんなことを考えながら、目の前の相手に向き合った。

事態を察知した男たちが、慌てて各々の剣を抜く。こちらは鞘を付けたままなのに、随分な話だ。

「そこを通していただけませんか」

「気をつけろ！　この女、そこそこやるみたいだ！」

「馬鹿言え、四対一だぞ！　一斉に斬りかかるんだ、絶対に逃がすな！」

丁重に頼んでみたものの、男たちが聞いてくれる様子はない。それどころか号令と共に、全員でリーシェに襲いかかってきた。

狭い廊下の中で、その戦法は論外だ。リーシェは短剣を構えると、突進してきた刃を右に弾《はじ》いた。

たったそれだけの一撃で、男の握っていた剣が吹き飛ぶ。闇雲な力で振り回される剣は、ある一点を突いてやれば、反動によって容易《たやす》く手から離れるのだ。

飛ばされた剣が扉に刺さり、男が呆気《あっけ》に取られる。その隙に短剣の柄《つか》を叩き込んだ。

「かは……っ」

リーシェが男を突き飛ばせば、残る三人が慌てて避ける。その隙を狙い、ひとりの懐に飛び込んで、顔面を鞘付きの短剣で薙《な》ぎ払った。

眉間は人体の急所だ。強く打つと最悪の場合は死に至るのだが、いまのリーシェの力であれば問題ない。男は悲鳴を上げるまでもなく、盛大に倒れる。

「なんだこいつ⁉　これのどこが、ちょっと剣をかじっただけの令嬢なんだ……！」

「くそっ、なめやがって……！」

ひとりが右手で剣を振り下ろす。それを避けた瞬間、真横から刃が迫ってきた。

（両手剣！）

短剣を構え、それを受け止める。鈍い感触と共に、リーシェの手が淡く痺れた。

（だけど……）

アルノルトの剣を受けたときに比べれば、少しも重さを感じない一撃だ。

リーシェはすかさず短剣を引き、くるりと身を翻すと、その回転の力を利用して足を振り上げる。

「があっ!!」

靴の踵《かかと》が、男の顔面に思いっきり入った。

「う、嘘だろ……」

最後に残された男が、こちらを見て怯《おび》えた声を上げる。

リーシェは男に構う様子もなく、自分が手にした短剣を鞘から抜いた。これまで封じられてきた刃が露《あら》わになり、男が慌てて剣を構え直す。

しかしリーシェは、剣を男に向けるのではなく、自身のドレスの裾をつまんだ。

そして右の側面に短剣を突き立てると、びーっと音を立てて裾に切り込みを入れる。呆気に取られている男を前に、リーシェはとても満足した。

これなら多少は動きやすい。

「続きをする前に、もう一度お聞きします」

「く、くそ……」

「退《ひ》いていただくわけにには、参りませんか？」

テオドールに背けない男は、肩を震わせながら向かってくる。ならば応じるしかない。

てきぱきと彼を倒したあと、リーシェはふうっと息をついた。
（……さっきの話では、二階に六人。一階と外に十人だったわね）
リーシェは階段を下り、五人の男たちを昏倒《こんとう》させた廊下をあとにしたのだった。

# 第五章

　テオドールが兄と向き合うのは、皇都の外れに借り受けた質素な部屋だった。

　椅子に座した兄は、肘掛けに頬杖《ほおづえ》をついている。少し気だるげな表情からは、なんの感情も窺《うかが》えない。だが、見ようによっては不機嫌そうでもあった。

「嬉《うれ》しいなぁ。兄上がわざわざ、こんなところまで来てくれるなんて」

　心から歓迎したのに、正面の兄は何も言わない。しかし、テオドールは構わずにはしゃぐ。

「それも護衛なしに、ひとりきりでさ！　いままで僕が『お会いして話したい』ってお願いしても、全然聞いてくれなかったのに。兄上とこんな風に話すのは何年振りだろ？　いや、初めてか！」

　大袈裟《おおげさ》にけらけらと笑ったあと、テオドールは少し顔を歪《ゆが》めた。

「──彼女のためなら、僕なんかの言うことでも聞くんだね」

　そう思うと、胸の奥でちりちりと何か焦げるような気がする。

「時間の無駄だな」

　ようやく発せられた兄の言葉は、ひどくつれないものだ。

「俺を呼び立てたのであれば、さっさと本題に移れ」

「ひどいじゃないか。貴重な兄弟の語らいなのに」

「お前と語らう必要などない」

その言葉に、テオドールは舌打ちをする。

「分かってる？　あなたは僕に逆らえる立場じゃない。お気に入りの女を攫《さら》われたんだから、もっと焦った顔を見せてよ!!　それとも実際は、あんな子のことはどうでもいいのかな？」

挑発のためにそう言ってみせたが、そんなはずがないのは分かっている。

（……兄上の婚約を知ったときは、茶番だと思った。兄上は父上の命令を受け入れたんだって）

父帝はかねてより、兄に対して政略結婚を命じていた。

他国の姫を娶《めと》って皇室に入れる。それこそが、皇族の結婚に関する父の方針だ。テオドールの亡き母も、かつて隆盛を誇り、いまはガルクハインの支配下にある国の王女だった。

兄はその命令に応えるべく、他国から適当な女を選んで連れ帰ったのだろう。

そんな考えを改めたのは、兄の帰国に先んじて到着した伝令が、『婚約者のために侍女を集めておくよう』という命令を携えていたからだ。

テオドールは侍女候補としてエルゼを潜り込ませ、動向を探った。すると兄は、花嫁のために離宮を用意し、準備が整い次第そこで暮らすつもりだというではないか。

そんなこと、お飾りの妻を据えたつもりなのであれば有り得ない。

（羨ましくなるに決まってるよねえ）

実弟であるテオドールとは大違いだ。兄からは『近付くな』と命じられ、城内で顔を合わせたところで、声を掛けることすら許されていない。

兄が彼女を畑を与えたと聞いたときは、その耕地を踏み荒らしてやりたいと思ったものだ。だが、子供じみた羨望は押し殺し、昼寝をするだけに留《とど》めておいた。

彼女は利用できると確信したからだ。

現にいま、テオドールは兄と話すことが出来ている。

「お前のやっていることには、なんの意味もない」

花嫁を捕らわれた兄は、冷たい表情で言い切った。

「意味がない、だって？」

面白くなって、テオドールはくすくす笑う。

「兄上にとっての僕はやっぱり、価値のない他人なんだね。今回のことで、役立たずの弟でも、兄上に危害を加えることは出来るんだって分かってもらえたと思ったのに」

兄の真似《まね》をして肘掛けに頬杖をつく。そして言い放った。

「……僕が望むのは、もちろん次期皇帝の座だよ」

兄はこの要求を予想していただろうか。

あるいは、単純にどうでもいいのだろうか。いずれにせよ、やはりその表情は動かなかった。

（彼女を礼拝堂に呼び出した夜は、あんなに冷たい目で睨《にら》んでくれたのに……）

継承権の要求などでは、兄の心を揺さぶれるはずもないと分かっている。テオドールの知る限り、兄の弱みはリーシェだけだ。

そんな彼女の身柄は自分が握っている。テオドールは立ち上がり、兄への脅迫を続けた。

「聞こえていた？　義姉上《あねうえ》を無事に返してほしかったら、継承権一位の座を降りて僕に譲って。兄上が応じてくれないなら、彼女に何をするか分からないよ」

「……」

「そんなことになったら嫌だよね。平気な顔をしているけど、心配なんだよね？」

一歩だけ、兄の方へ歩を進める。

「分かってる。兄上にとって、彼女は本当に大切なものなんでしょう？　顔も見たくないような弟や、皇都から遠ざけた妹たちよりもずっと！　あの子を大事にして、あの子に関心を持って、あの子を傍《そば》に置きたいと思っている。それくらいちゃんと分かるよ？　だって僕は兄上のことを、ずっと見てきたんだから……！」

また一歩、兄の元へ進んだ。普段は決して許されないような距離へ、テオドールは近付いてゆく。

「そんな大事な人の命が、いまは僕の手の中にあるんだ。本当は心配だろう？　きっと気が気じゃないんだろう！　兄上がこんな深夜に護衛もつけず、僕の呼び出しに応じて出向いてきたことが、何よりそれを証明している!!」

あの兄にこんなことを言っていると思うと、視界が歪んでくらくらした。いよいよ兄の眼前に立ち、彼を見下ろして駄々をこねる。

「ねえ、言ってよ兄上！　兄上に及ばない弟《ぼく》に向かって、『今回は俺の負けだ』ってそう言って。『お前の勝ちだテオドール』って、無様に認めて皇太子を降りて？　そうすれば」

自身の胸に手を当てて、兄に告げた。

「──僕の人生は、それだけで満たされる」

「……」

数秒ほどの沈黙が、室内を支配した。やがて兄はゆっくりと口を開く。

「テオドール」

「！」

名前を呼ばれて嬉しくなった。

しかし、兄の表情を見て驚く。そこには怒りも蔑みも、ましてや嫌悪も浮かんでいない。

（どうして……）

兄は悠然と椅子に掛けたまま、不敵に笑っている。

まるで、『この場において、自分の害になる者など存在しない』と言うかのように。

「少しだけお前の相手をしてやろう。……あいつを監禁したと言っていたが、それは牢獄《ろうごく》にでも閉じ込めたのか」

「はあ？」

その問い掛けに、テオドールは少し苛立《いらだ》った。

牢獄なんて、そうそう何処《どこ》にでもあるものではない。皇都にあるものはすべて騎士団の管理下にあり、それらは当然調査済みだろう。

つまり、牢獄など使っていないと分かった上での問い掛けなのだ。だからこちらも嫌味を返す。

「牢獄も同然の、狭くて汚い部屋に入ってもらってるよ。外から鍵を掛けて、自力じゃとても出られないところにね」

「『鍵』か。それから？」

「武器を持った荒くれものたちが、彼女のいる部屋を見張っている。建物の高所にある部屋だから、窓からだって逃げられない。もしも声を張り上げて助けを呼んだら、見張りたちがすぐに飛び込んで黙らせるだろうね」

「ほう。窓まであるとはな」

何故《なぜ》か余裕のある返事に、テオドールはますます苛立った。

「話を聞いていた？　高いところにある部屋の窓からも、鍵の掛かった扉からも、逃げられるわけがないだろう」

「逃げられるわけがない、か」

「そうだよ。万が一外に出られたところで、見張りたちに取り押さえられてお終《しま》いだ」

分かり切った話だった。それでも兄は、その余裕を崩そうともしない。

「普通なら、そうだろうな」

「……っ？」

一体なんだというのだろう。

テオドールの中へ、苛立ちに続いて焦りが生まれ始める。ひょっとして自分は、人質にする人選を誤ったのだろうか。

（いいや、そんなはずはない……！）

兄が彼女に目を掛けていることは、どう見たって間違いがなかった。

なのに、どうして怒りもしないのだ。憎しみを向けて、罵倒を浴びせてくれないのだろうか。

「……やっぱり、指の一本でも切り落として持ってくればよかったかな？　いまからでも遅くないけど。僕が見張りたちに出す指示ひとつで、義姉上は簡単に傷つくんだよ？」

「愚弟が」

兄は言い、テオドールを蔑むように笑った。

テオドールの求めていたものに近かったが、明確に違う。

兄は、花嫁を人質に取った卑劣さではなく、テオドールの愚行を蔑んでいるのだ。

「お前に勝ちの目はひとつもない。あれを『捕らえた』と、そう思った時点でな」

「……は？」

そう言い切った兄の目が、扉の方へ向けられる。

「そら。来るぞ」

「なんなんだよそれは！　さっきから兄上らしくもない、何を訳の分からないことを――……」

ばんっ、と扉が弾《はじ》け飛んだ。

「え？」

扉にはちゃんと鍵を掛けた。そのはずなのに、どうして外から開いたのだろう。

信じられなくて、テオドールはそちらを振り返る。そして目にした光景は、もっと信じられないものだった。

「……うそだ……」

そこには、ひとりの少女が立っている。

手には短剣を持ち、珊瑚《さんご》色の髪とドレスの裾を翻して。

兄の婚約者であるリーシェは、その美しい顔でこちらを見ると、髪を耳に掛けにこりと笑った。

「決着をつけに参りました。テオドール殿下」

「馬鹿な……!!」

状況がまったく飲み込めず、テオドールは後ずさる。

(まさかエルゼが絆《ほだ》されたのか!? だとしてもおかしい。見張りにはヒューゴたちが居たんだぞ? あいつらは僕を裏切らないし、エルゼの手引きを許すはずもない!)

動転するテオドールをよそに、リーシェは視線を右へと向けた。

「……アルノルト殿下」

名前を呼ぶ声はぎこちない。その表情は、どこか緊張しているようだ。

あの礼拝堂の夜以来、このふたりが接触していないことはテオドールも知っている。何があったのかは知らないが、リーシェの気まずそうな表情に対し、兄の方は平然としていた。

「愚弟が迷惑を掛けたようだな。すまなかった」

「いえ、そのようなことは」

「これの話では、牢獄も同然の場所に監禁されていたそうだが。お前は窓から出たのか？　それとも壁に穴でも開けたか」

「な、なんですかその質問は!? 普通に扉から出ましたよ！」

「ははっ。見張りもいる鍵付きの扉から、『普通に』か」

リーシェは心外そうにしているものの、その表情からは緊張が消えたように見えた。だが、テオドールはそれどころではない。

「なんなんだ、君は……！」

ぎゅっと拳を握り締め、リーシェを睨む。

「一体どうやってここに来た？ どうやってあの場所を抜け出したんだ！」

「テオドール殿下」

「やっぱり誰かが裏切ったんだ、そうでなければ有り得ない！ 僕がこれまでなんのために……」

「殿下。恐れながら私より、進言させていただきたいことがございます」

そう言ったリーシェは、どこか冷たい表情をしていた。

「進言？」

彼女の奇妙な迫力に、テオドールはたじろいでしまう。相手は自分と同い年の、世間知らずな令嬢であるはずなのに。

「――ひとつめに」

リーシェはそっと人差し指を立てた。

「捕らえた捕虜からは、くれぐれも目を離してはなりません。たとえ鍵付きの部屋に閉じ込めようとも、ひとりきりにするなど論外です。必ずや同室内に、二名以上の見張りを置きましょう」

「ほ、捕虜ってなんだよ!?」

少なくとも、普通の令嬢から飛び出してくる単語ではない。突然おかしなことを言われ、思わずまともに反論してしまった。

「続いてふたつめ、身体検査は必ず複数人で実施させること。武器を持っていないことを確認したら、最後にご自身でも行いましょう」

リーシェが気にせず歩み寄ってくるせいで、テオドールはどんどん壁際へと追い詰められる。

どこで用意したのか分からない短剣を手に、リーシェは続けた。

「そもそも服など着せたままにせず、全裸にでもなさるのが最適です。武器や脱走用の道具を隠せなくなりますし、相手が女性であれば尚更《なおさら》。『こんな格好では逃げられない』という心情に追い込めば、抑止力になりますから」

まるで常識を語るかのように、赤いくちびるは言葉を紡いだ。

「みっつめ。──私の手脚を戒めなかったのも、適切ではありませんでしたね。ああいうときは後ろ手にして手枷を嵌《は》めたあと、両親指の根元を丈夫な紐《ひも》で括《くく》り付けましょう。もちろん足首は言わずもがな、拘束してから柱や寝具などに縛り付けるのが一番です」

長い睫毛《まつげ》に縁どられたその目が、テオドールを射抜いた。人形のように綺麗《きれい》なその顔立ちは、ある種の恐ろしささえ感じさせる。

だというのに、何故か目が逸《そ》らせない。

「ですが、これだけやってもまだ生温《なまぬる》い。一番やるべきことが何なのか、お分かりですか?」

「え……」

「両手両足の骨を折るのです」

彼女は本気で言っているのだろうか。

空恐ろしくなり、ごくりと喉を鳴らす。リーシェは、壁に背をつけたテオドールの顔を少し低い位置から覗《のぞ》き込み、淡々と言った。

「ここまでしなくてはなりません。骨を折り、その折った手脚を拘束し、すべての持ち物を奪って集団で見張る。ここまでやって初めて、『敵が脱走する可能性は低い』と判断できます。そしてそれでも、『絶対ではない』と肝に銘じる必要があるのです」

(なんなんだよ、この子は!!)

いまの彼女とよく似た目を、テオドールはちゃんと知っている。

忘れもしない。騎士たちの手当てを支援するべく訪れた地で、これとそっくりな目つきを見た。

「逃した敵が自軍の情報を持ち帰り、そのせいで味方が滅ぼされるかもしれない。民間人が死ぬかもしれない。――ですからどんな手段を使っても、逃さないようにするべきです」

(ああそうだ、この目は)

これは、戦場に立つ人間の目ではないか。

確信した瞬間に、リーシェはこう言い放った。

「敵を捕らえるというのは、そういうことです」

「……っ」

テオドールの背がぞわっと粟立《あわだ》つ。

こちらの抱いた感情も知らず、得体の知れない少女がにこっと笑った。

「——という内容を以前、本で読みました。人質を取って脅迫なさるのに、テオドール殿下は少々やさしすぎるようですね。なにせ、私に手荒な真似をしないよう命じてくださったようですし」

「君は、一体……」

「色々とお話ししましたが、肝心なことはお伝えしていませんね。私が逃げおおせた理由は、秘密ということにさせてくださ……って、あ！」

大きな手に肩を掴《つか》まれ、リーシェが数歩ほど後ろに下がった。彼女の背後には、少し呆《あき》れたような表情の兄が立っている。

「アルノルト殿下」

「自分を捕らえた人間に対し、完璧な拘束の方法を指南してどうする」

兄はそう言いながら、脱いでいた上着をリーシェの肩に掛ける。テオドールはそこで初めて、彼女のドレスの裾に深い切り込みが入っていることに気が付いた。

当のリーシェは上着を羽織らされ、大いに慌てている。

「殿下!? だ、駄目ですいけません！　私は大丈夫ですから、ちゃんと上着をお召しになってください！」

「いい。お前が着ていろ」

「ですがそれでは、お怪我《けが》の跡が……」

リーシェの言葉を聞く以前に、テオドールの視線は兄の首筋に注がれていた。

（なんだ、あの傷）

そこにあるのは無数の傷跡だ。古傷のようだったが、深い傷であったことは一目で分かる。

（あんな致命傷をどこで？　僕はちっとも知らなかった。兄上もきっと隠してたんだ。——ああ、それなのに、彼女はちゃんと知っている）

そしてテオドールは理解した。

（やっぱり僕では駄目なんだ）

ぎりっと奥歯を噛《か》みしめる。

（兄上は僕に秘密を打ち明けない。兄上は僕を信用していない。そんなこと分かり切ってるのに）

思い出されるのはいまから数年前、この国がまだ戦争をしていた頃のことだった。

テオドールは当時、戦場への支援活動に参加していた。

前線から離れた場所に作られ、負傷者を運び込んでいたその救護所は、国家間の取り決めに従って攻撃されない『安全』な場所のはずだったのだ。

だというのに、その救護所を襲った男たちがいた。

あれは恐らく騎士でなく、野盗の類だったのだろう。

戦争で困窮していたのか、彼らの目は血走っていた。医薬品と金目の物、それから食糧を寄越《よこ》すよう喚《わめ》き散らし、手にしていた剣を振り上げたのだ。

動ける人間は逃げ惑ったため、狙われたのは重傷者だ。テオドールも逃げようとしたのだが、剣を向けられた怪我人は、貧民街出身の顔見知りだったのである。

それに気が付いたら、反射的に飛び出していた。

父帝に無視され、優秀な兄と比べられて育ったテオドールにとって、奉仕活動で知り合った貧民街の人々は他人ではない。

父の代わりに笑いかけてくれ、亡き母の代わりに心配をしてくれる、大切な存在だ。

だから、彼らを護《まも》りたかった。

ひどい痛みを覚悟した。死んだかもしれないとそう思った。ぎゅっと目を閉じていたが、恐れていた瞬間はやってこない。

代わりに濁った悲鳴が聞こえ、テオドールは恐る恐る顔を上げる。

そして、剣を携えた兄の背中を見たのだ。

『あにうえ……？』

引き攣《つ》れる喉が、ようやく意味のある単語を生み出す。

ゆっくりと振り返った兄の顔は、返り血で赤く染まっていた。

兄の輪郭を、赤い雫《しずく》が流れていく。先ほどまで人間だったものの前で、兄は表情ひとつ変えていない。そのまま袖口で乱暴に、顔の血を拭う。

その瞬間は、自分も兄に殺されるのではないかと思った。

なにせ兄と会話をした回数など、物心ついた頃から数えるほどだ。

関わったことなどほとんどない、美しくも恐ろしい兄。

戦場で凄《すさ》まじい功績を挙げているものの、残酷な振る舞いをし、敵味方から畏怖されている存在。それが、テオドールにとってのアルノルト・ハインだ。

あのときは、兄への恐怖で動けなかった。

だが兄は、その冷たい目をテオドールに向けたあと、淡々とした口ぶりでこう言ったのだ。

『――よくやったな』

『え……』

何を言われたのか分からず、ぽかんとしてしまう。

すると兄は、僅かに目を伏せてこう続けた。

『震えながらも、よくぞ臣下を護ろうとした。皇族として褒められたことではないが、主君としては見上げた行いだ』

『……！』

『次からはくれぐれも、命を張るような真似はやめろ』

言葉を失ったテオドールに、兄の穏やかな声が告げる。

『……だが、咄嗟《とっさ》に護るため動けたことは、お前の誇りにするといい』

兄は見ていてくれたのだ。

彼と違って剣も握れず、こうして後方で動くしかなかったテオドールのことを。

そんな事実が、信じられないほどに嬉しかった。

（……あなたは僕の憧れだ。だからこそ、『あのこと』を許すわけにはいかない）

テオドールは、ドレスの上に兄の黒衣を羽織ったリーシェを睨みつける。

（傷つけずに済むならそうしたかったけれど、こうなったら刺し違えても良い。彼女を害し、兄上の逆鱗《げきりん》に触れることが出来れば――……）

「私を殺そうとなさっても、無駄なことです」

考えを見透かされてぎくりとした。

普段なら隠し通せるはずの動揺が、露骨に顔へと出てしまう。どうやら彼女に振り回されて、いつもの振る舞いが保てなくなっているらしい。

「決着をつけると申しましたが、あなたと物理的な戦闘をするつもりはありません。それよりもどうか答えてください。あなたの目的はなんですか？」

「もちろん次期皇帝の座だよ。継承権を持つ兄弟同士が争う理由なんて、他にないでしょ？」

「私にはそうは思えません。だからこそ、アルノルト殿下も交えたこの場でお尋ねいたします」

何を聞かれても答えるものか。

そんなテオドールの決意は、すぐさま覆されることになる。

「あなたの本当の目的は、『皇位の簒奪《さんだつ》を企てた者として、大罪人の汚名を被《かぶ》ること』でしょう」

その言葉を聞いた兄が眉根を寄せる。しかし、兄よりも驚いたのはテオドールだ。

（どうして、それを……）

思わず口に出しそうになるが、そんな言葉を兄に聞かれるわけにはいかない。

だからテオドールは慌てて答えた。

「……何を言っているんだ。罪人になることが目的だって？　そんなことのために罪を犯すなんて人間、いると思うの？」

「『本当の』というのは語弊があったかもしれませんね。あなたの真意が、罪人となったあとの顛《てん》末《まつ》にあるのだとしたら、ですが」

根拠はないはずの妄言だ。けれど、リーシェは確信めいた思いを抱いているようだった。

「ずっと分かりませんでした。あなたが何故、私などを狙っていらっしゃるのか。ですがこの想像が正しければ、すべて説明がつくのです」

「『何故』だって？　言っただろう、兄上を苦しめるためだって」

テオドールは、無理やりに笑みを作る。

「城内では人質同然と蔑まれている君も、国民にとっては祝福すべき花嫁だ。そんな花嫁を護れなかったとあっては、兄上の面目が丸潰れになるからね」

兄の方を見ないように、なるべく動揺を表に出さないように、言葉を続ける。

「しかも、君の利用価値は期待以上だった。だから本格的に利用することにしたんだ。君を使って脅せば、兄上から皇位継承権を奪えると、僕はそう目論《もくろ》んで……」

「第三者から見た私の価値など、『皇太子殿下の婚約者』という一点しかありません。この立場は、アルノルト殿下の存在と地位があってこそ利用価値が生まれるものです」

「……それは」

「まさか本気で思ったわけではないでしょう？　――私ごときを盾に、殿下を皇太子の座から降ろせるなどと」

言い切った言葉は、それだけ聞けば卑屈な内容にも取れるものだ。

しかしリーシェは堂々としていた。恐らくそれは、彼女にとってなんでもない事実なのだろう。

『第三者から見た価値』など、本気でどうでもいいと思っているのだ。

「私を攫うことで得られるものなど、ほとんど皆無だと言い切れます。だというのに何故テオドール殿下が、手間暇かけてこの誘拐劇を遂行したのか。その目的は、『騒ぎを起こすことそのもの』だったのではないですか？」

「……違う」

テオドールの否定に、リーシェは目を伏せた。

「あなたはここ数年、第二皇子としての公務をほとんど行ってきませんでしたね？」

そう言われ、思わず舌打ちをしたくなる。

リーシェの言ったことは事実だった。テオドールは二年ほど前から、皇子としての職務をほとんど放棄している。

皇城にいる人間であれば、誰でも知っていることだ。そしてそれは、思惑通りの事態でもある。

『あの第二皇子は今日もふらふらと遊び回り、城内で呑気《のんき》に寝ている』と言われるために、テオドールはことさら奔放に振る舞ってきた。

「記録を色々と拝見させていただきました。あなたは二年前のある時期を境に、貧民街への奉仕活動にも参加しなくなっている。幼い頃から定期的に足を運ばれていたようなのに、何故ですか？」

「興味がなくなったからだよ。くだらない奉仕活動より、昼寝でもしている方が楽しいからだ」

「それも嘘《うそ》です。あなたはごく最近、貧民街の人々に支援をなさったそうですね？　公費が動いた痕跡は見られませんでしたから、私財を投じられたのでしょう」

彼女は一体、どこまで『記録』とやらを読み解いたのだろう。

城の図書室では、ある程度の文書が公開されている。ほとんど歴史書とも呼べるような古い国政記録から、ごく最近の財政状況に至るまで、城内の人間であれば閲覧できるようになっていた。

しかし、並んでいるのはあくまで表面的な情報だけだ。いろいろと丹念に紐解けば、一般公開されていない裏の事情まで拾い集められるかもしれないが、それには時間を要するはずである。

（本当に、何者なんだ……！）

目の前の少女はこう続けた。

「あなたは貧民街の人々のために心を砕き、親身に寄り添っていらっしゃる。孤児が病に苦しんでいたときは、片時も離れずに手を握って看病なさったそうではありませんか。あるときは、ひとりきりで出産に挑まなければならない女性のために医者を手配し、声を掛け励まし続けたと。昼間に城内で午睡をされているのは、夜通しそんなことをなさっているからなのでしょう？」

見てきたかのように言ってくれるものだ。

自分の行動が見透かされていることに、テオドールはいっそ笑えてきた。

「ははは っ！　そんなにお綺麗なものじゃないよ。僕はあいつらに恩を着せて、思うままに操りたいだけだからね」

「確かにあなたは、ならず者たちを支配下に置いているご様子」

「あいつらは金さえ積めば、犯罪まがいのことも平気でやるんだもの。利用価値があるから近付いた、それだけだよ！」

「それは庇護《ひご》下に入れているとも言えます。あなたは自ら率いることで、明日食べるもののために犯罪を犯さざるを得ない、そんな人々を制御しているのではありませんか？」

「……っ」

　リーシェは真摯な目で続ける。

「あなたには貧民街に対する情がおありです。救いたいと思っていて、それが不可能ではない地位を持っている。……にもかかわらず、ご自身の手を汚すような真似をしてまで、皇族としての公な活動をなさろうとしないのは何故ですか？」

「それは……」

　心臓が、嫌な鼓動を刻み始めた。

　兄の視線が怖い。兄に勘付かれてしまうのが恐ろしい。そう焦るばかりに、ますます兄の方が見られなくなる。

「あなたは第二皇子としての地位を欲しておらず、それどころか捨てたいと思っている。いいえ、捨てなくてはならないと思っているのでは？　そのために、皇太子妃を害して罪を犯そうとした」

「そんなわけないだろう。僕はただ、兄上に勝ちたいんだ」

「本当にそうだとすれば、私ではなくアルノルト殿下を直接狙ったはずです。私がこの国に来る前に、いくらでも機会はあったのでは？」

短く息を吐き出したテオドールに、リーシェは続けた。

「あなたは、兄君へ直接危害を加えるようなことは出来なかったんですよね？　そうだとすればやはり、あなたの行動原理はすべて兄君のために――」

「……違う」

足下が歪むかのような、奇妙な感覚に襲われる。

心臓の鼓動が早鐘を叩《たた》き、そのせいかひどい目眩《めまい》がした。ぐらぐらする世界の中で、テオドールは声を張り上げる。

「違う！　違う、違う違う違う!!　ああもう、何を言っているんだよ君は……!!」

いまはただ、この少女に抗《あらが》わなければと強く感じた。この言葉が兄に聞かれていようと、そんなものはどうでもいい。

「教えてやる、僕は兄上に憎まれたいんだ！　疎まれて、嫌われて、排除されたい。君のように受け入れてもらうことが出来ないなら、いっそ兄上に殺された方がマシだ!!」

「テオドール殿下」

「兄上を怒らせることが出来たら嬉しい。兄上に突き放されるのは喜ばしい！　それだけのためにこんなことをした、それがすべてだよ……！」

「殿下」

「うるさい!!」

怒鳴りつけたテオドールに対し、リーシェはやさしい声で言った。

「あなたが怖がっているものの正体を、教えてください」

(なんだよ、それは……！)

まるで、味方であるかのようなことを言う。

リーシェはテオドールを見上げた。柔らかい声と、どこか労《いたわ》るような表情でこう続けるのだ。

「もしかしたらその恐怖は、私が恐れている未来と、同じものなのかもしれません」

「……何を……」

この少女に、恐れているものなどあるのだろうか。

「――リーシェ」

兄の声に、ぎくりと身が強張《こわば》った。

「もういい。そこまでだ」

「アルノルト殿下」

「言っただろう。そいつに関わるなと」

テオドールの頬を汗が伝う。緊張感で喉が渇き、ひりひりとした痛みさえ覚え始めた。

「お待ちください殿下。どうかお願いですから、弟君の本当のお気持ちを――」

「どうでもいい。そんなものは、聞くに値しない戯《ざ》れ言《ごと》だ」

言い放った兄の声音は、やはり無関心そのものである。

(分かり切っていたじゃないか、そんなこと)

それなのに何故、こんなにも身が竦《すく》んでしまうのだろう。テオドールが震えていることに構いもせず、兄は続けた。

「こいつの望みが何であろうとも、俺にとっては関係のないことだ」

「……っ」

何かを考えるよりも先に、テオドールは部屋を飛び出していた。

＊＊＊

「テオドール殿下！」

最も夜の深い時刻、窓の外は真っ暗だ。テオドールの足音が廊下に響き、小さくなっていく。

テオドールの出て行った部屋で、リーシェはアルノルトを振り返った。

「……何故、殊更に弟君を遠ざけようとなさるのですか？」

リーシェが尋ねると、目の前のアルノルトは『くだらない』とでも言いたげな目をした。

「言っただろう？　どうでもいいと」

「アルノルト殿下」

「安心しろ。お前に今後も危害を加えるようであれば、あいつも妹たち同様に皇城から出す」

「私がそんなことを言いたいのではないと、分かった上で仰《おつしや》っていますね」

それくらいはこちらも読めているのだ。そして、アルノルトがはぐらかそうとしていることも。

（でも、逃がさないわ）

ここが重要な局面であることを、リーシェは肌で感じていた。

この『アルノルト・ハイン』という男は、未来の世界を動かす人物となる。

あらゆる国に戦争を仕掛け、その圧倒的な戦闘力によって各国を蹂躙《じゅうりん》し、食い潰していくのだ。過去六度の人生すべてにおいて、世界で彼の名を知らない者はいなかった。

その一方で、不自然なまでに聞こえてこなかった名前がある。それこそが彼の弟である、『テオドール・オーギュスト・ハイン』の情報だ。

リーシェは最初、そのことを不思議には思わなかった。

一国の詳しい情報など、他国にはそれほど出回らないからだ。それが皇族の話ともあれば、せいぜい上流階級の噂《うわさ》に留まる程度だろう。一介の商人や薬師に届かなくてもおかしくはない。

けれどもきっと、テオドールに限っては違うのだ。

テオドールは恐らく、意図して表舞台に立たないよう努めている。先ほどの彼の態度から鑑みても、そのことは明白だった。

「弟君は、今後のガルクハイン国の未来から消えるべく動いていらっしゃいます。それは彼にとって、貧民街の人々よりも優先順位の高いもの……アルノルト殿下、あなたに起因しているはず」

間違いはないだろう。テオドールが何より優先しているのは、アルノルトに関することなのだ。

「だからどうした」

「あなたは先日仰いましたね。『俺の妻になる覚悟など、しなくていい』と」

口にすると、胸の奥がずきりと痛んだ。それを不思議に思いながらも、リーシェは続ける。

「その言葉の意味を、私はずっと考えていました。いくつも浮かんだ推測の中でひとつだけ、テオドール殿下の振る舞いと紐付けられるものがあるのです」

リーシェはあの発言を、いずれ離縁をする前提での言葉なのかもしれないと考えもした。

――しかし、そうではないのなら。

あれが三年後に父親を殺し、戦争を起こすことを踏まえての言葉だったとしたら。兄を見てきたテオドールが、その片鱗《へんりん》に気が付いていたとしたら。

「あなたは、この先に存在するはずの『自分自身の未来』を、切り捨ててしまうつもりではありませんか？」

「――……」

アルノルトが目を伏せ、その冷たいまなざしでリーシェを見下ろす。

「テオドール殿下は、そのことを恐れているのではないのですか？　だからこそ、彼は『皇位を継ぐ素養のない第二皇子』として振る舞っていらっしゃる。あなたがあとを託したいと思えないような、そんな弟を演じている」

祈るような気持ちをいだき、アルノルトを見上げた。

「あなたのお考えを、お聞かせください」

これは一種の賭けでもある。

数年後、彼を残虐な『皇帝アルノルト・ハイン』に変えてしまうものが、いまここに存在しているのかを確かめるための言葉だ。

(少しだけでも、打ち明けてくれれば)

アルノルトには人らしい情がある。あんな戦争を起こすのは、本意でないかもしれないと感じる。

(そうすればきっと、未来は変えられる……!)

リーシェは信じてアルノルトを見つめる。諦めたくなくて、ただ一心に彼の言葉を待ち続けた。

「……」

数秒ほどの間を置いて、アルノルトがゆっくりと言葉を漏らす。

「ああ、そうか」

その声に、怒りの類は滲《にじ》んでいない。

そのことに安堵《あんど》しかけた瞬間、リーシェは彼の表情を見て、息を呑《の》む。


「――これで、ようやく確信した」

「……っ!?」


アルノルトは、挑むように笑ってみせたのだ。

背筋にぞくりと寒気が走る。アルノルトの目に宿る光が、一瞬だけひどく暗いものに見えた。

(どういうことなの?)

リーシェにとって、これは予期せぬ反応だった。

挑発的な笑みと冷たい目付きも、彼が口にした内容も。

こちらの困惑を見抜くかのように、アルノルトは続ける。

「お前は随分と可愛《かわい》いな」

「何を……」

「俺の思惑が理解できず、ひどく混乱しているのだろう？　……だが、知らないままでいい。想像を巡らせるのは自由だがな」

そう言い切ったアルノルトには、リーシェに何かを打ち明けてくれるような様子など微塵《みじん》もない。甘かった。

そう思い、ぎゅっとくちびるを結ぶ。この城で暮らし始めて数週間が経《た》ち、アルノルトのことを少しずつ理解できてきた気がしたのに。

（ひどい自惚《うぬぼ》れだわ。私には、この人の底がどこにあるのかすら分かっていない……！）

一方のアルノルトは笑みを消し、つまらなさそうな無表情に戻る。

「重ねて言っておく。テオドールのことは、もう放っておけ」

「……ですが」

「先ほどの話だが。――俺は確かに、自分が死んだあとのことも想定して動くことはある。しかしそれは当然のことだ。俺が死んだくらいで滞るような政策など、立てるわけにはいかないからな」

あくまでリーシェの推測を否定するようだ。そう言い切られては、いまの手札で突き崩すことも出来ない。

「それをテオドールが深読みしたのかもしれないが、すべては愚行でしかない。皇位継承権を持つ人間としては、あまりにも馬鹿げた選択だ」

アルノルトは吐き捨てるように言った。

「……やはり弟には、俺のような人間に関わらせるべきではなかった」

「！」

リーシェは目を丸くする。

その言葉を聞いて、ようやく片鱗を見た気がしたのだ。

アルノルトが何故、テオドールを遠ざけようとするのか。

対話すら拒絶し、背を向けてしまうのか、その理由を。

「あなたはやはり、弟君が可愛いのですね」

「……なんだと？」

アルノルトが眉を顰《ひそ》めた。けれど、訂正するつもりはない。

弟を大事に思っていなければ、『自分に関わらせるべきでなかった』など、そんな台詞《せりふ》が出てくるはずもないのだ。

「昔、とある人が言っていました。誰かを護りたいのであれば、いっそ遠ざけた方が良いこともあるのだと。傍にいて助けてあげるばかりが、その相手のためになるとも限らないのだと」

『本で読んだものですが』と誤魔化しながら、かつて関わった騎士のことを思い出す。あの騎士はリーシェに向け、少し寂しそうな笑顔で教えてくれた。

「アルノルト殿下も、そのために弟君を遠ざけていらっしゃるのでは？」

「驚いたな。そんなことを、本気で言っているのか」

「本気です。あなたは底が知れないし、策略家で一体何を考えているか分からない。ですが、決して冷徹な人ではありませんから」

先ほどは怯《ひる》んだものの、その考えを捨てる気はない。未来で世界に戦争を仕掛け、化け物のように恐れられる男だと分かっていても。

彼が人間であることを、いまのリーシェは知っている。

「ですがひとつだけ申し上げておきます。アルノルト殿下は、ご自身がいなくなった未来に備えていらっしゃるようですが、一度でもその逆を考えたことはおありですか」

「……逆だと？」

「テオドール殿下がいなくなる、そんな未来だって起こり得るのです。人はいつ、どんなとき命を落とすか分かりません」

この先の五年間で、テオドールに何が起こるのかをリーシェは知らない。

別の人生の彼は、表舞台に立たない道を選び続けただけだという可能性もある。しかし、兄への反逆を起こし、捕らわれて罰を受けたとも考えられる。

最悪の場合、命を落としてしまっていた可能性だって。

だから、アルノルトの目を見つめる。

「そのときに、後悔なさらない生き方を」

願わくはリーシェもそうでありたい。

たとえ、五年後に死んでしまうとしても。

今回が繰り返しの終わりであり、最後の人生になるのであろうとも。

「――私も、あなたの妻という人生を、悔いなく送っていきたいと思います」

アルノルトに背を向け、リーシェは部屋を出る。

テオドールの足音は、外ではなく階上に向かったはずだ。

「……くそ」

そしてアルノルトがひとり残された室内に、小さな舌打ちが響いた。

＊＊＊

テオドールを追って廊下に出たリーシェは、そのまま階段を上がる。

元々は宿屋だったらしきこの建物に、我々以外の気配はない。テオドールはひとつ上の四階ではなく、さらに上へと向かったようだ。

屋上への扉が開け放たれているのを見つけ、リーシェは外に出た。

かつてはこの屋上に、宿の洗濯物が干されていたのだろう。たくさんのシーツがはためく光景は、圧巻だったに違いない。

いまは静まり返り、上に星空の広がるその場所で、テオドールは立ち尽くしていた。

「テオドール殿下」

途方に暮れた子供のような背中が、びくりと震える。

テオドールはこちらを向くと、拗《す》ねたようにくちびるを曲げてリーシェを見た。

「縛り方の次は、逃げ方の指南でもするつもりかな。『逃げ場のない屋上よりも、外に出るべきだった』とか？」

「……お逃げになるつもりなど、なかったでしょう」

本当にリーシェを振り切るつもりであれば、それこそ外に出ていたはずだ。その指摘に、テオドールはふっと息を吐き出した。

「そうだよ。こうなったらいっそ、君とふたりっきりでお喋《しゃべ》りしたいと思ってね。あれ以上、兄上の前で見苦しい振る舞いもしたくないし」

テオドールは屋上の端まで歩いていくと、振り返って手すりに背を預けた。

その瞳には真摯な色が宿っている。これまでの、本音をはぐらかして飄々《ひょうひょう》と振る舞っていた少年のものではない。

「……兄上はね。どんなに素敵な政策を立てて、この国に良い変化が生まれても、それが自分の功績であることを表に出さないんだよ」

テオドールはそう言って、ふっと笑う。

「さすがに大きな政策は、兄上のやったことだって国民にまで広まっちゃってるけど。他の細々とした改革なんかは、それとなく立案者が伏せられている。あるいは、父上が立案したかのように見せかけられているんだ」

屋上に吹き込んだ風が、彼の柔らかそうな髪を混ぜていった。

「反対に、兄上に関しては不自然なほど広まっている噂がある。何だか分かる？」

「……アルノルト殿下が戦争で行った、『残虐な』振る舞いのことですね？」

「その通り。よその国から来た君ですら、それについては聞いたことがあるはずだ。戦勝国の皇太子に関する悪評が、どうして他国にまで広まるんだと思う？」

そんな風に尋ねられれば、求められている答えは明白だ。

「アルノルト殿下が意図して広めさせた、ということでしょうか」

「僕も同意見。――自分の功績を隠し、代わりに悪評を広めようとする。そんなことをしている人間が、ずっと表舞台で国政をしていくつもりだなんて思えないよね」

テオドールはゆっくりと目を瞑《つむ》った。

「それ以外にも、兄上を観察していてふと感じることがある。『この人は、今の地位に執着していないな。いつでも消えられるように動いているな』って。ずっと見ていたから分かるんだ」

「……」

「この先の兄上が、何をするつもりかは分からない。だけどあんな素晴らしい人が消えるだなんて、そんなことあってはならないんだよ。そう思うでしょ？」

アルノルトが選ぶ未来のことを、テオドールは知らない。

兄が表舞台から降りるのではなく、その中央で殺戮《さつりく》を始めることなど知るはずもない。しかし、テオドールが感じている危機感は、その未来に結びつくものだろう。

「僕のやったことは、ほとんど兄上の真似だ。兄上がこの国を僕に託して消えるつもりがあるなら、僕が先に消えればいいじゃない？　そうすれば兄上は、馬鹿なことなんて出来なくなる」

兄と同じ青色の目が、リーシェを見る。

「これが、僕が兄上の役に立つ、唯一の方法なんだよ」

テオドールは穏やかに笑った。

リーシェが彼に言いたいことはたくさんある。それから、聞きたいことも。

「どうして私に、そのことを話してくださる気になったのですか」

「さっき、君も僕と同じものが怖いって言ってただろ？　僕の考えが読まれているんだとすれば、君も兄上が消えることを恐れているってことだ。ま、君が怖がるのは当然だよね？　夫に何かあれば、妻としての立場は危うくなるんだもの」

実際は違う理由なのだが、リーシェはそれを指摘しない。『あなたの兄君が、五年後に私の死因になるんです』だなんて、伝えられるはずもなかった。

「だからね。僕の話を聞いて、君の恐怖がさらに現実的なものになるのであれば、話す価値はあると思ったんだ」

テオドールはそこで、少し意地の悪い目つきになる。

「そうすれば、君にもっと怖い思いをさせられるんだろうなって」

ずいぶんと歪《いびつ》な動機を聞き、リーシェはげんなりする。兄弟そろって、人の感情を揺さぶることを面白がるのはやめてほしい。

「なあにその顔。大好きな兄を取られちゃったんだから、これくらい良いだろ？　まあ別に、『僕の兄上』だったことは一度もないんだけど。君がいずれ来る未来を怖がって、兄上を止められないことに今後絶望してくれるなら、その留飲も下がるかな」

「お言葉ですが」

ひときわ強い風が吹く。

肩に掛けたアルノルトの上着が飛ばされないよう、リーシェはそれを手で押さえた。

「私は、未来を怖がり続けるつもりはありません」

「！」

テオドールの目が丸くなる。

リーシェはそのとき、不意に足元が歪むような感覚を覚えた。

（……薬が切れてきたわね）

不調を誤魔化すために飲んだ薬は、いよいよ効きが悪くなってきている。でも、あと少しだ。

「あなたの兄君はきっとこの先、途轍《とてつ》もないことを起こすおつもりでしょう。だから私は全力で、どんな手段を使ってでもそれを止めます」

深呼吸をし、しっかりと立つ。揺らがないよう前を見て、ひとつずつ言葉を紡ぐ。

「費やせるものはすべて費やし、借りられる助けはすべて借ります。あんなとんでもない人に、手段を選んで勝てるとは思いませんから。そして、それには当然、テオドール殿下」

リーシェはまっすぐ彼を見据えた。

「あなたの力も必要なのです」

「……僕が……？」

テオドールが、驚いたように目を丸くする。

だが、彼はすぐに表情を変え、どこか自嘲めいた笑みを浮かべるのだ。

「さすがは兄上の奥方だ、すごい自信だね。でも、僕はあの人を止められるとは思えない。あの人に僕の言葉が届くわけもない。出来ることは精々、こうしてあの人の邪魔をするくらいだ」

「それでもあなたはこの二年間、ずっと行動を続けてきたのでしょう？　ご自身の立場を危ういところに追い込み、手を汚すような真似までして。ですが、兄君をお助けしたいのであれば、あなた自身が幸せにならなくてはならないのです」

「……何を言ってるの？」

言葉の意味が、テオドールには本当に分からなかったらしい。

「どうして僕が幸せにならなきゃいけないんだ。そんなもの、兄上の未来には関係ない」

「関係あるに決まっています。あなたを不幸にして得られる未来を、アルノルト殿下が手に取るはずもありません」

「だから、それが何故……」

混乱する少年に、リーシェは告げる。

「あなたは彼の、世界にひとりきりの弟でしょう」

「――!」

テオドールは、信じられないものに向けるまなざしでリーシェを見た。

「アルノルト殿下が、こんな夜中にひとりでこの場所へ出向いたのは何故だと思いますか」

「……そんなもの、君を助けるためだ。決まってる」

「いいえ、殿下は私が大人しく囚われていないことをご存知です。私を助ける必要などないと、分かっていたはず」

それから、テオドールがリーシェに無体な真似をしないであろうことも、きっと知っていた。

「これがもし他の方の呼び出しであれば、アルノルト殿下はきっといらっしゃいませんでした。皇太子として動かざるを得ない場面であったとしても、おひとりでなんて選択をなさるはずもない。他ならぬ弟君からの要求だからこそ、応じたのでしょう」

「……やめろ。そんな言葉はいらない」

テオドールは苦しそうに、声を絞り出す。

「愛されているかもしれないなんて、そんな希望を抱きたくない」

「テオドール殿下……」

「僕なんかが、あの人の視界に入っているはずもないんだよ。父親にも無視されているような人間が、兄に尊重されているわけがない。でも、それでいいんだ」

テオドールはひとつ息を吐き出したあとで、にっこりと笑った。

「僕は以前、兄上に助けられたことがある。だから、僕もいつかは兄上をお助けしたかった。……

兄上は、あの日のことを覚えてもいないだろうけれどね」

そう言って後ろを振り返り、手すりの外を見やる。

「僕の使いどころは、僕自身が決める」

「……？」

「まだるっこしいことを企《たくら》んでないで、本当はもっと早くこうするべきだったんだ。……まったく、大失敗だな」

「――まさか」

ぞっとした。

テオドールが何をするつもりなのか、ここにきてようやく理解したからだ。まるで遊ぶように手すりへ腰かけたテオドールが、ふらりと外側へ体を傾けた。

「駄目です、殿下！」

リーシェは急いで彼の方へ駆け出そうとする。それと同時に視界が揺れ、足が縺《もつ》れて倒れ込んだ。

（っ、こんなときに……！）

立ち上がりたいのに力が入らない。ひどい頭痛が警鐘のように頭蓋を揺らし、息が切れる。

倒れ込んだリーシェを見下ろし、テオドールは満足そうな顔をした。

「ありがとう義姉上。僕を必要だと言ってくれたことは、不覚にも嬉しかったよ」

「待って……！」

必死で手を伸ばしても、数メートル離れたテオドールに届くはずはない。

「駄目！」

ほとんど悲鳴同然に叫んだ、そのときだった。

リーシェの横を、ひとつの影が駆け抜ける。

その人物はテオドールの腕を掴んだ。それから強引に、手すりのこちら側へと引き戻す。彼の姿を見て、テオドールが息を呑んだ。

「兄上……!?」

テオドールは、自分を助けたアルノルトのことを呆然《ぼうぜん》と見上げる。

アルノルトがどんな顔をしているのか、背を向けられているリーシェには見えない。しかし、次の瞬間に彼が取った行動に、リーシェの方も驚いた。

「――っ」

ぱんっと乾いた音がする。

アルノルトは、自分が引き倒したテオドールの胸倉を掴み、その頬を強く張ったのだ。

「何を考えているんだ、お前は！」

アルノルトのあんなに大きな声を、リーシェは初めて聞いた。

頬を押さえたテオドールが、呆然として兄の顔を見上げる。

「……だって……」

テオドールは、絞り出すように声を紡いだ。

「だって、出来ないんだ。こうすることでしか、僕は兄上の役に立つことが出来ない。兄上にとって、価値のあるものになれないんだよ……！」

「それこそが愚考だ。兄らしいことを、たったのひとつもしたことのない人間のために、命を懸ける馬鹿が何処にいる」

アルノルトの声音はとても冷たい。

それでもリーシェは確信した。アルノルトがテオドールを遠ざけるのは、やはり弟を慮《おもんぱか》ってのことなのだ。

「俺のために、そんなことをする必要はない」

「……っ」

何か言い掛けたテオドールが、泣きそうな顔で口を閉ざす。恐らくは、兄に伝えることを諦めようとしていた。

リーシェは短く息を吐く。そして、必死に身を起こしながらこう告げた。

「……弟君の選択は、正しいことではなかったかもしれません」

アルノルトがゆっくりと振り返る。

リーシェは頭痛を我慢しつつ、彼を見上げて訴えた。

「それでも、根本の想《おも》いは間違っていません。弟君があなたの力になりたいと願うこと、それ自体が愚考なわけはないのです」

肩で息をしつつ、名前を呼ぶ。

「……そうでしょう？　テオドール殿下」

座り込んでいたテオドールが、ぐっと拳を握り込んだ。

「義姉上の、言う通りだ」

「何を……」

「僕は何度だってこう願うよ」

テオドールの顔付きに、変化が生まれる。

彼は先ほどまでの、どこか途方に暮れたような顔ではなく、強い意志を宿した表情をしていた。

「兄上の力になりたいし、役に立ちたい。お助けできるならなんでもする、だって」

兄に似ていない彼の瞳が、真っ向からアルノルトを見つめた。

「あなたは、世界でたったひとりの兄であり、僕の憧れなんだから」

「……」

こちらに背中を向けているアルノルトは、一体どんな顔をしたのだろうか。

リーシェは祈るようにふたりを見守る。やがてアルノルトは、テオドールの胸倉から手を離し、ゆっくりと立ち上がった。

「金輪際、余計なことをするのはやめろ」

再び突き放すようなその言葉に、テオドールが顔を歪める。

やっぱり伝わらなかったのだろうか。その予感に、リーシェの胸もずきりと痛んだ。

「言ったはずだ」

アルノルトが続けたのは、思いもよらぬ言葉だ。

「――もう二度と、自分の命を張るような真似はするな」

その瞬間、テオドールが目を丸くする。

「あのときのこと、覚えてたの？」

震えながら尋ねる声に、アルノルトが答える。

「当たり前だ」

「……っ」

その途端、テオドールの大きな目から透明な雫が伝い落ちた。

「ごめんなさい」

その声はぐらぐらと揺れている。

テオドールはたくさんの涙を零《こぼ》しながら、何度も何度も繰り返した。

「ごめんなさい兄上。ごめんなさい、義姉上。ごめ……」

幼い子供のように泣きじゃくる弟を前に、アルノルトが少し困った声で言う。

「分かったから、泣くな」

「っ、だって……!!」

そんなふたりを見て、リーシェはほっと息をついた。

（よかった）

テオドールの泣き顔は、小さな子供が勇気を出して仲直りをしたときのそれだ。

（あんな顔で泣けるなら、もう大丈夫……）

アルノルトはやがて立ち上がると、今度はリーシェの前に歩いてきて跪《ひざまず》いた。

「怪我はないか」

「来てくださったのですね、殿下」

「お前が、妙に気に掛かることを言うからだ」

ひょっとして、テオドールがいなくなるかもしれないと警告したことだろうか。脅しに聞こえたかもしれないが、リーシェにしてみれば半分本音だ。

「良かったです。仲直りが出来て」

「……」

アルノルトは無言で立ち上がると、黒い手袋を嵌めた右手をリーシェに差し出してくれた。

リーシェは微笑《ほほえ》み、アルノルトの手を取る。すると、緊張の糸が緩むような心地がした。

「本当に、良かっ……」

「……リーシェ？」

力が抜ける。

それと同時に、これまで気力で保ってきた意識がふっと遠のいたのだった。

＊＊＊

「義姉上!?」

突然リーシェが倒れたのを見て、テオドールは思わず声を上げた。

ぐったり力を失った彼女の体を、兄が咄嗟に抱き止める。テオドールは慌てて立ち上がり、袖口で涙を拭いながら駆け寄った。

「一体どうしたんだよ!? 確かにさっき、足が縺れて転んだみたいだったけど……」

ひょっとすると、『体調が悪くて倒れた』という知らせは演技ではなくて事実だったのだろうか。

その可能性に気が付いて、テオドールは青褪《ざ》める。

「どうしよう。まさか僕が監禁したせいで、義姉上が……」

「違う」

妙に冷静な兄が、腕の中のリーシェを見下ろしてぽつりとつぶやく。

「ただ、眠っているだけだ」

「へ」

思わぬ言葉にぽかんとする。

よく見れば確かにリーシェは、すうすうと健やかな寝息を立てているではないか。

「嘘だろ……」

この状況で、寝るのか普通。

呆然と呟《つぶや》いたテオドールと違い、兄は少し笑っていた。

これもまた、初めて見る兄の表情だ。

目の当たりにしても、先ほどまでのようにざわついた気持ちにはなることはない。その心境の変化を、我ながら不思議に感じる。

「テオドール」

兄に突然名前を呼ばれ、はっとした。

「馬車はどこかに用意しているのか」

「き、決まってるだろ」

兄から話し掛けられることに慣れないせいで、若干そっけない言い方になってしまう。

「少し離れた場所に待機させてる。義姉上を運ぶのなら、すぐに呼ぶよ」

「頼んだ」

兄はそう言ったあと、リーシェを軽々と横抱きにする。

「馬車が来るまで、こいつを下の部屋で休ませる」

「わ……分かった」

テオドールは頷《うなず》いたあと、目じりの涙を改めて拭う。あの兄上がお姫様抱っこをするなんて、とんでもない事態だな、などと思いながら。

そして、ひとりになった屋上で呟いた。

「――『頼んだ』だって。兄上が、僕に……」

兄に張られた頬がじんじんと痛む。それでも、胸の奥はひどく温かかった。

(さあ。ぼんやりしてはいられない)

何せ、あの兄が初めて自分を頼ってくれたのだ。

テオドールは立ち上がり、階下に向かって歩き始めた。夜明けまでにはもう少し、時間がある。

＊＊＊

リーシェがゆっくりと目を開けると、そこは陽《ひ》だまりの中だった。

正確に言えば、陽光の差し込む寝台の上だ。さらさらのシーツにふかふかの布団、そんなものに包まれていて、まさしく夢見心地の空間だった。

おまけに先ほどから、心地よいペンの音が聞こえている。それに耳を傾けていると、再びとろとろと眠たくなってきた。

（……ペンの音……？）

そこでようやく不思議に思い、体を起こす。

すると、少し離れた場所にある机に向かい、仕事をしているアルノルトの姿が目に入った。

（えっ）

「なんだ、もう起きたのか」

アルノルトはその手を止めると、リーシェを見て面白がるように笑った。

「あ、アルノルト殿下!?」

リーシェはほとんど飛び上がるように起き、寝台に後ろ手をついて辺りを見回す。

「まだ寝ていても構わないぞ。なにせあれから半日しか経ってない」

「半日って、どういう……」

ここはどう見てもリーシェの部屋だ。何が何だか分からないでいるところに、アルノルトが説明をしてくれる。

「お前はいきなり倒れたと思ったら、そのまま屋上で熟睡し始めた。テオドールの馬車で連れ帰ったが、倒れた人間をひとりで部屋に放り込んでおくわけにもいかないだろう。ましてや、事情を知らない侍女に面倒を見させることも出来ない」

「ま、まさか、殿下が眠らずについていてくださったのですか……？」

「仕事を片付ける必要があったから、いずれにせよ寝ている暇はなかったが」

「申し訳ありません!!」

慌てて寝台に座り直し、リーシェは急いで頭を下げる。そのとき、自分の着ていたドレスがナイトドレスになっていることに気が付いて絶句した。

（な、なんで!?　一体誰が!?）

「安心しろ。着替えさせたのは、エルゼとかいうお前の侍女だ」

思考を先読みされた感があるものの、ひとまずはほっとする。ゆっくり顔を上げると、アルノルトは椅子から立ち上がってリーシェの前に立ち、こう尋ねてきた。

「体調は」

穏やかな声音だ。

その整った顔に見下ろされて、妙に落ち着かない気持ちになる。

「……もう、大丈夫です。ご迷惑をお掛けしました」

「回復したのならいい」

アルノルトから一通の手紙が差し出された。受け取って中を開いてみれば、いつか見た筆致で綴《つづ》られている。

『義姉上へ』

どうやらこれは、テオドールからの手紙のようだ。

『色々とひどいことをしてごめんなさい。言いたいことは沢山あるけれど、掻《か》い摘《つま》んで。――まず、君への借りは必ず返す。そのためなら貧民街の連中も貸してあげるよ。裏社会の人間が必要な場面がくれば、いつでも僕らを頼っていい。せいぜい感謝してね』

（……申し出そのものは、とても心強いけれど）

『それから』

なるべくであれば、そういう事態には陥りたくないものだと苦笑した。

テオドールから送られた手紙は、こんな一文で締めくくられている。

『ありがとう、義姉上』

その文字を、リーシェは指先でそっと撫《な》でた。

「テオドール殿下と、お話をされたのですね」

そう口にすると、アルノルトがわずかに眉根を寄せる。

「どうしてそう思う」

「でなければ、そもそも手紙を預かるなんて真似はなさらないでしょう？」

アルノルトははっきりと答えなかったが、それが肯定の証《あかし》でもあった。

ともあれひと安心だ。いままでの人生に比べると、少しは変化が起きたのではないだろうか。

何よりも、今回のことで兄弟の距離が縮まったように見える。それが嬉しくて微笑むと、アルノルトが尋ねてきた。

「何故、お前がそんな風に笑うんだ」

「それはもちろん嬉しいからですよ。夫の家族関係は、良好なのに越したことはありませんから」

「……妙なやつだな」

アルノルトは目を伏せる。その表情は、いつもより幾分柔らかい。

なんにせよ本当に良かったと思う。リーシェがにこにこしていると、アルノルトがふと思いついたような顔でこう言った。

「忘れていた。近日中にまた、欲しいものを何か考えておけ」

「欲しいもの、ですか？」

まさか、買ってくれるという話だろうか。

理由が分からずに訝《いぶか》ると、アルノルトがこう続ける。

「お前に触れないという誓いを、再び破ってしまったからな」

「？」

「夜会の際に手袋越しであればという許可は出ていたが、あのときはその制約も守らなかった」

そんなこと、あっただろうか。

思い出せなくて首をひねる。リーシェの思い出せる限り、最近のアルノルトはいつ見ても、黒い手袋を着けているように思ったのだが。

たとえば、いまだってそうだ。

「……あ」

けれどもやがて思い当たる。

一週間ほど前、礼拝堂であった出来事のことを言っているのだ。あのときもアルノルトは手袋を着けていたが、触れたのは手ではない。


(手じゃなくて、くちびるが……)


直後、リーシェは顔が一気に熱くなるのを感じた。

「い、いりません何も!!」

慌ててそう声を上げ、顔を隠すためにシーツを引っ掴む。アルノルトはその様子を見て、どこか意地の悪い笑みを浮かべた。

「というかそんなことより、アルノルト殿下が何故あんなことをしたのかの理由を……」

「聞きたいか?」

「聞きたくないです!!」

本当は追及したかったのに、思わず全力で拒否してしまう。だがこの件に関しては、昨晩久しぶりにアルノルトに会ったときも、ものすごく緊張したのだ。

テオドールと話をしなくてはならなかったのに、アルノルトの顔を見た途端に体が硬直した。だからこそ、普段通り接してくれて安堵したし、彼の中では無かったことになっていると思っていたのに。

（やっぱり何か意図があってしたの!?　それとも違うの!?　もう何がなんだか！　だから考えないようにしてたのに……！）

「リーシェ」

「っ、今度はなんですか！」

熱くなった顔をシーツで隠しながら、目元だけ出してアルノルトを睨みつける。

アルノルトは小さく笑ったあと、柔らかな声でこう言った。

「……弟が、世話を掛けた」

「！」

それは、紛れもなく兄としての言葉だった。

弟への責任感や労わりの含まれた、そんな言葉だ。

テオドールにも聞かせてあげたかった。そんな風に思いながらも、リーシェは「いいえ」と首を横に振る。

「私にとっても、義弟となるお方ですから」

アルノルトは少し驚いたような顔をしたあと、再び笑った。

「……そうか」

「ええ」

顔の火照りは収まってきたというのに、なんだか胸の奥がまだ熱い。

そのことに困って、リーシェは俯《うつむ》くのだった。

——今回起きた出来事は、世界の流れから見ても些細《ささい》な出来事かもしれない。

けれどもそれを積み重ねて、少しずつ未来を変えていければいい。

そんなことを、心の中で考えながら。

＊＊＊

夕刻のこと。

アルノルトの従者オリヴァーは、今回のことに関する説明を聞き終え、痛む頭を抱えていた。

「それで最終的には、テオドール殿下がリーシェさまのお味方に、と。……要約すると、そうなるわけですが」

「何か問題があるか？」

「分かっていて仰っているでしょう」

執務机に向かったアルノルトがしれっと言うので、オリヴァーは小言を重ねる羽目になる。

「弟君は普通の皇子ではありません。あのお方が率いているのは、犯罪まがいのことにも手を染めている、裏社会の人間なのですよ？」

「そのようだな」

「我が君もご存知でしょうが、この城の年若い侍女たちはすっかりリーシェさまをお慕いしています。……続いて、近年各国から注目を浴びているアリア商会。第二皇子殿下と、彼が率いる裏社会の住人たち」

オリヴァーは指折り数えてゆく。皇太子妃となる彼女が、この国に来て僅か数週間で得た人脈を。

「リーシェさまの手駒が、どんどん拡充されているように思えてならないのですが？」

これはある種、脅威とも言えるほどに。

だが、アルノルトはどうでも良さそうだった。

「それがどうかしたか。妻になる人間が孤立無援であるよりは、よほど良いはずだが」

「我が君……」

恐らくこの主君は、意図してこの事態を放置している。それが分かり、オリヴァーは盛大な溜《た》め息《いき》をついた。

「分かりましたよ、すべて我が君の御心《みこころ》のままに。そしてそんな我が君の元に、さらなるお届けものです」

オリヴァーは一通の手紙を差し出す。その封蠟《ふうろう》に押された刻印を見て、アルノルトが眉をひそめた。

主君は渋々封筒を受け取ると、中の手紙を開いて目を通す。それから小さく舌打ちをし、手紙をオリヴァーによこした。

オリヴァーは恭しく一礼をして、その手紙を受け取る。

「これは……」

そこには、とある国の重要人物によって、こんな内容がしたためられていた。

――まずは、皇太子アルノルトの婚約を祝う言葉。

しかしながら事情により、およそ二カ月後にある婚姻の儀での祝福が難しいこと。

それに伴い、婚姻の儀が行われる前に、祝いの品を持ってガルクハイン国を訪問したい旨が書かれている。

（なんというか、また……）

一波乱ありそうなその申し出に、オリヴァーは額を手で押さえたのだった。

つづく

## 番外編

# 鼓動の刻む子守歌

主城にあるその寝室で、リーシェは色々と支度をしていた。

昼間といえど、重厚な紺色のカーテンを閉め切った部屋は薄暗い。そんな中で、安眠のための環境をせっせと整えてゆく。

（気持ちの落ち着く香油も焚《た》いたし、部屋の温度も大丈夫。眠るにはちょっとだけ明るいけれど、天蓋を閉めれば気にならないはず）

全力で支度をしたものの、ここはリーシェの部屋ではない。部屋の主に向け、にこりと微笑《ほほえ》む。

「それではアルノルト殿下。私がお傍《そば》についていますから、心置きなくお休みください」

「…………」

寝台のアルノルトは、いささか不本意そうに眉根を寄せている。

きっかけは、つい三十分ほど前のやりとりだ。

昨日のリーシェはテオドールに攫《さら》われ、監禁されて夜を明かした。兄弟の間に変化が生まれ、一段落がついたのだが、安堵《あんど》のあまりそのまま眠ってしまったのだ。

それから先ほど目が覚めて、アルノルトが眠らず傍にいてくれたことを知った。それについてお礼を言い、アルノルトも休んでもらおうとしたとき、衝撃の言葉が放たれたのだ。

『俺は夜まで起きている』

なんでもない顔でそう言われ、リーシェは驚いた。

『え、徹夜明けですよね!? もしかして、昨日の分のお仕事が溜《た》まっているとか……』

『それについては問題ない。お前が寝ているあいだに片付けた』

結構な量のはずなのに、アルノルトはしれっとしている。

しかし、仕事があるわけでもないのならば、どうして休眠を取らないのだろう。

尋ねると、アルノルトはこう答えたのだ。

『どうせ寝付けない。……日中は、城内にさまざまな人間の気配があるからな』

確かにリーシェにも覚えがある。

たとえば戦場に出ているとき、神経は鋭敏に研ぎ澄まされ、離れた場所を歩き回る気配でも目が冴《さ》えてしまうのだ。

（でも、それはあくまで戦場の話だわ）

かつて薬師だった身としては、『寝付けない』という理由で丸一日起きているのを見過ごせない。

第一に、アルノルトがこの時間まで起きていてくれたのは、リーシェの安全を確かめるためだ。

（だったら、私からも殿下にお返しをしなきゃ）

リーシェはそう思って彼を見上げた。

『アルノルト殿下。これは一種の例え話ですが、灯《あか》りが激しく点滅し続けている部屋よりも、ずっと明るいままのお部屋の方がまだ眠りやすいと思いませんか？』

『まあ、そうだろうな』

『実は気配も同様なのです。遠くで動き回る気配は、剣士の眠りを妨げるもの。ですが近くに居座っている人間がいれば、その気配に掻《か》き消《け》されて眠りやすくなるんですよ。――ということで』

胸を張り、きっぱりと宣言する。

『私が、アルノルト殿下の寝かし付けをさせていただきます』

『…………は？』

こうしていまに至るのだ。寝台に横たわったアルノルトは、溜《た》め息をついて額を押さえた。

「……お前は時々、本当に訳が分からないことを言い始める……」

「求婚のとき、私の『わがままを聞く』と約束してくださったではありませんか。ですのでお言葉に甘え、殿下の健康を守らせていただきます」

これは薬師の矜持《きょうじ》である。

アルノルトは物言いたげにリーシェを見たが、結局何も言わずに天蓋へと視線を戻した。リーシェは寝台の傍に椅子を置き、そこに腰を下ろす。

「どうでしょう。私がここにいれば、遠くの気配に気を取られることもないと思うのですが」

尋ねてみると、アルノルトはふむ、という顔をした。

「確かにこの状態であれば、お前の気配に集中して他が気にならないな」

（それもそれで、ちょっとだけ恥ずかしいような……）

とはいえ作戦は成功しそうだ。ふわふわ漂ってくる香油の香りは、彼の眠りを助けるだろう。

「では、このまま目を瞑《つぶ》ってお休みください」

小さな声で囁《ささや》くと、アルノルトは意外と素直に瞑目《めいもく》した。

リーシェはなるべくじっとして、その入眠を妨げないようにする。五度目の人生における経験があるため、微動だにせず待機するという状況には慣れていた。

これで少しでも眠れるといい。

柔らかな香の匂いと、静まり返った薄暗い部屋。皇族の使う寝心地の良い寝台。夜を徹して起きていた人にとって、眠りに落ちるには十分な環境だろう。

だが、その三十分後、アルノルトが小さく息をついたのですべてを察した。

「……駄目そうですね……」

「いつものことだ」

その声ははっきりと明瞭で、眠りに就けそうな雰囲気はない。

「眠れない程度とはいえ眠いのでは？　普段に比べると、呼吸がとても緩やかですし」

「それでも、こうして無駄な時間を過ごすよりは、起きて何かしら実のあることをした方が良《い》い」

「あ、駄目です駄目です。起きては駄目です」

身を起こしかけたアルノルトを慌てて止め、なにか方法はないかと考える。

（きっと思考が動いてしまっているんだわ。体が疲れていたって、頭の方が忙しくしていると寝付けない。止めていただくには、何かで気を逸《そ》らさないと……）

患者の休眠は重要だ。薬師がこれを見過ごしては、かつての師に叱られてしまうだろう。

考え込み、そうして方法を思いつく。リーシェはとても小さな声で、アルノルトに尋ねた。

「少しの間だけ、お傍に行っても？」

「……」

呆《あき》れたような顔のあと、溜め息に続いて「分かった」と許される。

睡眠を諦めないでいてくれるようだ。ほっとしたリーシェは立ち上がり、寝台に膝を乗せる。

そして、アルノルトの隣にぽすんと横たわった。

彼の寝台はふわふわだ。リーシェがこうして寝転んだところで、軋《きし》む音のひとつも立てない。アルノルトが顔をこちらに向けると、とても近くで視線が重なる。

「失礼します」

そう断って、リーシェはそっと手を伸ばした。

そして、アルノルトの腹部のあたりを、とんっと叩《たた》くようにゆっくり撫《な》でる。

穏やかに、心臓が鼓動を打つのと同じぐらいの間隔で。

とん、とん……と繰り返すうち、アルノルトが尋ねてきた。

「……これは一体なんなんだ」

「擬似的な心音を作り出し、心を落ち着かせる技法です」

侍女だった頃、幼い令嬢たちにせがまれて覚えたものだ。

「幼子にこうすると、よく寝付いてくれるんですよ」

「幼子……」

沈黙が生まれ、はっとする。婚約者に向かって幼子呼ばわりは、いくらなんでも無礼だろうか。

けれども彼は、目を伏せてから楽しそうに笑った。

「俺をそんな風に扱うのは、お前くらいのものだろうな」

紡がれた声音は柔らかい。その様子に、胸の奥がほわっと温かくなる。

（何かしら、この感覚……）

不思議に思いつつも、リーシェは隣に寝転んだまま、アルノルトをとんとんとあやし続けた。

アルノルトは仰向けのまま、きちんと目を閉じている。整ったその横顔を眺めていると、不意にその首筋が目に入った。

普段は衣服の襟元まできちんと詰めているアルノルトだが、いまは襟ぐりの開いている服を着ているため、そこについた無数の傷跡が晒《さら》されているのだ。

「……気になるなら、好きにしろ」

瞑目したままそう言われ、逡巡《しゅんじゅん》する。

そのあとで、そっと彼の首筋に指で触れた。

先日の夜会で確かめたときは、リーシェも薄手の手袋をしていた。直《じか》に触れるのは初めてだが、布越しよりもはっきりと分かる。

（やっぱり、とても深い傷跡だわ）

騎士だったリーシェが死ぬ直前、アルノルトに一度だけ攻撃が通用した。僅かな隙が生まれたのは、首筋から肩口にある傷跡が原因だ。

この傷が、アルノルトの唯一の弱点なのだ。

（なのに夕べは、傷を隠している上着を、ドレスを破いた私に羽織らせて下さった……）

あの場にいるのはリーシェたちだけだったとはいえ、他の誰かが来ないとも限らなかった。

仰向けに横たわるアルノルトは、変わらずに目を閉じている。薄暗い部屋の中でも、その横顔は綺麗《きれい》だった。

顔立ちばかりではない。

形良い喉仏や鎖骨、そしてその深い傷跡でさえも、アルノルトの造形は美しい。

（だけど、いくら芸術品みたいであっても、生身の人間だわ）

彼の命を握るような箇所に、どうして容易《たやす》く触れさせてくれるのだろう。

そんなことを考えながら、リーシェは彼の傷跡を辿《たど》った。乾いた指の腹で、つー……っと首筋の皮膚をなぞる。

「……こら」

「あ」

そして、大きな手に手首を掴《つか》まれた。

「……お前な……」

「も、申し訳ありません。くすぐったかったですよね」

手首を掴む力は緩いものだったが、アルノルトは顔を顰《しか》めている。妙に名残惜しい気持ちになりつつも、自分の無遠慮さを反省した。

アルノルトは、しばらくのあいだ複雑そうな顔をしていたが、やがて意地の悪い笑みを浮かべる。

「どうせなら、手袋を嵌《は》めたままにしておくべきだったか」

「手袋？」

これから眠るというのに何故《なぜ》だろう。

そう思っていると、アルノルトはリーシェの方に寝返りを打ち、近付いた距離でこう囁いた。

「――そうであれば、俺もお前の肌に触れて、報復してやったんだが」

「!!」

そんなことを言われ、一気に頬が熱くなった。

「て、手袋越しであればいくらでも触って大丈夫、というわけではないですから……！」

「冗談だ」

アルノルトは揶揄《からか》うように笑う。ようやく手首も解放されるが、掴まれていたのはドレスの袖の上からであることに気が付いた。リーシェに触れないという約束を、守ってくれているのだ。

（前々から思っていたけれど、アルノルト殿下は誠実というか、妙に律儀だわ……）

それに引き換え、リーシェの方はどうだろうか。

自分だけ好きに触れておいて、アルノルトからの仕返しを許さないというのも卑劣な気がする。

リーシェは少し考えた後、自分のドレスの襟元に手を伸ばし、細いリボンをしゅるりと解いた。

そして、向かい合って寝ているアルノルトの方を見る。

「どうぞ」

「……どうぞとは、一体何がだ」

アルノルトが顔を顰めるので、リーシェはおずおずと説明した。

「殿下の首筋を触ってしまったので、私も同じく首筋を差し出すのが道理かと思いまして……」

なんでもない場所のはずなのだが、改めて見せるのは少々気恥ずかしい。しかしこうでもしない限り、公平であるとは言えないだろう。

「な、何の対価にもなりませんが」

リーシェはアルノルトの目が見られなくて、シーツの上に視線を逸らしながら言った。

「殿下のお気が済むようでしたら、どうぞ、仕返しなさってください……」

「――――……」

アルノルトが後ろに手を伸ばす。

そして、寝台の上にたくさん並べられている枕のひとつを引っ掴むと、リーシェの頭にもふっと乗せてきた。

「はぶっ!?」

「お前、もしかしてわざとやっているのか?」

「やっ、ちょっと、アル……ッ」

リーシェの抗議を遮るように、枕の上からもふもふと頭を押してくる。痛くも苦しくもないが、髪の毛がくしゃくしゃになりそうだ。

「もう、殿下！」

柔らかな枕をようやく押し退《の》けて、息を呑《の》んだ。

何しろリーシェの目の前には、アルノルトの整った顔があったのだ。向かい合い、互いの鼻先が触れそうなほどの至近距離で、アルノルトがふっと笑った。

「……仕返しとやらは、お前のその顔で勘弁しておいてやる」

「な……っ」

一体どんな顔をしていたというのか。

聞きたいが、それ以上掘り下げる勇気が出ない。リーシェが口をはくはくさせていると、アルノルトは心底楽しそうな顔をするのだ。

「妙な奴《やつ》だな。こうして間近で目が合うことには動揺する癖に、寝室に乗り込んで共寝をするのは問題ないのか」

冷静に指摘されると、この状況自体が気まずいものに思えてくる。ここはいったん落ち着いて、当初の目的に立ち返らなくては。

「だって、……おまじないを掛けたくて」

「まじない？」

リーシェは頷《うなず》き、深呼吸をしてから、もう一度アルノルトの方に手を伸ばした。

なめらかなシーツ越しに、その体へと触れる。

心臓の鼓動を表すよう、一定の間隔でとんとんと撫でる。幼い子供がこれで眠るのは、胎内で聞いていた母親の心音を思い出し、心が安らぐからなのだそうだ。

「このお城は戦場などではなく、れっきとした殿下のおうちでしょう？」

だというのに、人の気配があると眠れないと言う。

彼が戦場で何を見たのか、この城にどんな思いを抱いているのかは分からない。けれど、自室ですら警戒を解き切れないのは、とても寂しいことだと思うのだ。

「だからこそ。――せめて、あなたが少しでも安心して眠れますように、と」

「……」

リーシェは心からそう願う。

夜明け前、自分が気絶するように寝入ってしまったときのことは覚えていない。とはいえ、アルノルトと話して気が抜けたことと、眠ってからも彼の気配が傍にあったことは記憶している。

何故だかとても落ち着いた。

それに伴って得られた眠りを、幾ばくかでもアルノルトに返したい。リーシェに手伝えるようなことなど、何もないかもしれないけれど。

そう思っていると、アルノルトがリーシェの目を見て、不意にこんな言葉を紡いだ。

「……なら」

寝転んだリーシェの頬に掛かった髪を、アルノルトの指がするりと梳《す》く。肌には触れないよう、とても丁寧なやり方で。

「俺が寝付くまで、ずっとここにいろ」

そう告げられ、リーシェは驚いて彼に尋ねる。

「でも、本当はお邪魔ではありませんか？」

「言っただろう。お前がここにいるのであれば、お前のことだけに集中できると」

アルノルトはそう言って、再び緩やかに目を瞑った。

「……誰もいない部屋よりも、その方がよほど、心地いい……」

ほんのわずかに掠《かす》れた声は、眠りの傍らにある兆候だろうか。

リーシェはふっと目を細め、「分かりました」と微笑んだ。それからは声を出さないまま、ただただ手のひらで心音を刻む。

それからしばらく経《た》った頃、アルノルトの寝息が聞こえ始めた。

穏やかな呼吸音が心地良く、リーシェもほんの少しだけ、眠ってしまったのだった。

おわり

# あとがき

『ループ7回目の悪役令嬢は、元敵国で自由気ままな花嫁生活を満喫する』を読んでいただき、ありがとうございます！　雨川透子《あめかわとうこ》と申します。

この本は、ループごとに違う職業スキルをカンストさせたヒロインが、（体力と筋力以外の）ステータスを引き継いで今世の花嫁ライフを送るお話の一章目です。こうして皆さまのお目に掛かれますこと、心より嬉《うれ》しく思います。

本作のイラストは、八美☆わん《はちびす》先生に描いていただきました。顔立ちも表情もドレスも全部が可愛《かわい》いリーシェと、一目見た瞬間に脳裏に焼き付いたほど格好良いアルノルトをはじめ、魅力的なキャラクターたちをありがとうございます……！

また、ここまでたくさん支えてくださった担当さまにも、この場を借りてお礼申し上げます。

そして何より、ＷＥＢ版を読んでくださった読者の皆さま。いただいた応援のお陰で、こんなに素敵な夢を叶《かな》えることが出来ました。

本当に、ありがとうございました！

このお話は今後、木乃ひのき先生によるコミカライズも始まります。迫力と疾走感に満ち、可愛さも格好良さも溢《あふ》れるドラマチックな漫画！　ぜひぜひ読んでいただけると嬉しいです！

どうか、二月発行予定の次巻でもお目に掛かれますように。

# 次巻予告

ループ7回目の人生が始まり、
皇太子アルノルトのもとに
嫁ぐことになったリーシェ。
アルノルトとテオドールとの確執も解け、
戦争回避に一歩前進――のはずが。

**「ルーシャスと言ったな。君の返事はなかなかいいぞ」**

**「はっ！　ありがとうございます！」**

『ルーシャス』と名乗ったリーシェは
なぜか男装して騎士の訓練に参加しており!?

そして婚前祝いに、雪の国の王子が二人のもとを訪れ――。

**『ヴェルツナー。僕はこの国を守りたい』**

［ループ7回目の悪役令嬢は、元敵国で
自由気ままな花嫁生活を満喫する2］

**大好評発売中！**

OVERLAP NOVELS f

# ループ7回目の悪役令嬢は、元敵国で自由気ままな花嫁生活を満喫する 1

発行　2020年10月25日　初版第一刷発行
2022年2月21日　第三刷発行

著者　雨川透子

イラスト　八美☆わん

発行者　永田勝治

発行所　株式会社オーバーラップ
〒141-0031
東京都品川区西五反田8-1-5

校正・DTP　株式会社鷗来堂

印刷・製本　大日本印刷株式会社


ISBN 978-4-86554-767-2 C0093



【オーバーラップ　カスタマーサポート】
電話　03-6219-0850
受付時間　10時〜18時（土日祝日をのぞく）

**作品のご感想、ファンレターをお待ちしています**

あて先：〒141-0031　東京都品川区西五反田8-1-5 五反田光和ビル4階　オーバーラップ編集部
「雨川透子」先生係／「八美☆わん」先生係

**スマホ、PCからWEBアンケートにご協力ください**

アンケートにご協力いただいた方には、下記スペシャルコンテンツをプレゼントします。
★本書イラストの「無料壁紙」　★毎月10名様に抽選で「図書カード（1000円分）」

公式HPもしくは左記の二次元バーコードまたはURLよりアクセスしてください。
▶ https://over-lap.co.jp/865547672
※スマートフォンとPCからのアクセスにのみ対応しております。
※サイトへのアクセスや登録時に発生する通信費等はご負担ください。

オーバーラップノベルスf公式HP ▶ https://over-lap.co.jp/lnv/